論創海外ミステリ
325

幻想三重奏

ノーマン・ベロウ

松尾恭子［訳］

論創社

The Three Tiers of Fantasy

1947

by Norman Berrow

目　次

主要登場人物

ジャネット・ソームズ……未婚の婦人
フィリップ・ストロング……俳優
ジミー・メルローズ……実業家
ポーター……ジミー・メルローズに仕える執事
バート・レヴィツキ……タクシー運転手
シャーマン・ストークス……実業家
ラナ・ブース……シャーマン・ストークスの秘書
ドン・ブライアント……フリーランスの記者
ウィルソン……〈ウェルカム・イン〉の主人
ダーシー・チェリントン……画家
ジョセフィン・プラットリー……裕福な未亡人
ランスロット・カロラス・スミス……ウィンチンガム警察署の警部

幻想三重奏

はじめに

ウィンチンガムはイギリス南部の州に属する町である。住人はここをウィンチャムと呼ぶ。工業地域ではあるものの、気持ちのいい平和な町で昔ながらのゆったりした空気に包まれている。戦争、疫病、火事、洪水、飢饉などとは無縁で、何世紀にもわたって秩序ある穏やかな暮らしが営まれている、といった印象を抱かせる。通りのいくつかは今も石敷きだ。住人は勤勉かつ謙虚で遵法精神が高い。この町には悪いところが見当たらない。

そんなウィンチンガムで奇妙なことが起こった。怪しく恐ろしい植物園の声事件についてはすでに語っている。盗まれた路地事件として知られる不可解な出来事を含む三つの出来事の謎は、イギリスの少なからぬ心霊主義者やゴーストハンターを混乱させ、心霊現象研究協会において喧々囂々の議論を巻き起こした。その謎を解いたのはスミスという名の平凡な警官である。

三つの出来事にまつわる騒動はいまだ収まらない。秘教団体はワイチ・ストリートの〝幽体離脱〟について今も論争を繰り広げている。降霊会を開いてフィリップ・ストロングの霊との交信を試みる人々もいる。幽霊が出没する家や心霊現象が起こる家で除霊することを使命とする風変わりだが奇特な人々は、うち捨てられた宿〈ウェルカム・イン〉に足を運んで調査を続けている。この宿では三人の人が入室した上階の部屋が消えた……。

これは、存在しない男、幻の部屋、そして盗まれた路地にまつわる奇妙な事件についての話である。

第一の層　存在しない男

第一章

ミス・ジャネット・ソームズは、フリーティングという村の快適で小さなバンガローで独身の兄と暮らしていた。村はウィンチンガムから十五マイルほど離れたところにあり、ゴルフをするのにうってつけだ。ジャネットは内気な質《たち》でいつもおどおどしている。不美人ではないものの、もう若くなく、〝ドクターの妹さんは感じがいいですね〟と言われるたびに心を痛めている。殿方から求婚されることもなく、ただ〝感じがいい〟と言われ続ければ、どんな女でも面白くないだろう。女は魅力的だと評されると嬉しくなる。ジャネットはフリーティングのゴルフ場で数人の男と知り合った。彼らが同伴していた妻や女友達は、〝感じがいい〟女ではなく、とびきり魅力的だった……。

ジャネットの兄はドクター・エドワード・J・ソームズという。彼の著書『ドクターの症例集』は国中の図書館や読書クラブでお目にかかれる。世の中の本には人の本当の姿が描かれているわけではなく、ドクター・ソームズはそれを証明している。著書の中のドクターは話し好きで気さくな老紳士で、助けを求める一人ひとりの患者の健康を心から願う父親のような存在だが、その実、彼は自分勝手で傲慢で嘘つきだ。ドクター・ソームズは引退して快適なバンガローに籠り、さまざまな症例を思い出しながら書き物に勤しんでいた。ジャネットはそんな兄と暮らしているが不幸ではなく、兄が安らかに暮らせるよう日々努め、時には家から離れてゴルフをする。

ドクター・ソームズの友人は別として、客は彼に失望した。ジャネットが友人を家に招き、くだらないお喋りで執筆作業を邪魔するのを彼は断固として許さなかったからだ。ジャネットが村人と顔を合わせるのは商店や図書館、時折催される〝夜会〟である。〝感じがいい〟ジャネットはゴルフ場では周囲をひどく苛立《いらだ》たせた。ゴルフをする時もおどおどして自分を卑下するような態度を取るので、女たちは彼女を嘲笑し、まともな男たちはプレーをやめようとした。ジャネットは、女たちが怒りを露わにすると静かにやり過ごし、男たちが苛立ちを見せれば当然ながら我慢した。兄が家で同じように振る舞うから慣れっこだったし、強く丈夫で自由な殿方と一緒に過ごしたかったから……。こう言ってはなんだが、ジャネットは中年の未婚婦人になりつつあった。それは確かだし、だから女を食い物にする不道徳なドン・ファンの餌食になったのかもしれない。

男らしく正直で自由な殿方から魅力的な女だと思われたい。ジャネットはそんな願いを善良な心の奥に秘めていた。殿方の背中を目にする時やツイード生地と煙草の香りが漂う時、ジャネットは力強い腕に優しく抱きしめられたいと思った。女なら誰もがそう思うだろう。これは愚かな夢かもしれないけれど、ジャネットは夢が一刻も早く叶うよう願っていた。叶わなければ、夢を見ることさえできなくなるからだ。

この密やかな夢は叶った。それと同時に信じられないような事件が幕を開けた。奇跡が起こり、やがて運命の日がやってきた。よくあることだが、そんな日は思いもよらない形でいつのまにかやってくる。事件を記録する者として、今はこう言っておこう。愛さないよりも愛して失うほうがよく、それゆえ高き神はその日をジャネットに与え給うたのだと。

二

フィリップ・ストロングのことは、ウィンチンガム警察署の資料に簡潔に記されている。こんな風に――身長五フィート十・五インチ、体重一七三ポンド。年齢三四歳。白い肌。薄茶色の髪。髪は波打っていて頭頂部が薄い。はしばみ色の目。筋の通った鼻。大きな口。ふっくらした下唇。高いバリトンの声。穏やかな話しぶり……。ほかの特徴についてはジャネットが知っている。彼はジャネットより二、三歳年下である。これは些細なことだからジャネットは気にせず、たちまち忘れてしまった。彼は物腰が柔らかく、自信に満ち溢れ、凛とした雰囲気を漂わせ、直情的であると同時に慎重でもある。彼は鏡に吐いた息のようにジャネットの前から消えてしまうのだが、その信じられないような最後の瞬間まで、ジャネットを虜にしていた。

後から振り返ってみると、ジャネットはいつも名状しがたい何かを彼に感じていた。それに気づいたのは、痛ましく辛い記憶をたどった時だ。〝影〟という言葉がまず心に浮かんだが、ジャネットはその言葉をすぐに打ち消した。フィリップ・ストロングと名乗る逞しい男には影や曖昧さがなかったからだ。そして彼は別の世界にいたのではないかと思った。物質世界の外側にいたのではないか。そもそも彼とは出会っていなかったのではないか……。

彼は秋の日の午後、ジャネットの前に現れた。ジャネットはクラブハウスから小道に続く階段を下りた。兄にお茶を用意しなければならず、ゴルフバッグを肩にかけると埃っぽい道を家に向かって大急ぎで歩きだした。フリーティングでは遅い時間に食事をとる人は稀なのだ。ジャネットはだいたいいつもひとりでゴルフ場へ行き、ひとりで帰る。幸せそうな面々より早く家路につく。小道はひっそりしていて誰もいなかった。それは確かだとジャネットは断言している。彼女によると、フィリップ・ストロングはどこかに隠れていたようだが、それはなぜなのだろう？　二十歩も歩かないうちに、ジャネットは誰かが後ろから足早に近づいてくるのを感じ、親しげで丁寧な口調で呼びかけられた。おどおど振り返ると、真後ろにフィリップ・ストロングが立っていた。彼についての説明が不十分なので、つけ加えておこう。彼はハリスツイードのジャケットと灰色のフランネルのズボンに身を包み、頭は西日に晒されていた。

彼は驚きの色が浮かぶジャネットの目を見て微笑み、手をさし伸べた。「僕が――」と告げ、ジャネットが彼の意図をはかりかねているうちに、クラブの入ったバッグをジャネットの肩から外し、自分の肩にかけた。それから、ジャネットを生まれた時から知っているとでもいう風に気安げに並んで歩いた。

「まあ！　どうも！」ジャネットは言葉に詰まった。「どうも――ご親切に。でも、いつも自分で持っていますので」

「これからは」彼はきっぱりと言い切った。「こういうちょっとしたことでも、君のために誰かがやるべきだ」

こんな言葉をかけられることなどめったにないのでジャネットは困惑し、黙っていた。彼は愉快そうなまなざしをジャネットに向け、また笑った。少年のような眩しい笑顔だった。

「君は」彼は言った。「僕の無礼をたしなめるべきだが角《かど》が立たないようにしたいと思っている。で、うまい言葉が見つからない」

「あら、違うわ！」ジャネットは慌てて告げた。「私が思っているのは――」

「僕が誰かということかい」彼が穏やかに言葉を継いだ。「僕は優位に立っているようだね、ミス・ソームズ。僕は君が誰か知っている。知らないなら、僕はここにいない」

ジャネットはふたたび困惑した。最後の言葉は曖昧でどうとでも解釈できるから無視することに決め、ためらいながら訊いた。「あなたはこの村の人じゃないわね、ミスター――ええと――？」ジャネットは口ごもるしかなかった。

彼はすぐには答えず、生垣の続く小道を見渡した。「この道にいるのは僕たちふたりだけ。もしかしたらこの世界にいるのは僕たちだけかもしれない。そうなると、自己紹介をしないわけにはいかないな。僕は――」彼が軽く頭を下げたので、肩にかけたバッグが動き、クラブがからから音を立てた。「フィリップ・ストロング。ロンドンに住んでいる。君はミス・ジャネット・ソームズ。フリーティングに住んでいる。僕たちは」彼は自分とジャネットに問いかけた。「はじめましてと言うべきかな？」

ジャネットは彼を恐る恐る見つめた。惹かれていくのを感じながら、機械的に呟いた。「はじめまして……。どうして私の名前を知っているの？」

「フリーティングの住人のほとんどがお互いを知っているから」

「ああ！　だから……。ミスター・ストロング、ここに来たのはゴルフをするため？」

「いいや、ゴルフはしない。僕は」彼はふいに言葉を切り、間を置いてから口を開いた。「ここに来た理由を話したいし、理由を知ってほしい。でも、君は怒るかもしれない」

「怒る？　私が？　なぜ？」

「ええと……」彼はバッグをしっかり肩に掛けた。「ミス・ソームズ、僕がフリーティングに来たのは、君がここに住んでいるからだ」

「私が住んでいるから？　わからないわ。なぜ――」

「君が住んでいるから」彼は真剣な口調で静かに続けた。「この道を君と歩き、君のためにクラブを持てる。もちろん、この村には前に来たことがある。その時君を見かけ、ゴルフをする君の姿を眺め、君のことを教わった。そして、この小道に戻るべきだと思った……」

「なぜなの？」ジャネットは叫んだ。こんなことを口にする男はこれまでいなかった。

「クラブを持つために戻ってきたんだ」彼は穏やかに告げた。「君のためになることをしたいし、君は僕がそうすることを望んでいる」

彼は意図を明かした。けれどもジャネットは彼を信じなかった。知的で魅力があり、華やかな大都市ロンドンの輝きをオーラのように纏う男が、並み居る女たちの中からジャネット・ソームズという有名なドクターの目立たない妹を選び、こんな言葉を告げるなど信じられるわけがない。ジャネットはみすぼらしいゴルフ用のツイードの服と古いカーディガンを着ていた。すっぴんで鼻はてかてか光り、巻き髪は崩れ、男を魅了するような頭頂部の髪の艶やかさは失われていた。まるで夢を見ているようだった。歪んだ夢を……。

彼の最後の言葉が不可解だったのでジャネットは言い返した。「私はあなたのことを知らないのに！」

五分前に出会ったばかりのフィリップ・ストロングの勝手な思いこみに対して、ほかの女ならもっと違う言い方をするだろう。彼に身の程をわからせたり、しなを作って媚びたり、意地悪く振る舞ったりするだろう。しかし、現実的なジャネットはそういう女ではない。彼女はある種の女なのだ。その種の女は誰かの庇護下でひっそりと生きている者に多い。

「そうだね」彼は答えた。口調は相変わらず穏やかだった。「でも、そうではないとも言える」

フィリップ・ストロングは落ち着き払った様子で話の流れを変えた。フリーティングやその住人、ジャネットの暮らしぶりを話題にして、彼女が自分のことを話すよう促した。ドクター・ソームズの家に向かう曲がり角にさしかかる頃には、ジャネットは質問に気安く答え、生き生きと話していた。

フィリップは曲がり角で足を止め、ゴルフバッグを肩から外した。それから、そっと告げた。「ミス・ソームズ、ここで別れよう。君が気まずい思いをしないで済むように。兄君《あにぎみ》のことは知ってるから……」

「え!」ジャネットははっと我に返った。「ああ!」

フィリップは人懐っこく微笑んだ。「ね、別れたほうがいいだろう? では、さようなら。一緒に過ごせて楽しかったよ。君はじつに善良で優しい――」

ジャネットは顔を赤らめてまごつき、もごもご呟いた。

「もちろん」フィリップは続けた。「君はそれを自覚している。君はいつだって善良で優しい。とりわけひとりの男に対しては……。よければ、また会おう。この小道のこの場所で。さようなら、ジャネット」

ジャネットは呆然としながら手入れのゆき届いた木造りのバンガローに足を向けた。現実とは思えないようなことが起こった。たいていの女にとってはたわいもないことだけれど、ジャネットにとっては一大事だ。彼女は疼きと微かな喜びを覚え、ちょっと怖くもあった。これは現実ではないという思いが強くなった。すべて夢なのかしら？　夢想の産物なのか。よく夢想に耽るから。いや、違う！　違う！　これは紛れもない現実で、いつもの夢想じゃない。肩越しに後ろを見やると、フィリップの姿はなかった。ジャネットはもう一度会いたい思いに駆られた。会えば、心に襲いかかってくる名状しがたい猜疑心と不安が和らぐだろう。彼女は数ヤード離れた曲がり角に引き返した。

白く埃っぽい小道が上方に建つクラブハウスまでまっすぐ伸びていた。遠くに二台の車が停まっており、周りに幾人か立っていた。ゴルフを終えてお茶やカクテルを楽しむために帰宅しようとしている人々だ。小道を並んで歩き、奇妙で人を惑わす言葉やどきどきさせる言葉を告げる男はいなかった。フィリップ・ストロングはまるで存在しなかったかのように消えていた。

三

これが始まりである。フィリップは時々ゴルフコースに続く小道に現れ、ジャネットは彼を待ち焦がれるようになった。彼はいつもいきなり姿を現すので、ジャネットがそれを告げると、彼は驚いた。

「僕が？　そうかな。でも怪しい男ではないよ。機会があればいつでも会いに来るつもりだ」

ふたりは知人から友人になり、やがて親密な仲になった。ジャネットはその過程をよく覚えていない。フィリップはとても温和で、魅力に満ちていた。彼が現れた日はゴルフバッグをクラブハウスに残してウィンチ川へ行き、流れの緩やかな小川の岸に腰を下ろし、柔らかな陽光を浴びながら話をした。静かな水面の上で小さな虫が乱れ飛び、それを掠めるようにカワセミが飛び回るのをただ眺めることもあったけれど、だいたいはお喋りをしていた。

「フィリップ」ある日の午後、ジャネットは言った。「ゴルフをやってみたら？」

「できない」フィリップは短く答えた。

「教わればいいのに。ゴルフが嫌いなの？」

「残念ながらできない。じつは以前、肩を怪我してね。今も少し痛むからクラブをうまく振れない。振ろうとすると激痛が走るんだ。ああ！　心配はいらないよ。急に腕をねじったり振ったりする時に一瞬痛むだけだから」

「まあ、フィリップ、可哀そうに！」心優しきジャネットは声を上げ、フィリップを見下ろした。彼女は体に引き寄せた膝を手で抱えて川岸に座り、傍らで長々と寝そべっているフィリップはジャネットの目を見上げて微笑んだ。

「ジャネット、君はなぜゴルフをするの？」

「ここにはやることがあまりないもの。私たちはめったに出かけないのよ。エドワードは執筆に夢中なの。これからも時々会いにきて。そして――クラブを持ってね。それと、ほかの人にも会ってみたらどうかしら」

ジャネットは口籠った。フィリップの口もとから笑みが消え、表情が曇ったからだ。一瞬のことだったけれど、確かに見たのだ。「あなたは……人間嫌いなの、フィリップ？」彼女はためらいながら訊いた。「それとも人付き合いが苦手なの？」

フィリップは微笑んだ。悪戯っぽい笑みを浮かべながら、力づけるかのようにジャネットの手に触れた。

「どうしてびくびくするの？　どうして遠慮するの？　僕は尊大な兄上でも彼の横柄なお喋り仲間で

もないよ。君を愛する男だ」

「フィリップ！」ジャネットは顔を真っ赤にして震えだした。

「知らなかったのかい？　君を探しだして小道を一緒に歩いたのは、君のキャディーを務めるためじゃない。とっくに僕の気持ちに気づいていると思っていたのに。僕は駄目な役者だな――うまい役者にならなきゃ」

「でも、フィリップ！」ジャネットは叫んだ。心臓が激しく高鳴っていて、フィリップと目を合わせることができず小川を見やった。

「本当だよ、ジャネット。愛している。君のような人をずっと探していたんだ。君は優しく淑やかで、心を安らげてくれる」

「つまり」ジャネットは消え入りそうな声で言った。「退屈な女だということね」

「違うよ」フィリップは温かい口調で答えた。「文字通り、心を安らげてくれる人だ。それが僕にとってどれほど大きな意味を持つのか君は知らない。初めて会った時に気持ちを伝えたくてたまらなかったけれど、怖かったんだ。恥をかくのも、拒絶されるのも、君を知る前に君を失うのも怖かったし、君を焦らせたくなかった。でも、もう――」フィリップはふいに両腕を伸ばし、ジャネットをぐっと抱き寄せた。「ジャネット！」彼は囁いた。「ああ、愛しい人」

ジャネットが胸に秘めた愚かな夢は叶った。生まれて初めて、殿方から情熱的なキスをされたのだ。息をするのも忘れるほどの恍惚感に包まれた時、世界が滑るように離れていった気がした。それから醜悪でつまらない分別が頭をもたげ、ジャネットはもがいた。フィリップは彼女を解放したけれど、片腕は彼女の体に回したままにしておいた。フィリップ・ストロングは勝負所を心得ていた。

「フィリップ！　どういうつもり？　私はもう若くないのよ！」

「僕ももういい歳だけど、男の若さは気の持ちようで決まる。女の若さは見た目で決まる。鏡で自分を見たことがあるかい？　じっくりと？　君の頰は柔らかく、澄んだ瞳は輝いている。唇はとても愛らしい。それを鏡に代わって君に伝えよう。髪には白いものが混じっているけれど、それが何だ？　確かに君は若くないが、未熟な女なんてこれっぽっちも惹かれないよ」

「でも兄が！」

「兄上なんて知るものか！　君は、これからは自分のために生きるべきだ」

「まわりの人たちが――」

「他人のことなんてどうでもいいだろう！」フィリップはため息を吐いた。「どこが問題なんだい、ジャネット！」

ジャネットは思わず振り返ってフィリップを見た。すると彼はまたキスをした。ジャネットはもう抵抗しなかったけれど、体を離した時に苦悩の色を浮かべて喘いだ。「おお！　おお！」ほかの男がジャネットの姿を見たら、愚かしくてどうしようもないと思っただろう。ジャネット・ソームズは恋をしている時でもジャネット・ソームズである。

フィリップは空いている手でジャネットの頭を抱き寄せた。肩にジャネットの頰が触れ、粗織りのツイードコートから香る煙草の刺激的な匂いが彼女の鼻孔を満たした。

「ジャネット、僕がロンドンで何をしているか訊かないね。僕が何者かを」

「ええ」フィリップの肩のあたりから小さな声が答えた。「気になるけど」

「思いきって告白するよ。僕は俳優なんだ」

「え？」ジャネットは起き上がろうとしたが、フィリップに抑えられた。「フィリップ！　舞台俳優なの？」

「いいや、映画俳優だよ。舞台には何年も立っていないんだ。フリーランスだからどの映画会社とも契約していない。自分で言うのも何だけど、僕は大物じゃないが俳優として成功している」

「フィリップ、なんて素敵なの！　とてもロマンチックでわくわくするわ！　スクリーン上であなたの名前を目にしているかもしれないわね」

「それはどうかな。いつも映画の最後に長い名前の一覧を見るなら話は別だけど。名前の一覧はほんの一瞬しか表示されないこともあるし」

「見ないわ」ジャネットは正直に告げた。

「無理もないさ。見る人なんて数えるほどしかいないし、表示される時間が短すぎるから。でも、一覧は名前を見られる、あるいは見られるかもしれない唯一の場所だ。僕は花形ではないし、花形になりたいとも思わない。花形俳優とその予備軍を大勢知っているけど、彼らの人生はそれほどいいものじゃない。彼らは自分のために生きていないから。僕は自分のために生きているし、すこぶる楽しい人生だよ」

「フィリップ、あなたの役は？　どんな役を演じているの？」

「いわゆる〝端役〟で、個性はないけど大切な役だ。端役を演じる役者がいるから映画は完成する。それにいろいろな端役をもらっていて、そのおかげで不安なく暮らせるだけの収入を得られるんだ」

「いいことだわ、フィリップ。いくつかの映画をかけもちしているのね」

「ああ、そうだよ！　今日はこれ、明日はあれ、あさっては別の映画。そして最初の映画に戻るという具合さ。どの役も台詞は少なくて、稽古は最低限で済む。休みの日は僕たちの小道に来て、君の前にひょっこり現れる。いつ現れるかは君にも僕にもわからない」

フィリップの肩のあたりから微かな囁きが聞こえた。

「そうだよ、君のもとへ飛んでいく。君と一緒にいたいから。そして人から逃れたいから。理由はわかるだろう。人！　人なんてうんざりだ！　僕は四六時中人に囲まれてる。人は話し、話し、また話し、演じ、待ち、遊び、噂話に興じ、陰口を叩く。現れたり去ったり、押したり突いたりする。僕はつねに熱狂と興奮が渦巻く作り物の世界にいるんだ」

「スリルがある世界ね！」

「ああ、まったくだ。でもスリルと偽りの熱狂にはもうお腹いっぱい。心が消化不良を起こしそうだよ」

微かな囁きがまた肩のあたりから聞こえた。「魅惑的な美女たち――」

「魅惑的だって！」フィリップは鼻を鳴らした。「かつらとつけまつげと黄色い化粧！　照明と素晴らしいカメラワーク！　それらが生む魅力や美だ！　女優たちが衣裳部屋と化粧部屋に戻れば消え失せるよ」彼は重々しく真剣な口調で続けた。「演技に長けた女優もいるのは認めるけど、女優はいついかなる時も演じている。でも君は偽りのない人だ。自然で人を癒してくれるし、思慮深くて穏やかで真の美しさを湛えている。ジャネット、君の綺麗な瞳は深く静かな湖のようだ。男を夢中にさせる瞳……ああ、ジャネット、心から愛している」

囁きは聞こえなかった。ジャネットはじっとしていた。心底驚き、えもいわれぬ気持ちになっていた。初めはフィリップの言葉を信じられず、やがて嘘ではないと思い始めたものの、魔法が解けて奇跡が終わるような気がして怖くなった。

フィリップは少し間を置いて続けた。「僕の人生は悪い人生じゃない。愉快で充実したいい人生だよ。仕事は、平凡な自分を捨て、想像力を目いっぱい働かせて別人になること。思いきり〝演じる〟ことだ。〝演じる〟のは楽しみだし、楽しみはお金ももたらしてくれる！　いい人生だよ」彼は繰り返した。「刺激的な仕事に勤《いそ》しみ、休日は安らかにのんびりと暮らしている。そんな人生に欠けているものがひとつある」

「何？」ジャネットが訊いた。

「人生を分かち合える人。休日をともに過ごす人。美女たちに囲まれて疲れ果てた日に家で待っててくれる人。偽りがなく自然で正直な人。ずっと変わらずにいてくれる人」

ジャネットは黙っていた。フィリップは腕の中でジャネットが動くのを感じた。彼女は頭を上げて離れようとしていたので、もう一方の腕を彼女の体に回して強く抱き締めた。

「伴侶が欲しい」フィリップは緊張した声で告げた。「ああ、ジャネット！　愛しいジャネット。わからないの？　わからないの？　僕は君に結婚を申しこんでいるんだよ……」

四

二週間後、ジャネット・ソームズはフィリップ・ストロングと駆け落ちした。

ある夜、兄のバンガローを後にした。兄は彼と同様に頑固で傲慢な仲間と出かけていた。ジャネットはうら寂しい小さな駅にたどり着き、外で待っていると列車が現れた。フィリップが買ってくれたウィンチンガム行きの切符がバッグに入っており、彼が必要な手配をすべて済ませていた。プラットフォームに入るとフィリップがいたけれど近づかず、声もかけなかった。フィリップがジャネットに気づかないふりをしながら微かに頷いて見せたので、ジャネットは一番近い一等客室に入り、隅っこに身を潜めた。幸い誰もおらず、前の晩、密かに家から持ち出してフィリップに預けたスーツケースは無事に列車に運びこまれていた。彼が頷いた時、それがわかった。

ジャネットには出発を待つ時間が永遠に続くように思えた。やがて車掌が笛を吹いて旗を振り、列車がゆっくりと駅を出発した。次の駅に着いた時、客室の扉が激しく開き、フィリップがスーツケースの重さによろめきながら入ってきた。

「参ったな！」フィリップは息を弾ませ、向かいの席にスーツケースを放り出した。「こいつの中身は偽の金塊か何かかい？」

「おお、フィリップ！」ジャネットは涙声で叫び、祈るように両手を合わせた。

フィリップは隣に腰を下ろしてジャネットを抱き締め、からかうような微笑みを浮かべた。「どうしたの？」

「何でもないのよ。ただ、ほっとしたの。あなたが一緒にいてくれたらってどんなに願ったかしれないわ！」

「ああ、今は一緒にいるよ。最善の方法をとったのさ。金塊で思い出したけど、例のお金は持ってきたの？」

「ええ」ジャネットはフィリップから体を離してバッグの中を探った。「預かってて、フィリップ。持っていてちょうだい。あなたのほうがうまく管理できるでしょう」

「御免だよ、お金を預かるなんて！　明日の朝まで君がしっかり持っていてくれ。そして銀行に預けよう」

ジャネットは不信感を滲ませながらフィリップを見つめた。不信感は彼に対するものではなく、銀行に対するものであり、フィリップには絶対の信頼を置いていた。ジャネットはいかなる投機にも根深く拭いきれない疑念を抱いていて、その疑念は銀行にお金を預けるという単純で一般的な行為にも向けられていた。フィリップはそれを知らなかった。銀行をはじめとする怪しくて陰気な忌まわしい金融の殿堂は、安全かつ堅実にお金を運用しているように見えるけれど、実際は託されたお金を投機同然の方法で運用している、とジャネットは思っていた。同じような考えを持つ女に時々遭遇するが、ジャネットと同様その女には投機で失敗した夫か父親か兄弟がいるのかもしれないし、家族が破滅の淵に追いやられたのかもしれない。

ジャネットはお金を金融機関に預けたことがなく、亡き母が残してくれたお金と少しずつ貯めたお金を兄のバンガローにある彼女の寝室の秘密の場所に隠していた。それが今はハンドバッグの中にある。千二百ポンド余りのかなり汚れたしわくちゃの各種紙幣だ。

ジャネットは太い輪ゴムできつく束ねた紙幣を取り出してフィリップに押しつけた。

「預かって。お願いよ、バッグの中でかさばるからポケットかどこかに入れて管理してちょうだい。今はもう」彼女は恥ずかしそうにつけ加えた。「私たちのものでしょう？」

「ふーむ」フィリップは考え深げに頭を掻いた。「しょうがないな、確かにそうだね。でもこうも言えるよ。今は——明日の朝十時からは、僕のものはすべて君のものだ」彼は大きな財布を取り出して札束を詰めこむと、それを内ポケットに仕舞い、まるで鳩の胸のようだと不平を鳴らしながら不思議そうな目でジャネットを見つめた。「君はおかしな人だね！　お金を部屋に置いておくなんて！　おかたティーポットやジャム瓶に入れていたのだろう。銀行に預けるまでは安心できないなあ」

「銀行は嫌いよ」ジャネットは告げた。

「すごく便利なのに。数ポンドを求めてベッドの下に潜りこむより小切手を切るほうが簡単じゃないか」

ジャネット・ソームズが声を立てて笑った。

「わあ！」フィリップは叫んだ。

「どうしたの？」ジャネットはびくりとした。

「初めて――初めて君の笑い声を聞いたな。もっと笑ってごらんよ、気分がよくなるから」

しかし、ジャネットが声を立てて笑ったのはこれが最後だった……。

フィリップがあらゆる段取りを整えた。彼とジャネットはウィンチンガムにあるミスター・メルローズの家でひと晩過ごすことになっていた。ミスター・メルローズはフィリップの友人でロンドンに出かけており、夜中に帰る予定だった。熱心な降霊術信奉者であり、ロンドンに赴いたのは降霊会に参加するためだ。この降霊会では通常より多くの蠟燭を使う新しい方法が用いられたようだ。フィリップとジャネットは翌朝十時に登記所へ行って聖なる夫婦の契りを結ぶ。その後ただちに、フィリップ・ストロングの言葉を借りれば、千二百ポンドを銀行に〝避難させる〟。それからイギリス西部でハネムーンを過ごし、短いながらも充実した心躍る五日間の旅が終わると、フィリップは撮影所に戻るのだ。

ハネムーンの時に誰もが抱く高揚感や安心感、冒険心、夫とともにいる喜びをすでに感じていたジャネットは、星のように輝く目でフィリップを見た。

「煙草を吸いたいなら吸ってちょうだい」

「君がかまわないなら。でも、ここは禁煙だぞ」

「あら、そんなのどうでもいいわ」些細なことだとジャネットは取り合わなかった。「フィリップ、ミスター・メルローズのこと教えてよ」

「ジミーのこと？」フィリップは煙を吐き出した。「皆からジミーって呼ばれてるけど、若くはなくて六十歳近いんだ。革を扱う会社を経営している。ウィンチンガムはそれにもってこいの場所さ。社名はメルローズ・アンド・ケアリーで、ケアリーが亡くなると、ジミーは会社を有限責任会社にした。最近は会社から遠ざかっていて、降霊術に傾倒してる。時間の大半を降霊会に費やして、今は亡きミスター・ケアリーと交信しようとしているよ。ケアリーが革市場の行方を教えてくれるのかな」

「フィリップ！」

「え？」

「そんな言い方はちょっと不謹慎だわ。いいえ、不謹慎というより――」

「ああ！　君は降霊術を信じているのかい？」

「さあ――わからないわ。今は信じる人が多いけど、私は降霊術のことをあまりよく知らないの。それはともかく、からかったりしたらいけないわ」

「わかったよ」フィリップは神妙に告げた。「もうからかわないよ。降霊術はジミーの大事な道楽なんだ。独身のジミーは、住宅街のマニング通りの角に建つ大きな古い家に住んでる。ディケンズの小説から抜け出してきたような男で、太ってて白髪頭だけど、血気盛んな少年といった風情を漂わせているよ」

ジャネットは微笑んだ。「今夜はあなたも少年のようだわ。初めて小道に現れた時のあなたとはまるで別人みたい。川辺で過ごしたあの日のあなたとは……」

「当然だろう！」フィリップは叫び、ジャネットを抱き締めた。

やがてウィンチンガムに到着した。

フィリップとジャネットはスーツケースを手に取り、プラットフォームに降り立った。「ちょっと待って」フィリップは近づいてくるポーターに向かって首を横に振った。「外でタクシーを拾おう。ここがウィンチンガムだよ。いくつかの工場と倉庫があるだけのスリーピー・ホロウ（アメリカ人作家ワシントン・アーヴィングの短編に登場する静かな谷の名前）のようなところさ。ここではオフィスのことを未だにカウンティングハウス《会計室》と呼んでいて、これといった事件も起こらない。本当にこの大都市に来たことがないのかい？」

「ええ」ジャネットは興味と微かな不安がないまぜになった表情でまわりを見た。「ないわ、一度も。エドワードと私はめったに出かけなかったし、出かけるところといったら逆方向のロンドンくらいだもの」

駅を出ると、意欲満々なタクシー運転手が現れた。細面《ほそおもて》でひょろりと背が高く、制帽をかぶっており、フィリップがジャネットをタクシーに乗せると、運転手は荷物を受け取って助手席にどさりと置いた。それから奇妙なことに、まるでフィリップを無視するかのようにジャネットに目を向けて訊いた。「マダム、どちらまで？」

ジャネットはフィリップをぼんやりと見つめた。その姿は見るも哀れで魅力のかけらもなく、麻のスーツはしわしわで色は彼女に似合っていないし、帽子は流行遅れである。運転手は狼のような貪欲な目つきで見据えたまま返事を待った。

「マニング通り十七番地まで」フィリップが短く答えた。その場に漂う異様さに気づいていないようだった。「ミスター・メルローズの家だ。知っているかい？」

「知っているかですって？」運転手は自信たっぷりに言い切った。「知っていますとも！　何度も行ってます。あっという間にお連れしますよ」

あっという間という時間が四分半なら、運転手は約束を守った。なぜなら、その時間が過ぎる頃、数本ののどかな道を抜けて細いウィンチ川を横切り、マニング通りに入ったタクシーは通りの角で停車したからだ。

マニング通りは蛇行する川沿いに広がる住宅街の目抜き通りだ。広くて両側に木々が並んでおり、大きな道や弧を描く道、上り坂、私道、テラスが通りにつながっている。一般的な通りと違って騒々しさはなく、歩道から石階段を四段上ると十七番地の家の玄関に着いた。家の東側の壁はホーソーン通りに面し、裏手には庭が広がり、西側にテニスコートがある。もちろん、これらはジャネットには見えず、彼女はタクシーを降りるとフィリップに導かれて階段を上った。ジャネットに見えるのは、彫刻の施された重厚な玄関扉とその上方にある照明、聳《そび》え立つ家のおぼろげな姿だけだった。

運転手はジャネットのふたつのスーツケースを階段の最上段に置いて支払われたお金をポケットに入れると、一足飛びにタクシーに戻って走り去った。

「さあ」フィリップは晴れやかな声で告げた。「着いたよ。メルローズの家に。楽しく自由な人生への第一歩だ」

フィリップは扉の脇にある呼び鈴のボタンを押した。しばらくしてミスター・メルローズに仕える男性使用人が扉を開いた。がっしりして静かな歩き方をするこの男は執事と従者の仕事を兼務していた。

「こんばんは、ポーター！」フィリップは挨拶した。「僕からの電報を受け取ったかい？」

使用人はつるりとした大きな額の下にある薄茶色の目で冷静にジャネットを見た。フィリップには目もくれずに軽くお辞儀をして、ジャネットが中に入れるよう脇へ寄ると、こう告げた。「はい、マダム。お部屋をご用意しています」

何かおかしいとジャネットは思った。これがジャネットを苛《さいな》むことになる悪夢の始まりである。開いた扉の前でまごまごしながらふたりの男を順々に見ると、フィリップが中に入るよう彼女を優しく促した。

「さあ。荷物はポーターが運んでくれるよ」

ジャネットは中に入った。家は古くて広々としていて、堅牢さと雄々しさを感じさせた。鏡板を張った玄関ホールに立って左側を見ると、壁に沿って幅広の階段が伸びていて、縦溝が施された手すりは輝くように磨き上げられていた。階段の上り口を通り過ぎた先の右側にある部屋の扉は少し開いており、大きな部屋らしく、石造りの暖炉と木彫りの炉棚が見えた。まるで祭壇のようだとジャネットは思った。暖炉の傍らにどっしりした肘掛け椅子が鎮座し、チェスターフィールド様式の堂々たるソファが向かい合わせに置かれ、その間に重厚な長いテーブルが据えてあった。

玄関ホールの左側に目を転じると、階段の上り口近くに扉があるが閉まっていて、右側の部屋の先に見える別の扉は緑色の毛織物に覆われ、真鍮の飾り釘が打ちこまれていた。台所、食器室そして使用人部屋に続く扉だろうとジャネットは推測した。頭上の古風なランタンが暗い壁と扉と手すりに淡い光を投げかけていた。ホールの隅には羊皮紙の笠をかぶった背の高いフロアランプが立っていて、その光とランタンの鈍い光が混じり合っていた。

フィリップがきょときょとしているジャネットに微笑みかけた。「素晴らしいだろう?」

「ええ」ジャネットは答えた。豪華すぎてひどく重苦しいと思ったけれど、執事の前で否定的なことを口にするのは憚《はばか》られた。

玄関の一方の脇に縦長の曇りガラスの窓があり、鮮やかな赤色のカーテンが引かれていた。もう一方の脇に、構造が複雑な古めかしい帽子掛けがあり、フィリップはそれに帽子と腕に掛けていた夏用の軽いコートを掛けた。スーツケースを運び入れて扉を閉めたポーターは恭《うやうや》しく控えていた。

「さて」フィリップは両手をこすり合わせた。「君はどうしたい? 二階の部屋でひと息入れるか、あそこで一杯飲んで――」彼は扉の開いている部屋を指さした。「喉を潤すか。ジミーはあの部屋に上等なシェリー酒を置いているんだ」

「いいえ、お酒は結構よ。とりあえず部屋へ行って着替えたいわ」

「仰せのままに。今夜はここは君の家だから」

ポーターがスーツケースを手に取り、階段の上り口へ向かった。「こちらです、マダム」

ポーターは先頭に立って進み、フィリップが後に続いた。分厚い絨毯が敷いてあるので足音はしなかったものの、階段が鋭角に曲がる踊り場からふたつ下の段が一行の重みによって軋んでもの凄い音を立てた。

「いったいいつ」フィリップがぶつぶつ言った。「ジミーは修理するつもりなのかな? 階段が軋むようになって久しいよな」

ポーターは答える気はないらしく、黙々と歩を進め、ある扉の前で止まった。扉はどれも暗い色合いで頑丈だった。ポーターはスーツケースを置くと、扉を開けて明かりをつけ、ジャネットが通れるよう脇に退いた。

部屋は広くて明るく、優美だった。クリーム色の壁、淡い緑の絨毯、幅の広い窓、その両側にクローバーを思わせる緑の厚手のカーテンが引いてあり、ひとり用のベッドや衣裳箪笥《だんす》、背の高い整理箪笥、暗い色の木でできた華奢な化粧台が設えられていた。ジャネットが中に入ると、フィリップは戸口の側柱にもたれかかり、ミスター・メルローズが淑女のために設えた部屋を眺めた。

「ジミーも粋なことをするな！　ここは儚《はかな》げだね。ジミーは堅牢さを好むのに。彼の四柱式ベッドはひっくり返って大破した何かの残骸といった風情だし、彼の整理箪笥が倒れたら地下室まで突き抜けてしまうよ」

「どこに」ポーターが訊いた。「スーツケースを置きますか、マダム？」

ジャネットはどうしたらいいかわからなかった。「ええと。そうね——どこでもいいわ。ありがとう」

ポーターはぴくりと眉を上げ、ベッドの足もとにスーツケースを置いた。するとジャネットはスーツケースのひとつにぱっと飛びついてベッドの上に持ち上げようとした。

「私が上げましょう、マダム」ポーターが断固たる口調で告げ、ジャネットの手からスーツケースを取ってベッドの上に置くと、鍵をくださいと言った。

「いいのよ、本当に」世話されることに慣れていないジャネットは戸惑って言葉に詰まった。「自分で開けるから」

ポーターは意味ありげに眉を高く吊り上げながらベッドから離れて窓に歩み寄り、板についた様子で腕を二度大きく動かしてカーテンを閉めた。

「僕が代わりにやれたらいいのに」フィリップは戸口に立ったまま感心した口ぶりで言った。彼は礼儀をわきまえているから部屋には入らなかった。ジャネットは内心それが嬉しかった。「ここでならくつろげるだろう。ポーターは僕にどんな部屋を用意してくれたのかな。ちょっと見に行ってみよう。君は浴室の場所を教えてもらうといいよ。配管が少し古いのがこの家の難点なんだ。君が支度を済ませたら軽く夕食をとろう。ポーターが何か食べさせてくれるよ。そうだろう、ポーター？」

執事はまるでフィリップがそこにいないかのように、ジャネットから言葉をかけられたかのように、彼女に向き直って告げた。

「もちろんです、マダム。居間で召し上がってください。何時がよろしいですか、マダム？」

「あの――ええと――そうね、よくわからないわ」ジャネットはしどろもどろで、相変わらずまどろっこしかった。彼女がフィリップを見ると、彼は辛抱強く微笑みかけた。

「どのくらいで支度ができるかな？　二十分？　それとも三十分？」

「ええ、そのくらいよ！」

「決まった。二十分後だよ、ポーター」

ポーターはまたぞろジャネットから言葉をかけられたかのように答えた。よく訓練された使用人らしく、あくまで冷静だった。「かしこまりました、マダム」

ポーターの態度は奇妙だったものの、フィリップはそう思っていないようだった。

「支度が済む頃、階段の下り口で待ってるよ」フィリップは気楽な調子で告げた。「じゃあ、ポーターが用意してくれた部屋へ行くとするか」

フィリップは廊下を歩き去っていった。

「浴室へ、マダム」ポーターはいったん言葉を切った。

「ああ、そうね……」ジャネットは逡巡し、困ったような顔でポーターを見た。「ポーター！」

「はい、マダム？」

「ポーター、ほかに使用人はいないの？　女性の使用人は？」

「マダム、女性の料理人がひとりおりますが通いでして、毎晩夕食が終わると家に帰ります。今夜はミスター・メルローズがいらっしゃらないので夕食を作りませんでした。今、この家にいる使用人は私だけです、マダム。ミスター・メルローズは若い女性使用人に給仕されるのを好みません」

「そう。わかったわ」

「それでは、マダム。浴室にご案内しましょうか？」

「ええ、お願い」

ポーターはジャネットを促して浴室へ向かった。フィリップの部屋の前を通り過ぎる時、彼が部屋の中で口笛を吹きながら動き回っているのが聞こえた。ポーターがほかに用があるか尋ねたので、ジャネットはもう用はないと答え、お礼を告げて彼を下がらせた。彼女は階段へ向かうポーターを不思議そうに見送った。ポーターの黒い大きな背中が視界から消え、階段の踊り場からふたつ下の段の大きく軋む音がした。

二

ジャネット・ソームズはクリーム色と緑色に包まれた部屋の中で詰め物入りの腰掛けに座ると、鏡に映る自分の姿をもの思わしげに眺めた。ついにやったわ！　良かれ悪しかれ退路を断ったのよ。後戻りはできないわ。エドワードは家に帰って私の手紙を読んだら激怒するわね。ジャネットは急に兄のことが心配になり、胸がずきりと疼いた。これから誰がエドワードの世話をするの？　誰が食事の用意をして、家を整頓するの？　優秀な家政婦が見つかればいいけれど。もしかしたらこの家の主人と同じように女性使用人を敬遠して男性使用人を雇うかもしれないわ。フリーティングの人たちはどんなに面白がるだろう。私がしでかしたとんでもないことを！　口さがない人たちがゴルフ場で交わす会話が聞こえてくるようだわ。「……いやはや！　驚きだ！　とても信じられない！　あの感じのいいご婦人が、まさか――」

これは現実ではないという思いが心をよぎった。ジャネットは想像したフリーティングの人々と同様に、とても信じられなかった。見ず知らずのロマンチックな殿方にたちまち心を奪われるなんて。なぜフィリップは――？

やがて、現実ではないという思いは消えて、フィリップの言葉が心に浮かんだ。「……君のような人をずっと探していたんだ。君はこれまで出会ったどんな女性とも違う。穏やかで正直で心を安らげてくれる……ああ、僕たちは互いに若くないけど、それが何だ？　君は今も美しい。柔らかな頰、輝く澄んだ瞳……」愚かなことかもしれないけれど、フィリップは目を褒めてくれた。唇が愛らしいとも言った。おお、あの人は私を愛しているのよ！　いくつもの方法で愛を示してくれた。私と一緒にいられて幸せなのだわ。

ジャネットは鏡に映る目を見た。ごく平凡な目である。視線を上げて髪をしげしげと眺めると、少し気分が沈んだ。明らかに白髪が増えているわ。髪型は整っているけど野暮ったい。ロンドンで腕のいい美容師に髪型を変えてもらえばよかったのよ。白髪もどうにかするべきだった。染めるという手があるじゃない。良質で無害な白髪染めが売り出されたという噂を聞いたわ。でも、フィリップは白髪でも何でもひっくるめて私を受け入れたし、心から満足している。

フィリップ！　あの人が部屋の外で待ってるわ。殿方は身繕いに時間がかからないし、座って夢想に耽ったりもしない。

フィリップ・ストロングは階段の下り口で待っていた。ぴかぴかの手すりに腰掛けて、片足をぶらぶらさせながら軽やかに口笛を吹いていた。暇な時やくつろいでいる時に曲の断片を口笛で吹く癖があるのだ。ジャネットが現れると、彼は微笑みながら声をかけた。

「やあ！　素敵だよ！　お腹は空いているかい？」

「ああ、フィリップ！　待たせてしまったかしら？」

「いいや。今来たところだよ。さあ、下りて食べよう」

一緒に階段を下りながら、ジャネットは恥ずかしそうにちらりとフィリップを見た。「私が素敵ですって？　そうかしら。スーツがしわくちゃなのに。着替えたほうがよかったけど、ひと晩泊まるだけだから、荷物を解きたくなかったの」

「そうか」フィリップは無造作に言った。「君はそのままでいいのさ」

ふたりは踊り場を曲がると玄関ホールへ向かって下り始めた。ジャネットはふたつ下の軋む段を踏んだ時、思わず飛び上がってフィリップにぶつかった。

「おお！　ごめんなさい、フィリップ！　この段が――！」

フィリップは嬉しそうに笑った。「この段にもいいところがあるな」彼は悪戯っぽく告げてジャネットを抱き締めた。

「お馬鹿さんね……ねえフィリップ！」

「いかがなさいましたか、お嬢様？」

「私が出てきた時口笛で吹いていた曲は何なの？」

「え？　ああ、チャイコフスキーのワルツだよ。『眠れる森の美女』。美しい曲だろう？　チャイコフスキーは僕のお気に入りさ。最高の作曲家なんだ」

階段を下りて曲がると、フィリップはジャネットを居間へ導いた。そこは少し開いた扉から中をのぞいた部屋だった。広く、堅牢でありながらゆったりした雰囲気が漂っていた。床まである暗褐色の重厚なカーテンが縦長の窓に掛かっていて、四方の壁のひとつに本がずらりと並んでいた。ほかの壁は肩の高さまでオーク材の鏡板で覆われ、壁の上部には薄茶色の独特の質感のものが貼ってあった。

ジャネットは近づいて指で触ってみた。

「フィリップ、これは何なの――皮紙かしら？」

「ちょっと違うな」フィリップは執事をぼんやりと眺めながら答えた。執事は軽い夕食がとれるように長いテーブルの上を整えていた。「革だよ。今ではめったにお目にかかれない代物さ。昔はジミーのような金持ち連中が好んで使ったんだろう。図書室や書斎の壁紙に」

「高価なんでしょうね」

「ジミーならわけなく買えるよ」

ジャネットは床から天井までびっしりと並ぶ本に近づいた。

「なんてたくさんの本！　ミスター・メルローズは全部読んだのかしら？　この綺麗な本は鳩の羽色のスエードで装丁してあるわ」

「本の題名を見たかい」フィリップが訊いた。「それは降霊術に関する本だよ。言っただろう、ジミーは降霊術に傾倒してるって。もう夢中なのさ」

「彼は――ミスター・メルローズは霊媒師なの？」

「さあね！　どうなのかな、ポーター？」

「私はお答えできません、マダム」執事は背筋を伸ばすと、フィリップではなくジャネットに向かって告げた。「ミスター・メルローズは時々お客様を――霊媒師を自任する方々をお招きになります。そして集《つど》いが開かれます」

「集いか！」フィリップが繰り返した。「ぴったりの言葉だな。最近は集いを開くのか。ご立派な霊媒師の間ではもう〝降霊会〟という言葉は使われないのかな」

「ここで開くのかしら？」ジャネットが興味津々な様子で訊いた。「この部屋で？」

「いいえ、マダム。玄関ホールを横切った先にある小部屋で開かれます。そこにラジオとレコードプレイヤーを合体させた装置があります。集いで使う装置です」

「集いはこうして始まる」フィリップが心得顔で会話に割って入った。「まず、参加者が円になって座る。それから誰か――たぶんジミーが『木々』とか『黄昏時の歌』とか、そういう恐ろしく陳腐な曲のレコードをかける。そうして超自然的な雰囲気が作り出されて、理論的には誰もが何もかも受け入れる気持ちになるのさ」

「あなたにはレコードをかける役は務まらないわね？」ジャネットは微笑んだ。「チャイコフスキーの曲を選ぶから！」

「確かにそうだな。それに、彼の曲を中断されたらたまらない。僕は集いとやらのよき参加者にはなれないよ」

ポーターはテーブルから離れており、真っ白なテーブルクロスで覆われたテーブルに鶏肉と舌肉、サラダ、ロールパン、バターが並んでいた。

「食後にコーヒーを召し上がりますか、マダム？」

「ええ、いただくわ」ジャネットはテーブルに歩み寄った。「とても美味しそうだわ、ポーター」

「ありがとうございます、マダム。簡単なものばかりです、マダム。まともな料理をご用意できず、申し訳ありません。夕食はお済みだと思っておりましたので」

「とても美味しそうだわ」ジャネットは繰り返しながら、〝簡単なもの〟をありがたく眺めた。「量も充分――」

ジャネットは言葉を切り、視線を上げて執事を見た。執事はテーブルの向こうで控えている。ジャネットはいつになく鋭い声を上げた。「ちょっと、ポーター！」

「何でしょうか、マダム？」

「ひとり分の席しか用意されていないじゃない！」

三

　ふたりはテーブルをはさんで見つめあった。ポーターはきょとんとしており、一方のジャネットは不信感と苛立ちを覚えていた。フィリップは豪華で大きなサイドボードに歩み寄り、サイドボードの中にあるカップボードの扉を開けて中をのぞいた。端正な顔に希望に満ちた表情を浮かべていて、ほかのふたりのことをまるで気にしていなかった。

「はい――そうです、マダム」ポーターは言った。

「でも、ふたりいるのよ！」ジャネットは叫んだ。

「何とおっしゃいましたか、マダム――ふたり？」

　ポーターは見るからに動揺しており、頭のてっぺんに届きそうなくらい眉を上げた。その時、ジャネットはふと思った。ポーターは私に敵意を持っているのかもしれない。あの恭順な態度はただの見せかけで、私を見下し、行く手を邪魔しようとしているのかも。私が女で、男の聖域への侵入者だからかしら。それとも、ほかに理由があるのかしら。ジャネットはポーターを見つめた。私を恐れているのかも――。いいえ、薄茶色の目の奥に潜んでるのは怖れじゃなく不快感だ。この家に私がいるのを不快に思っているのね。男というのは何かがいつもと少しでも違うと不快に思うものだから。

　ジャネットは我が身可愛さで腹が立った。「ふたりよ！」ぴしゃりと言い放ち、自分が震えているのに気づくと、さらなる怒りを覚えた。「とぼけないで、ポーター！　お皿とナイフとフォークをもうひとり分持ってきてちょうだい」

ポーターはジャネットから視線を外し、目に困惑と微かな不安の色を浮かべて部屋をそっと見回した。それから「かしこまりました、マダム」と呟き、部屋を出ていった。それまでの威厳はすっかり失われていた。

「ねえ――」サイドボードの前にしゃがんでいたフィリップが話し始めた。しかし、ジャネットがそれを遮った。

「フィリップ、ポーターはいったいどうしたのかしら？　態度がおかしいわ」

「えっ？　態度がおかしいだって？　どんな風に？」

「まるで――まるであなたがここにいないみたいに振る舞っているわ！」

「何だって？」フィリップは立ち上がって、ジャネットに微笑みかけた。愉快そうな、励ますような微笑だった。「僕がここにいないみたいに？　でも、僕はここにいるし、鶏肉も食べるぞ！　君の思い違いじゃないかな？　知らない家にいつもと異なる状況。そういうことが……」

「思い違いじゃないわ、フィリップ」ジャネットは言い張った。「ポーターはひとり分の席しか用意していないし、あなたがポーターに質問すると、あなたじゃなく私に答えるもの」

「そうかなあ？」フィリップは「気づかなかった」と言って顔をしかめたものの、やがて眉を開いた。「ひとり分の席を用意したのは、それが習慣だからだよ。ポーターはいつもジミーひとりに給仕するからね。ところで彼――ポーターはどこにいるんだい？」

「あなたの分を取りに行ってるわ」

「ほらね。単に忘れていたのさ」

「でも――」

ポーターが皿とナイフとフォークを持って戻ってきたのでジャネットは口をつぐんだ。フィリップはおどけた様子でジャネットに目くばせした。「こっちにおいで。これを見てごらん」

ジャネットは促されるままにサイドボードに近づき、扉の開いたカップボードの前にしゃがみこんでいるフィリップの傍らで身をかがめた。かつて見たことがないほどの大量の酒が決して大きくないカップボードに仕舞われていた。

「今日は」とフィリップ。「特別な日だ。なのに、ふさわしいやり方で祝わないなら、ジミーは僕たちを絶対に許さないだろう。どのお酒にしようか？　君が選んでくれ。男の世界では、毒《poison》を選んで（毒を意味する言葉poisonには酒という意味もある）と言うよ」

「ああ、フィリップ。お酒は結構よ」

「どうしてだい？　これはそんじょそこらのお酒じゃない。極上のお酒だよ。ジミーを満足させられるのは極上のものだけなんだ。今夜は飲むべきだよ」

「いいえ」ジャネットの心が揺らぎ始めた。

後方のテーブルの側にいるポーターが執事らしい上品な咳払いをした。「夕食の用意が整いました、マダム。お給仕しましょうか？」

「いいや、ポーター」フィリップがさらりと答えた。「その必要はないよ。僕たちでできるから。コーヒーをお願いする時に呼び鈴を鳴らすよ」

「かしこまりました、マダム」

ジャネットはぱっと振り返ってポーターを睨んだ。するとポーターはぎこちなく目を逸《そ》らし、部屋の中を例の如くこっそりと探るように見回した。それから軽くお辞儀をして部屋から引き下がった。

「ほら！」執事が扉を閉めるや、ジャネットはフィリップに向き直った。「聞いたでしょう。ポーターは〝かしこまりました、マダム〟って答えたわ」

「え？」フィリップがぼんやりした様子で言った。彼は文字通りカップボードの中に頭を突っこんでいた。「ごめん、聞いてなかった……。ねえ、ポーターのことなら気にすることないさ！　ちょっと気難しいところがあって、執事として長年勤めているせいか人間味に欠ける男で、さながら木像なんだ。このお酒はどうかな？　どれにしようか？」フィリップは言葉を切ってじっと考えこんだ。「ソーテルヌがいいかな。ソーテルヌは無害な美酒で、淑女にぴったりのテーブルワインだよ――」

フィリップはだしぬけに立ち上がり、ポケットを叩いた。「しまった！」

「どうしたの？」

「ハンカチを忘れたんだ」フィリップは慌てた様子で短く答えた。「気づいたからには捨て置けないぞ。少し待っててくれ。部屋に取りに行ってくるから」

フィリップはジャネットの頰にそっとキスをして、扉のほうへ向かった。

「フィリップ！」

「え？」

「扉は開けたままにしておいて」

フィリップは振り返り、ジャネットをつくづくと見つめた。よく動く口もとに彼特有の親しげでからかうような笑みを浮かべていた。「了解。お望みとあらば扉を開けときますよ。お馬鹿さんだな！　不安なのかい？　ほんの少しの間いなくなるだけなのに……」

フィリップは戸口にしばし佇《たたず》んでいた。ジャネット・ソームズはこの姿をいつも思い出す。フィリップは穏やかで、ジャネットを愛おしみ励ますように微笑んでいた。殿方がこんな風に微笑みかけてくれたのは、現実の世界では後にも先にもこの時だけだった……。

フィリップは出ていった。

ジャネットは彫刻の施された立派な椅子の背もたれに手を掛けて立ったまま、フィリップが視界に入ってくるのを待った。戸口から見えるのは階段の三、四、五段目と縦溝のある輝く手すりと壁である。フィリップは『眠れる森の美女』を口笛で吹きながら視界に入ってきた。ジャネットが見上げているのに気づくと口笛を吹くのを止め、また微笑んだ。それから陽気に手を振り、分厚い絨毯の敷かれた階段を上っていった。足音はしなかった。

フィリップは運動選手のように軽やかで落ち着き払っていた。彼が視界から消えると、ジャネットは例によって階段の軋む音が鳴り響くのを待った。

ところが階段は軋まなかった！　ジャネットは耳をそばだて、力みながら息を殺した。そんな自分の姿に愚かしさを感じつつも、さらに耳を澄ました。やはり軋む音はしなかった。けれども、静寂の中でフィリップのため息が聞こえた。短くも深いため息だった。

ジャネットは突如不安に襲われて緊張状態に陥った。胸騒ぎを覚えていたたまれなくなり、開いた扉から飛び出した。廊下と玄関ホールはがらんとしていた。フィリップの姿が見えるかもしれない。彼が二階を動き回る音が聞こえるかもしれない。そう思いながらジャネットは手すり越しに見上げた。

明かりがついてない！　二階は闇と静寂に包まれており、不思議なことに家全体から人の気配が消えていた。家の中は恐ろしいほど静かで空虚だった。

四

ジャネットは混乱しながら二階に向かって名を呼んだ。初めは自分の声に怯《おび》えるかのように小さな声で、次に声を大きくして呼びかけた。「フィリップ！　フィリップ！」

返事はなかった。大きな古い家にいきなり訪れた不気味な静寂を破るものはなく、呼んでも無駄だった。ジャネットは振り返ると、呆然とした表情で玄関の大きな扉を見やった。扉はふたりが到着してからずっと固く閉じられたままであり、フィリップが玄関から外へ出るはずはない。彼は階段を上ったのだ。ジャネットは自分の目でそれを見ているし、フィリップは引き返していない。でも、二階には上がっていない。上がったなら二階の明かりをつけるだろうし、呼びかけに答えるだろう。二階に上がっていないし、引き返してもいない。どこにもいない。ため息を吐いて、消えてしまった……。

真っ暗な二階に怖くて上れずにいたジャネットは、ポーターのことを思い出した。すると廊下の奥にある緑色の毛織物に覆われた扉が開いてポーターが現れた。

「あの——マダム、どうかなさいましたか」

ジャネットはポーターに向かって話そうとしたけれど言葉に詰まった。唾を飲みこんで乾いた唇をなめ、声を絞り出した。それは普通の声ではなく、押し殺した悲鳴のようだった。

「ポーター！」ジャネットは雀のように落ち着かなげに続けた。「ポーター！　ミスター・ストロングが——」

「ミスター・ストロング？」ポーターの声が半オクターブ上がった。「ミスター・ストロング……？」

ポーターは冷静だった。「どなたかお見えになったのですか、マダム？　呼び鈴が鳴ったのでしょうか。気づかず申し訳ありません」

「いいえ、いいえ！　誰も来てないわ。ミスター・ストロングのことで話があるの。私と一緒にいた紳士。ミスター・メルローズの友人で私と一緒にいたあの紳士のことよ。彼はたった今、ハンカチを取りに二階へ向かって、それで――それで――」

ジャネットの声が次第に小さくなった。ポーターはまたぞろ頭のてっぺんに届きそうなほど眉を高く上げ、ジャネットに胡乱《うろん》な目を向けた。やっぱりポーターは私を恐れているんじゃないかしらとジャネットは思ったけれど、それがなぜなのかはわからなかった。

彼女はまくし立てた。「彼は自分の部屋にあるハンカチを取りに二階へ向かったの。少なくとも階段を上ったわ。そして上りながら微笑んで手を振ってくれた。それをこの扉から見たのよ。なのに、彼は二階にいないのよ。二階は真っ暗で、呼んでも返事がないの。怖いし心配だわ。おお、ポーター、なんとかしてちょうだい！」

ポーターはその場に佇んだままジャネットを見つめた。「ミスター・メルローズの友人ですって？」

彼は呟いた。「あなたと一緒にいた紳士？」

「そうよ。そうよ！」ジャネットは声を荒らげて泣き始めた。

執事はおもむろにぎこちなく動き出した。大きな白いハンカチをためらいがちにジャネットにさし出すと、手すりに近寄って、暗い二階を見上げた。それから困惑の色を浮かべて居間をちらりと振り返った。ひどくびくびくした様子だった。

「マダム、失礼ながら私には理解できません。お客様はあなただけですのに、ふたり分の席を用意するようおっしゃったり、一緒にいた紳士が二階へ向かったとおっしゃったり。まったく理解できません」

「二階へ向かって消えたのよ！」ジャネットは叫んだ。「彼を探してちょうだい！」

「しかし、マダム」ポーターは必死に主張した。「探すべき紳士など存在しません。お客様はあなただけで、ほかにはどなたもいらっしゃいません！」

今度はジャネットがポーターに胡乱な目を向けた。流れていた涙は止まり、頬は乾いていた。「どうかしてるわ！　そんなことを言うなんて！　彼は私と一緒に来たのよ。私をここへ連れてきたのだから。ミスター・ストロングが。ミスター・メルローズの友人が……」

ふたりはしばらく沈黙した。淡い光が玄関ホールと廊下の分厚い絨毯を照らしていた。階段と黒っぽくて艶やかな木の扉と手すりを、縦長の窓とゆったりした襞のある、床まで届く真っ赤なカーテンを照らしていた。神経を張り詰めて石像のように微動だにせず向かいあう男と女を照らしていた。玄関のほうでカチリという微かな音がしたけれど、ふたりは気づかなかった。

ポーターはジャネットから離れた。口が動き、目が大きく見開かれた。そして彼は奇妙な口調でどうにか告げた。

「あり得ません、マダム！　ミスター・ストロングがここにいらっしゃるはずがない。ご存じでしょう！　あの方は七年前にお亡くなりになりました！」

第三章

ミスター・ジミー・メルローズは駅から家へ向かっていた。ロンドンを発ってから列車の座席に座りっぱなしだったので、足を伸ばせるのが嬉しかった。彼は太った小男でひょこひょこと歩き、頭はふわふわした白髪に覆われている。彼が人々にまなざしを向けると、かけている金縁の眼鏡は、慈愛に満ちた光を放つように見える。彼の快活で小さな体には熱意と生気が漲《みなぎ》っている。

暗闇の中で、大きくて背の高い何かが傍らにぬっと現れた。目をやると知人が立っていた。これは別段驚くことでもない。というのも、気さくで友好的なミスター・メルローズはウィンチンガムの住人の半分と知り合いだからだ。現れたのはポインター巡査部長だった。ウィンチンガム警察で指紋を鑑定するなど鑑識にも携わる男である。彼は浮かない顔をしていた。

ミスター・メルローズは愛想よく声をかけた。「やあ、ポインター！　今夜は帰りが遅いな」

「警官の仕事には終わりがありません」ポインターは憂鬱そうにぼやいた。

「ほお？　どこかで事件が起こったのかい？」ミスター・メルローズは興味をそそられた。

「いいえ。事件ではありません。報告書をまとめていました」ポインター巡査部長は暗い声で答えた。「まとめた報告書やら何やらは警視が署名した後、誰かから誰かに渡されてどこかに仕舞いこまれ、忘れ去られる。それはそうと、お変わりありませんか？　幽霊たちは元気ですか？」

「おいおい、ポインター！　どこまでも疑り深いな！」ミスター・メルローズはわざと辛辣な言い方をした。「君が〝幽霊たち〟と呼ぶものは確かに存在するぞ。私や君と同様に存在するし、元気いっぱいで私たちより生き生きしているよ。でも彼らはあの世にいて、生者にはあの世が見えないんだ」

「ところが、この世とあの世を媒介する能力を持つ霊媒師が存在する」ポインターの言葉は括弧付きだった。「ええ、私はそういう人を知ってますよ、ミスター・メルローズ」

「でも、君のような人は霊媒師を信じない」

「そうです！」

「君は疑心の塊だから証拠を信じないんだ」

「それはどんな証拠かによります。人は自分の信じたいことを信じるものです」

「私が言いたいのは――」ふたりはウィンチ川に架かる小さな橋を渡ってマニング通りに入ろうとしていた。ミスター・メルローズは言葉を切り、川を照らす月の光を惚れ惚れと眺めた。「ほら、なんて美しいんだろう！　鮮やかな銀色の帯のようだね。それにこの木々。世界には美が溢れているよ。それなのに、私たちは陰気な会社や工場で人を出し抜きながらお金を追い求めることに人生の大半を費やしている！」

「美か――ふーむ！」巡査部長は唸った。「それは証拠ですか？」

ミスター・メルローズは眼鏡を巡査部長のほうに向けた。「ずいぶん突飛な質問だね、ポインター。私はそれに月並みな答えを返そう。美は見る者の目の内に存する」

「あなたは、あなたの目が見た幻を証拠だと思うのですね」

「幻だと？　とんでもない。川を照らす月光が見えるだろう！」

「ええ」ポインターはぞんざいに答えた。「川を照らす月光は見えます。でも鮮やかな銀色の帯は存在しません。それは幻です。幻影に過ぎません。その鮮やかな銀色のものをひとすくいしてみてください。水をひとすくいしたらどうなりますか」

「なんとまあ、呆れた奴だ！　私が幻を見ていると思うのだね。見たいものを見ているだけだと。ふーむ……君は危うい方向に向かっているぞ。私は愚か者じゃない。君はそう思っているかもしれないけれど。私は詩人で、君は川のほとりにいる男だ」

「私が何ですって？」ポインターは困惑しながら訊いた。

ミスター・メルローズはポインターに微笑みかけた。「〝川のほとりに咲くサクラソウ〟」彼は詩の一節を唱えた。「〝男にとってそれはただのサクラソウ〟。この詩に詠まれた、川のほとりにいる男が君だよ……。議論に戻ろう。君の考えがわからないわけじゃない。君にとって霊媒師はみんなペテン師だ。仮に霊媒師がペテン師だとして、果たして君はいかさまを見抜けるだろうか。今日、私は驚くべきことを目の当たりにしてぞくぞくしたんだ。自分の目で見たら、君だってその出来事を信じるだろう。私は降霊会に参加した。ひとりの男性霊媒師が椅子に縄でしっかり縛られていた。縄がちゃんと結んであるかは確かめたぞ。そういうことはきちんと確認するし、それについては君も認めてくれるだろう。霊媒師は両手を椅子の肘掛けに、両足首を椅子の脚に枷でつながれていて、目隠しもされ、上着の上からぐるぐる巻きに縛り上げられていた。霊媒師がトランス状態に入ると、目に見えない手が上着とベストを脱がせて私たちに順々に渡した。ポインター、私はその手に触れたぞ。手は暖かくて、私たちの手と同様に存在したよ。でも、体は存在しなかった！　私は上着を手に持って調べると、内ポケットから封筒を取り出して印をつけて、ポケットに戻した。それから手が上着とベストを霊媒師に着せた。霊媒師がトランス状態から覚めてから確認したがね、縄は少しも緩んでいなかったぞ！」

ミスター・メルローズは興奮のあまり大きく喘いだ。一方、ポインターは冷静だった。

「そこは暗かったんですか？」

「いいや。部屋の隅に赤いランプが置いてあったから、起こっていることはぼんやりと見えたよ」

「ふーむ！」とポインター。「〝ぼんやりと……〟か。あなたは霊媒師がトランス状態から覚めると縄を調べたわけですね。私はフーディーニ（二十世紀前半にアメリカで人気を博した奇術師）がテムズ川に投げこまれた時のことを覚えています。もちろん、当時私はまだ若かった。まずひとりの警官がフーディーニの両手と両足にお決まりの枷をはめました。そこには複数のロンドン警視庁の警官がいました。フーディーニが彼らに勝負を挑んだのです。警官たちはフーディーニを頑丈な箱に押しこんで錠をかけ、縛り方を心得たひとりが箱を縄で縛って川に投げ入れました。フーディーニが四分以内に箱から出てこなかった場合に備えて潜水士が待機し、彼を引き上げる道具が用意されていました。でも心配は無用だった。フーディーニは三分ちょっとで現れました――すべての枷を外して。彼は枷を警官に返し、もっと勝負しようと言いました！」

「どうやってそれを為し得たのだろう？」

「今は亡きサー・アーサー・コナン・ドイルは魔術によって為されたと述べています。心霊現象が起こったと考えていたのかもしれません。彼曰く、フーディーニは無自覚の偉大な霊媒師です。でも、本当にそうでしょうか。フーディーニは霊媒のいんちきを暴くことに執念を燃やした男です。彼は秘密を明かしませんでしたが、もしもあの世が存在するなら、この世の人と交信し、どんな風にやったか教えると約束しました。ちなみに」ポインターは密かに楽しんでいるようだった。「彼が亡くなって久しいですが、交信を試みた形跡はありません」

ミスター・メルローズは舌打ちして、重々しく首を振った。「力が足りないのかもしれない。死者の誰もが生者と交信できるわけではないんだよ。どんな事情や理由があるかは神のみぞ知る――」

「あなたはまさに論点をずらし、証拠を信じない人だ。それなのに私のことを疑り深い奴だとおっしゃる」

太った小柄な紳士は自分の家の前で足を止め、友へ優しげに眼鏡を向けた。「いやいや、そうではないよ、ポインター。人はそれぞれ」彼は熱弁を振るった。「自分を守るべきだ。自分を納得させ、信念を持つべきだ。それは自分にしかできない。他人にできるのは道標のように人に道を示すことだけ……以前、同じ問題を論じあった時、君は評価に耐え得る証拠を信じると言ったね。でも、それはただ」ミスター・メルローズはポインターに負けじと議論を仕掛けた。「証拠に対する君の解釈を信じるということだよ」

「なるほど」ポインターは考えこんだ様子で顎をさすった。「ええと――ある男がある家で盗みを働いたとします。それを目の当たりにしたら、自分の目が見たその出来事を信じます。座ってあれこれ解釈などせずに、家の中に飛びこんで泥棒を捕まえます」

「だが、君は間違いを犯すかもしれない。それは見間違えるということではない。君の信頼する目が見た証拠に対する君の解釈が正しくないなら、君は間違いを犯すかもしれないんだ」

「ふーむ。これは何ですか？　形而上学的議論ですか？」

「例えば」ミスター・メルローズは熱っぽく語った。「ある男がある家で極めて怪しい行動をとる。

でも、その家は男の家かもしれず、それは見るだけではわからない。人は自分で自分のものを盗まない。さあ、ポインター！　公平に判断してくれ。この例は、この議論において極端ながら大変適切な例だろう」

ポインター巡査部長はまた顎をさすり、もの憂げな顔をひどく歪めた。といっても、彼は微笑んだのであり、同僚はそのことを知っている。「ふーむ、そうですね。おっしゃる通りかもしれません、ミスター・メルローズ」

ミスター・メルローズはくすくす笑った。「ほお！　君はまるきりの頑固者でもないのだな。さっきから外で立ちん坊だ。ちょっと寄っていかないかい。グラスを傾けながら議論を深めようじゃないか」

ポインターは逡巡した。「せっかくですが。遠慮します」

「おい！　それは野暮というものだよ！　さあ、入りたまえ！　とりあえず寝酒をひっかけよう。君のことはよく知っているよ。君と私は似た者同士だ。二部屋からなる小さな家――どんな家であれ、そこで待っていてくれる妻は君にはいない」

「駄々をこねるのはイディッシュ語（中世ドイツ語から派生した言語。ユダヤ人の間で使用されている）で何と言うのですか」ポインターは強引で人をもてなすのが好きなミスター・メルローズに引っ張られるままに階段を上った。ミスター・メルローズは鍵穴に鍵をさし入れ、扉を大きく押し開けた。それから目をぱちくりさせて家の中を凝視した。

階段の上り口に、彼のほうに背を向けて女が立ち、執事が女と向かいあっていた。執事は当惑した様子で、普段は無表情なのになんとも奇妙な表情を浮かべている。ミスター・メルローズははたと立ち止まり、上品な金縁眼鏡の奥の目をぱちつかせた。思いがけない場面に遭遇したからではなく、ポーターがこう言っていたからだ。「……あり得ません、マダム。ミスター・ストロングがここにいらっしゃるはずがない。ご存じでしょう！　あの方は七年前にお亡くなりになりました！」

二

ジャネットは玄関の扉が開く音に気づかなかったが、扉の開く気配を感じた。彼女はくるりと振り返って戸口にいる人物をじっと見た。ポーターの衝撃的な発言に言葉を失っていた。

「おやおや！」ミスター・メルローズは声を上げた。目の前にいる女は明らかに動転している。「いったい何事だい？　ミスター・ストロングが何だって？」彼はすぐに平静を取り戻し、ポインターの腕をぐいと引いた。ポインターは遠慮がちに佇んでいた。「さあ、ポインター、入ってくれ」ミスター・メルローズは目を細めてジャネットを見た。「あのう――あなたはどなたかな、マダム――」

「ミスター・メルローズ、このマダムは」ポーターが言いかけた。

「私はマダムではありません！」ジャネットはヒステリックに言い返した。「ポーターはずっと〝マダム〟と呼んでますけど。私は〝ミス〟――ミス・ソームズです」

「おお！　そうですか」礼儀正しい小柄な紳士は言った。「いや失敬。どうしたんだい、ポーター」

ミスター・メルローズがそう訊いたのは、執事がびくりとしてポインターの帽子を取り落としたからだ。執事は無意識のうちに進み出て、主人の荷物とポインター巡査部長が骨張った長い手でぎこちなく握っていた帽子を受け取っていたのだが、彼は帽子を拾おうともせず、ジャネットをぽかんと見つめていた。

「これはどういうことでしょう。こちらのご婦人はミセス・ストロングではないのですか?」

「無論だ。ミス・ソームズとおっしゃったじゃないか」

「でも、今日の午後、この方から〝ストロング〟と署名された電報を受け取りました」

「私からですって?」ジャネットが訊いた。

「そうです、マダム――ミス。到着された時、電報を受け取ったかどうかお尋ねになりましたよね。覚えていらっしゃるでしょう?」

「電報なんて送ってないわ。それに受け取ったかどうか訊いたのは私じゃない。フィリップよ」

「フィリップ?」ミスター・メルローズが怪訝そうに繰り返した。

「そうです。フィリップ・ストロングです。あなたの友人の……」

一瞬、家全体が何かを暗示するかのような空恐ろしい静寂に包まれ、ジャネットは冷たい指で心臓を触られたような感覚に襲われた。ミスター・メルローズは穏やかに告げた。

「私が玄関の扉を開けた時にポーターが言っていたように、私の知る唯一のフィリップ・ストロングは七年前に亡くなりました。彼は私の義理の弟です。ポーターは今日の午後電報を受け取った時、未亡人となった私の妹ミセス・ストロングが電報を送ったと早合点したのでしょう」

「あなたの妹? 私はあなたの妹じゃないし、私の知るフィリップ・ストロングは生きています。彼が私をここに連れてきました。一緒に来たんです。彼はあなたを知っていると言いました。親友だと」

ミスター・メルローズは困惑し、顔に憂いを浮かべて太い両腕を広げた。「ミス・ソームズ、申し訳ないが誤解があるようだ。私の知る唯一のフィリップ・ストロングは亡き義理の弟です」

ジャネットはがたがた震えてよろめいた。玄関ホールが闇に覆われていくようだった。手すりを摑んで懸命に正気を保とうとしながら、弱々しく震える声で努めて冷静にゆっくりと言った。

「ミスター・メルローズ。フィリップと私はこの家に一緒に来ました。執事が扉を開けて、私たちを二階の部屋へ案内してくれました。私は私のために用意された部屋に入り、フィリップは自分の部屋に入りました」

「扉を開けたらあなたがいらっしゃった」ポーターが割って入った。「ほかにはどなたもいらっしゃいませんでした」

ジャネットは無視を決めこんで続けた。「それから私たちは一階に下りてあの部屋に入り、ポーターが私たちに料理を用意してくれました」

「いいえ！」ポーターは嘆いた。「私はひとり分の席をご用意しました。マダム、あなたの席です。あなたはそれをご覧になり、もうひとり分用意するようおっしゃいました」

「黙りなさい、ポーター！」ミスター・メルローズが厳しく命じた。

「それからフィリップが急にハンカチを探し始めて、忘れてきたことに気づくと、二階へ取りに向かいました。ほんの数分前のことです。でも彼は二階にいません！」ジャネットは声を上擦らせた。「あの扉から見てたんです。彼は階段を上っていきました。そして――そして、消えてしまった！あの軋む段の音がせず、明かりはつかず、彼は消えた……」

ミスター・メルローズが眼鏡の奥の目を瞬いた。「まさか！　人が消えるわけがない！」

ポインター巡査部長が初めて口を開いた。「二階に上がったら、普通は明かりをつけます」

「確かに、確かに。その通りだな！」ミスター・メルローズが威勢よく言った。「二階へ行って、その紳士に何が起こったか確かめよう。そうするしかないだろう。二階のどこかにいるに違いない。照明が故障しているのかもしれないな」

ミスター・メルローズは階段の上り口の脇の壁に歩み寄った。螺鈿を施したプラスチック製のボタンが小さな鏡板に取りつけてあり、ボタンを押すと、その下にある別のボタンが飛び出して、階段を上がったところにある照明がついた。

「照明は異常なし。おかしいな……。とにかく上がってみよう」

「私は真実を申し上げています」ポーターが必死の形相で訴えた。「このご婦人は妄想にとらわれていらっしゃいます。その紳士は存在しません。二階にもほかのどこにも。ご婦人が到着した時にもそれ以降も存在しないのです！」

「ポーター！」ジャネットはいきり立った。「どうしてそんなくだらない嘘を吐《つ》くの？ 私たちは一緒に来て、あなたは私たちのために扉を開けてくれた――そうでしょう。あなたはスーツケースを運び入れて扉を閉め、フィリップはシェリー酒を飲むかと私に訊いた」

「訊いてません！」ポーターは礼儀を忘れて言い募った。神経がぴんと張り詰めていた。

「黙って！」ジャネットは怒鳴りつけた。「彼は訊いたし、私は自分の部屋で休みたいから飲まないって答えたわ。そして私が家の中を見回していた時、彼は帽子とコートを掛けたのよ。帽子掛けに……」

三

ジャネットは幾本もの枝のある帽子掛けを劇的に指さした。それから、まるで非難するかのように伸ばした腕と人さし指をゆっくり下ろした。家の中はしんと静まり返っていた。フィリップの帽子とコートは消えていた。フィリップがそれらを帽子掛けに掛けた後、誰も帽子掛けに近づいていないはずなのに……。

「ない！」ジャネットの声がかすれた。「どっちも……ない……」彼女は途切れ途切れに呟いた。

三人の男は黙っていた。ポーターたちはただ静かにジャネットを見つめていた。ジャネットは彼らの目の中に憐憫の色を見て取り、猜疑心が芽生えていることにも気づいた。ジャネットは目を閉じ、手すりにぐったりともたれかかった。ポインター巡査部長がさりげなく進み出てジャネットを抱きかかえた。

「私は大丈夫です」ジャネットは告げたが、そうでないのは明らかだった。「謎はもうたくさん……家の中に入ると、彼は帽子掛けに帽子とコートを掛けたわ。この目で見ました。私たちが一階に下りた時はふたつとも掛かっていました。それも見ました。彼のことなら何だって知っているんだから」ジャネットは幼い子供のような言い方をした。「その後、彼はずっと私の側にいました。ハンカチを取りに二階へ向かうまで。階段を上がる時は帽子もコートも持っていませんでした。帽子掛けに掛けた後はそれには目もくれなかった。あなた方だってそうでしょう。彼はチャイコフスキーの『眠れる森の美女』を口笛で吹きながら階段を上っていきました。あの部屋から私が見ているのに気づくと口笛を吹くのを止めて、微笑みながら手を振りました。それから二、三段上ると、ため息を吐《つ》いた。そして消えてしまった——どこかに。誰も帽子掛けに近づいていません。ポーターが帽子とコートを取ったのなら——」

生気のない声がだんだん小さくなって消えた。ジャネットはもたれかかった手すりを暗澹たる思いで見つめた。心身ともに疲れ果てた姿に女としての魅力はなく、老けて見えた。

「私が取った？」ポーターがぶつぶつ呟いた。「取ろうにも、どっちもなかった。そもそも存在しなかったんだ」

ミスター・メルローズはふわふわの白髪を指でかき上げた。「私にはお手上げだよ」彼は情けなさそうに言った。「ここは君の出番だぞ、ポインター。君ならどうする？」

「ブランデーを」ポインターはひと言放ち、執事に顔を向けた。「ミス・ソームズに一杯。急いで！」

ポーターは居間に入ってサイドボードへ向かった。カップボードの扉は開いたままだった。彼は小さなグラスにブランデーを少し注ぎ入れると扉を閉めて玄関ホールに戻った。グラスをさし出すと、ジャネットは弱々しく払いのけた。

「グラスを手に取って！」ポインターが命じた。「飲んでください。全部です。さあ！」彼がグラスをジャネットの唇に当てると、ジャネットは震える手でグラスを握ってきゅっと飲み干した。それから顔をしかめて涙ぐんだ。

「気分はよくなりましたか？」巡査部長は空になったグラスを受け取ってポーターに渡した。

「どうかしら」ジャネットはぼんやりと答えた。

「なあに、すぐによくなりますよ。上等なブランデーを飲んだのだから」

「ポインター、家の中を調べるべきだよ」ミスター・メルローズは急《せ》かした。「ただちに！」

「調べます。もしよければ、その前に警察署に電話をかけたいのですが」

「そうだな、そうだな。電話は居間にある。案内しよう」

「待ってください。この件はじつに特異です。こんなことには今まで遭遇したことがありません。ここに残って、階段から目を離さないでください。ポーターに電話のある場所を教えてもらいます。あなたの助けが必要です、ミスター・メルローズ。理由はおわかりでしょう？　ここにいるふたりは一連の出来事を目撃していますが、いかんせん、ふたりとも頼りない。彼らが目撃したことは同じではありません。一方が見たものをもう一方は見ていないのです。いいですか」ポインター巡査部長は憂いを帯びた口もとを歪めた。「これは証拠に対する解釈の問題じゃない。目が見た証拠の問題です」

「ふむ」ミスター・メルローズは真剣な面持ちだった。「ポインター、奇しくも私たちはそれについて話していたな……」

ポインターは執事とともに居間に入り、一、二分で戻ってきた。彼はウィンチンガム警察署に電話をかけ、〝七つ道具〟を持ってくるよう頼んだ。指紋検出用の粉末、指紋採取用の印肉と紙、カメラ、カメラフラッシュなどの道具だ。彼はこの家の主人に探るような目を向けた。

「私が指揮を執るんですか？」

「ああ、頼むぞ。このおかしなごたごたをどうにかして終わらせてくれ」

「わかりました。では、二階へ行きましょう。皆さん、聞いてください。肝心なのはこの家にある物、とくに二階にある物に触らないことです。これから私が徹底的に調べます。それまで余計な手出しをせず、何も触らないでください」

「そうするのが賢明だ」ミスター・メルローズは賛成した。「指紋がつくからな。わかったか、ポーター？」

「はい」ポーターは憤懣やるかたない思いだった。「私は断言します――」

「もう結構です、ポーター」ポインターが唸るように遮った。「誰もあなたを嘘つきだとは思っていません。ミス・ソームズのことも。私たちはあり得ない状況の中で暗中模索しているのです」

ポインター巡査部長は二階の踊り場に立ち、途方に暮れる三人を見回した。一同は二階の部屋をすべて見て回った。その過程で、ポインターは何も触るなという自分が下した命令にやむを得ず背いた。二階を隈なく調べ尽くしたものの男の姿はなく、男が二階に上がった形跡もなかった。ジャネットは部屋の中でフィリップが動き回る音を聞いたけれど、彼の部屋はほかの部屋と同様に空っぽだった。

「二階には誰もいません」

「私には初めからわかっていました」ジャネットが淡々と告げた。

「私にもわかっていました！」ポーターは言葉に熱をこめた。

「男がここにいたかどうかはいずれはっきりします。それにしても――」ポインターは困ったように薄い肩をすくめた。「どういうことでしょう、ミスター・メルローズ。ミスター・ストロングが仮に二階に上がったとして、いったいどうやって外に出たのか？　どうやって家から出たのか？」

「ミスター・ストロングが本当に存在したのなら」主人がこう言うと、ジャネットは目を閉じて心の中で抗議した。「二階から飛び降りたのではないかな？」

「この高さですよ」とポインター。「飛び降りられるかもしれませんが、私なら御免被ります。それに、どの窓にも内側から掛け金がかかっていました。一階に戻りましょう。くれぐれも手すりに触らないでください」

ポインターは先頭に立って下りていった。階段の踊り場で足を止めて、もの問いたげにミスター・メルローズを見やった。「壁のこのあたりに隠し扉か隠し部屋があるんじゃないですか？」

「おい！　馬鹿を言え。ここは私の家だ。幽霊屋敷でも泥棒のすみかでもないぞ！」

ふたりの後ろで、執事のポーターが幽霊屋敷かもしれないと独りごちた。巡査部長は何やら声を発してから下り始め、例の傷んだ段を注意せずに踏んだ。すると軋む音が響き、ミスター・メルローズが舌打ちした。

「まったくもう！　修理しないといけないな……。考えてみれば、一段飛ばして上るなど造作ないことだよ。男はこの段を飛び越えたのかもしれない」

「飛び越えてから」ポインターはため息混じりに訊いた。「どこへ向かったんですか？　それに、どうしてポーターは男の姿を見てないのですか？　ポーターによると、男はこの家に存在しなかった――まったく奇妙でわけがわからない。スミスィーがここにいてくれたらなあ」

「スミスィー？　ああ、スミス警部のことか。あの男は賢いな、ポインター」

「はい、賢いです。覚えていますか。警部は植物園の声事件をひとりで解決しました。警部は警察の頭脳です。私はただの目――もしくは鼻に過ぎません」

誰かが玄関の扉をドンドンと叩いた。

「おや！」ポインターは声を上げ、少し元気づいた。「警察署から誰か来たようだ」彼はゆっくりした足取りで進み、主人の許しも請わずに扉を開けた。制服姿の警官が階段を上がったところに立っていた。警官はカメラとフラッシュをぎこちなく小脇に抱え、四角い箱をもう一方の手に持っていた。

この箱で扉を叩いたらしかった。

「来たな。入れ！」ポインターは歓迎するような口調ではなく命令口調で言った。「私の希望通りのものを持ってきただろうな」

「そう望みます、巡査部長。この道具の重くて持ちづらいことといったら」キーズ巡査は中に入ると道具一式を床に置いてヘルメットを外した。彼は頬の滑らかな金髪の知的な青年だ。「マックスウェル巡査部長から託されました」

「そうか。しばらくそこに置いておこう。キーズ、おまえはそこから動かずに目をしっかり開けておけ。私たちは家の中を捜索する」

「どうして目を開けておくのですか、巡査部長？」

「眠らないためだ！」ポインターは語気鋭く答えた。

ポインター巡査部長の人となりを知っている若い巡査はにやりとした。「眠らずに何を探すのですか？」

「私たちが探すのは」キーズの上司は暗い声で告げた。「存在しない男だ！」ぽかんと口を開けているキーズを残して小さな一団を引き連れて居間に入ると、ポインターは傲然とまわりを見回した。

「ここからは見えにくいな。ここから男が階段を上るのを見たんですか、ミス・ソームズ？」

「ええ」

「ふむ！　ポーター、あなたはその時何をしていましたか？」

「台所でミス・ソームズのためにコーヒーを淹れようとしていました。ちなみに、私はひとりきりでした。夜のこの時間はほかの使用人はいません。ミス・ソームズが名前を二度呼ぶ声が聞こえました。

誰の名前かはわかりませんでしたが、どうしてほかに誰もいない家の中で名前を呼ぶのだろうと不思議に思いながら出ていくと――」

「私はひとりじゃなかったわ！」ジャネットは断固として主張した。

「失礼ながら、あなたはおひとりでした。私の目が私を欺いているのでしょうか。そうでないなら、あなたはおひとりでした」

「もう」ポインターは厳しい声で言った。「正気の沙汰じゃないな！」彼は荒っぽい口調で続けた。「ふたりとも、そこまでにしてください。ポーター、それから？」

「出ていくと、ミス・ソームズが居間の前の廊下に立って階段を見上げていらっしゃいました。あなた方が家の中にお入りになった時、私たちはそこにいました」

「ミスター・メルローズが扉を開ける少し前に男が消えたのですね？」

「はい。ただ、そうおっしゃっているのは――」

「もう結構！　それ以上言わないでください。おや、テーブルにふたり分の席が用意されていますね！」

「そうです」ポーターはすかさず答えた。「まず私を混乱させたのはその件です。私はひとり分の席を用意しました。それをご覧になったミス・ソームズが私を責めて、ふたりいると主張なさり、もうひとり分席を用意するよう指示されました」

「はあ！　参ったな。ポーター、誰かが廊下の奥にある緑色の扉を通ってあなたに見られずに裏口から出た可能性はありますか？」

「ありません。不可能です。裏口から出るには台所を通らなければなりません。私は台所にいました。

そもそも、存在しない――」

「もういい！　それ以上言わないでください」

「フィリップはカップボードの扉を開けました」ジャネットはまるで放心しているようだった。いつものおどおどした様子はなく、うちひしがれて魂が抜けたような顔をしていた。

「何ですって？」

「彼はサイドボードの中にあるカップボードの扉を開けました。ワインが入っていて、私に飲むよう勧めました」

「ついに」ポインター巡査部長は目を輝かせた。「糸口をつかんだぞ！　ポーター、扉が開いているのを見ましたか？」

「見ましたが、ミス・ソームズがお開けになったのだと思いました」

「今は閉まっているな」ミスター・メルローズが言った。

「ええ」とポインター。「閉めたのは誰ですか？」

「わかりません」

「待てよ。あなたはミス・ソームズのためにブランデーを取りにきた。その時、扉は開いていましたか。それとも閉まっていましたか？」

　執事は困り果てているようだった。「覚えていません」

「こっちに来てください。どの扉ですか？」

　ポーターはカップボードの扉を指さした。ミスター・メルローズはお酒をめったに飲まないものの、そこにワインや蒸留酒を入れていた。

「これか。さて、もしもこの扉が開いているなら、どうやって閉めますか？　何も触らずに、身振り手振りでやってみてください」

ポーターは途方に暮れて首を振った。「どうしたらいいのでしょう。考えれば考えるほどわからなくなります。取っ手を摑んで閉めたのかもしれませんし、ただ軽く押して閉めたのかもしれません」

警官は訓練によって忍耐力を養うが、ポインターはポーターを突き飛ばしたい衝動に駆られた。

「まったくもう。まあ、どうやって閉めたにしろ、開ける方法はただひとつ。小さな取っ手を摑んで回すしかないだろう」

「そうです」

「ふーむ」ポインターは険しい表情で扉を見つめた。「とすると……とすると。指紋が残っているかもしれない。ちょっと失礼！」彼は指紋検出用の粉末、虫眼鏡、印肉、紙などの〝七つ道具〟を取りに玄関ホールへ向かった。

「あの、巡査部長！」キーズ巡査が言った。

「どうした？」ポインターが慌ただしく動きながら声を張り上げた。「幽霊でも見たのか？」

「いえ、いえ。あの部屋に明かりがついています。私が立っているところから鍵穴を見てください。光が見えます。初めは火の光だと思いましたが、まったく揺らいでいません。照明の光でしょうか。怪しげな色をしています……」

ミスター・メルローズはポインターに呼ばれて居間から飛び出した。ジャネットとポーターは重い足取りでそれに続いた。不可解な振る舞いをするジャネットに対する執事の不快感や不信感は消えてしまったらしく、ともに苦しい立場に陥ったことで客人と使用人の間に仲間意識が芽生えていた。ふたりはお互いの主張を認めあって、この状況に立ち向かおうとしていた。

ポインターとキーズは並んで立ち、玄関ホールの向こう側にある扉を訝しげに見つめていた。

「どうしたんだい?」ミスター・メルローズが熱っぽい口調で訊いた。

「あの部屋に明かりがついています」

「何だって?　まさか!　あそこは特別な部屋で、私が留守の間は誰も入れないんだ。ポーターも。つねに鍵をかけているし、私が鍵を持っている」

「どうして特別なんですか?」ポインターが唸るように訊いた。

「降霊会の部屋なんだよ。ちょっと変わったものが置いてあってね。それは、ええと――空気の影響を受けやすい」

「ふむ。その特別な部屋とやらに明かりがついていますよ。鍵穴からのぞいてみてください」

ミスター・メルローズはのぞいてから背筋を伸ばした。目が怒気を帯びていた。「ポーター!」

「私ではありません！」ポーターは言下に否定した。「本当です！　昨日、あなたの指示で部屋の掃除をして、その後は誰も入っていません」

「だが、赤い光が――」

「ご存じのはずです。昨日、私たちが部屋を出る時、明かりはついていませんでした」

「確かですか？」ポインターが訊くと、ふたりは確かだと断言した。

ミスター・メルローズはポケットを探って鍵を取り出し、鍵穴にさしこんだ。「ポーターの心霊現象に対する考えは君の考えと似ていてね。ポーターときたら心霊現象を怖がるんだよ……。真相を確かめよう。ポインター、中に入る前にひとつお願いしたい。この部屋と、それと――部屋が象徴するものに敬意を払ってくれたまえ」

「はい。もちろんです。それはそうと、内側の取っ手に触らないでくださいね」

ミスター・メルローズは鍵を回して扉を開けて数歩進んだ。そこで驚きと恐れがないまぜになったような感情に襲われ、足を止めて叫んだ。残りの者たちは仰天して絶句した。

大きな窓の側に丸いテーブルがあり、読書灯がほの暗い赤い光を放っていた。赤い光と後方の玄関ホールから流れこむ光のおかげで中の様子を見ることができた。部屋の物の中でいつもの場所にあったのはそのテーブルと読書灯だけで、部屋の中はぐちゃぐちゃだった。ただ、混沌の中で一種の秩序が保たれていた。

左側の壁の中央に煉瓦造りの暖炉と背の高いマントルピースが設けられていた。暖炉に火が灯ったことはなく、ミスター・メルローズは寒い夜には小さな電気ヒーターを使って部屋を暖めていた。普段ヒーターは暖炉の前に置いてあるが、それが炉棚の上方の壁に――踏台を使わなければ誰も手の届かないほど高いところに掛かっていた。その陰に十字架が隠れていることは、ミスター・メルローズとポーターにしかわからないことである。降霊会の部屋の神聖さと自身の敬虔さを示すためにミスター・メルローズは十字架を掲げていたのだ。

主人と執事は昨日部屋から出る時、暖炉の反対側にあるラジオ・グラモフォンの蓋を閉めて、下部に設けられたキャビネットの棚にレコードをきちんと仕舞った。ところが、蓋は閉まっているもののキャビネットの扉は大きく開いており、レコードが絨毯の上に散乱していた。部屋のあちこちに飾ってある絵はことごとく裏返しになり、額縁を支える紐が固くねじられて突っぱり、額縁が壁から少し浮き上がっていた。床の中央には背もたれが垂直で簡単な作りの複数の椅子が逆さまに置かれていて、交差する硬い木の脚の上に頑丈な四角い肘掛けと脚のあるどっしりした椅子が玉座よろしく鎮座し、拡声器が大きく広がった先端を下にして座面に据えてあった。

暖炉の前に黒い素材でできた箱形の小さな天幕があった。天幕の入口に掛かる二枚の黒いカーテンは雑に結び合わされていた。カーテンはいつもはだらりと垂れ下がっていて、降霊会では霊媒師の希望に従ってカーテンを開け閉めする。カーテンを閉めて光を完全に遮断する場合もある。

暖炉の反対側の壁際にある小さなテーブルに花瓶が置いてあるが、挿してあった黄色い菊は取り出され、ちぎり取られた花が床にばらまかれていた。茎は光沢のあるテーブルの上に隙間なく並び、ねじれたり折れたり曲がったりしていた。並んだ茎はあることを意味していたけれど、唖然とする面々はこの時点ではそれにまだ気づいていない。逆さまの椅子の山の側に落ちていたリボンのついた派手なタンバリンは曲がって破れていた。

一同は戸口に立ち尽くし、誰もが我が目を疑った。

「なんてことだ！」ミスター・メルローズの声には悲しみと恐れが滲み出ていた。

部屋はしんとしていて、赤い光は惨状を眺める不吉な目のようだった。空気はそよとも動かなかった。ところが、凝視する一同の目の前で、天幕の入口に掛かる固く結び合わされたカーテンが前後に動いた。誰かあるいは何かが後ろからカーテンを押したように見えたが、人はおらず、天幕の中は空っぽだった。

「神よ！」ポーターが呟いた。彼は血の気を失っていた。

「ここには邪悪なものがいるぞ！」ミスター・メルローズが囁くように言った。

カーテンがまるで嘲るかのようにミスター・メルローズに向かって動いた。ジャネットは悲鳴を上げ、鈍感で疑り深いポインター巡査部長さえも息を呑んだ。執事の手はぶるぶると震え、薄茶色の目に恐怖の色が浮かんでいた。

ここでミスター・メルローズが意表を突く行動に出た。邪悪なものの気配を感じて勢いづいたのだ。太った小男はいつになく威厳に満ちており、果敢に部屋に入ると右腕を上げて大きく縦横に振り、朗々たる声で命じた。「十字架の名と力によって──去れ！」

カーテンが前方に動き、バサリともとに戻った。身の毛がよだつような動きだった。それと同時に炉棚の上方にある電気ヒーターが、見えない手の仕業なのか壁から外れて炉棚の上で跳ね、床にガシャンと落ちた。

すると素朴な木の十字架が現れた。壁にひっそりと掛かっており、床には電気ヒーターが転がっていた。部屋はふたたび静寂に包まれた。

二

　ポインターが間一髪でジャネットを抱きとめた。「明かりを！」彼は緊迫した声を放った。「誰か明かりをつけて！」

　一団の後方のやや左側に立っていた執事が我に返り、壁を手探りしてスイッチを押した。

「さあ！」ポインターのいつもの陰気な声が異様に高くなっていた。「ミス・ソームズを居間のソファーに座らせて。ブランデーを飲ませて、正気が戻るまで一緒にいてください」執事は無意識のうちによろめきながら出ていった。「ミスター・メルローズ、いやあ驚きました！　でもあなたは平気なようだ――あ、触らないで！」

　時すでに遅し。ミスター・メルローズは屈んで破れたタンバリンを拾い上げており、タンバリンを眼鏡の奥からせつなそうに見つめていた。

「可哀そうなニナ。ああ、心配はいらないよ、ポインター。ここに指紋はないから。これは生者の手の所業じゃないぞ」

「それはどうでしょう」ポインターは頑なだった。「ニナとは誰ですか？」

「少女の霊だよ。ちょくちょく現れるんだ。これで遊ぶのが好きだったのに……。ポインター、君は今夜ここで十字架の力を目の当たりにしたな。悪い霊は十字架の力に太刀打ちできない。君は鼻で笑うだろうが、善い霊と悪い霊が存在するんだよ。悪い霊が十字架を隠していたのを君も見ただろう、恐ろしいな。どうして悪い霊が我が家で――この部屋でこんなことをするんだろう」

ポインターも恐ろしかったけれど、それをおくびにも出さなかった。彼は気を取り直すと、玄関ホールにある七つ道具をキーズに取りに行かせた。

「私は」ポインターは黒い天幕をのぞきこんでいるミスター・メルローズに告げた。「この部屋にあるありとあらゆる物から指紋を採ります。逆さまの椅子からも電気ヒーターからもレコードからも。これは拡声器ですか？　おや！　広いほうの端と口を当てる狭いほうの端に蛍光塗料が塗ってあるな。どうしてですか？」

「拡声器が誰のほうに向いているか暗くてもわかるように」ミスター・メルローズは天幕から離れ、部屋の中央にいるポインターの隣に立った。まだ丸々とした手にタンバリンを持っていた。老境に入った感傷的な独身男は友達のニナという少女の霊に愛情を抱いていたから、タンバリンが見るも無残な姿になり果てたことがなによりも胸にこたえた。「霊が肉体を纏い、霊媒師の声ではなく自分の声で交信する場合、声が小さくて聞き取りにくいことがままあるものだから。拡声器――我々はトランペットと呼んでいる――で声を大きくするんだよ。ちなみに、これは霊媒師の椅子だ」

「ふーむ」ポインターは唸った。「さっきも言いましたけど、指紋検出用の粉を使ってあらゆる物から指紋を採るつもりです。だから部屋が少々汚れます。かまいませんか？」

「ああ、かまわないよ。ただ――」

「ただ？」

「ただ、それをやる意味があるのかな」

「ちょっと！」キーズ巡査が声を上げた。

ミスター・メルローズが独楽のようにくるりと振り返った。ポインター巡査部長はおもむろに振り返り、部下をじろりと睨んだ。「その言葉遣いは何だ。ちょっとだと！」

「申し訳ありません、巡査部長」若い警官は謝ったものの、悪びれた様子はなかった。彼は小さなテーブル脇の床にポインターの木箱を置いて、ぎっしり並ぶ奇妙にねじれた菊の茎を眺めていた。「あの――」彼は心を入れ替え、ミスター・メルローズに訊いた。「あなたは降霊会に詳しいそうですが、降霊会ではこういうことをするのですか？」

ほかのふたりがテーブルに近づいた。「とんでもない！」ミスター・メルローズはきっぱりと否定した。

「いえ、部屋を荒すことを言っているのではありません」キーズは軽く手を振った。「こんな風に花を使うことがありますか？」

「花を使うこと？」ミスター・メルローズの顔がぱっと明るくなった。「ああ！　うん、使うよ。我らの友ポインターには荒唐無稽に聞こえるだろうが、霊が花を贈り物として使うことがあるんだ。例えば、ローズ《薔薇》という名の霊は時々現れて、座っているご婦人の膝の上に一本の薔薇を置く。完全な姿の本物の薔薇で、家の花瓶に挿してあるものでも庭に咲いているものでもない」

ポインターがぼそぼそ呟いた。「こらこら、ポインター！」ミスター・メルローズは呟きを鋭く遮った。「誰かが薔薇をこっそり持ちこむわけではないぞ。どういうわけか、薔薇はいつも新鮮で香りがよく、わずかな傷も歪みもなくて非の打ち所がない。花びらに小さな露が残っていることもあるよ。丸い小さな露で、花瓶の水ではないんだ」

「なるほど」キーズはポインターが相変わらず怪訝な顔をしているのに気づき、静かな口調で素早く言った。「霊が置く薔薇は、霊が現れたことを示すシンボルですね」

「いかにも」

「初めから薔薇が部屋にあるわけではないのか。霊はどこかから――あの世から薔薇を持ってくるのでしょうか？」

「うむ……たぶんそうだろう。この菊はもともと部屋にあったものだ。菊をこんな姿にしたのは私の友達の霊ではない。破壊をもたらす悪い霊だ。悪い霊が住むところでは花は育たない。薔薇は咲かないんだ」

「なるほど」若い巡査はまたこう言った。「ちょっと思ったのですが、霊が置く薔薇と同じように、菊の茎も何かを示すシンボルかメッセージではないでしょうか」

「どうしてそう思うんだい？」ミスター・メルローズは興味津々だった。「どうして――鼻を鳴らすんじゃないポインター！」

「これは文字です。巡査部長の箱を置く時にたまたま気づいたのですが、一種のだまし絵です。こんなものは見たことがありません。茎が文字の形になっています。形が変だからこの角度から見ると文字だとわかりません。どの文字も縦に長い。でもテーブルの高さまで屈んで見ると――」

ほかのふたりも屈んで見た。すると、確かに細長い文字が雑ながら茎で形作られていることがわかった。ポインターが文字を読んだ。

「F―O―R―T……ふたつの単語ですね、ミスター・メルローズ。わかりますか？ Fort is」ポインターは背筋を伸ばした。「Fort is――Fort is? これはどういう意味ですか？」

太ったミスター・メルローズはまだ屈んでいた。眼鏡をテーブルの高さに合わせたままだった。

「さあ、わからん――ああ！」彼はまるで体内でバネが伸びたかのように、やにわに背筋を伸ばした。「ああ！」

「わかりましたか？」

ミスター・メルローズははっきり答えず、ぼんやりとポインターを見た。「そうだな」意味深な口ぶりだった。「とにかく君は捜索を続けたまえ。ただ、君が探している男は異界にいる――おお！異界にいるのだ」

「え？　そうでしょうか？　私が探している男は、ミス・ソームズによると彼女と一緒にこの家に来ました。そしてどの扉からも出ていません！」

「その通り。どの扉からも出ていない。ポーターには男が見えなかった。そう、見えなかったんだ」

ミスター・メルローズは白髪を指でかき上げた。「不可解だな、ポインター。こんなことは前代未聞だぞ」彼は茎を指さした。「これも不可解だ。ポインター、これはふたつの単語ではない。ひとつの単語――Fortis だ。Fortis はラテン語。ストロング《強い》を意味するラテン語だ……」

三

「いやはや、ビル！」スミス警部は声を上げた。「君は愉快な夜を過ごしたな！」

次の日の朝のこと。警察署はクレセント川のほとりに建っている。犯罪記録室の裏手に警部の部屋はあり、ポインター巡査部長は頑丈な椅子に座っていた。この年の秋は暖かい日和が続いていて、ミスター・スミスの後ろにある半分開いた窓から陽光がさしこんでいた。古びた小さな警察署は川沿いに並ぶさまざまな問屋や保税倉庫に囲まれ、それらから革、お茶、コーヒー、煙草、ワイン、蒸留酒の香ばしい匂いが漂い、さらに濃厚でむっとするようなビールの匂いが混じっていた。警察署のすぐ隣に立つ〈ワイルドスワン〉はやけに静かで遵法精神に富むパブで、ビールの芳香を放つ隣人だ。

ミスター・スミスは平らな机の上に足を乗せ、両腕を膝にだらりと置いていた。赤ん坊の頃、風変わりな金持ちのおばの肝いりでランスロット・カロラスという厳めしくもロマンチックな名を授かった。この四十二年間、ランスロット・カロラスという名のことはできるだけ考えないようにしている。彼はポインターの昨夜の件に関する話に熱心に耳を傾けており、脱力した指に挟んだままの煙草は垂れ下がっていた。

「それからどうしたんだ?」

「ブランデーを思いっきり飲みました」ビル・ポインターは答えた。

「そうだろうとも! ソームズというご婦人のためにポーターにブランデーを取りに行かせたと君が言った時点でぴんときたよ。君が絶好の機会を逃すはずがない……。続けてくれ、まだ終わりじゃないんだろう」

「はい」ポインターは陰気な声で答えた。「もっと悪い話が続きます」

「なんと! もっと悪いだと!」

「そうです。私たちはジミーの降霊会の部屋にいましたが、ミス・ソームズとポーターをそこから離れた居間に移動させました。ポーターは怯えきっていて、ミス・ソームズは正気を失っていたので」

「君は騎士道精神を持つ紳士だな、ビル」

「はい」筋金入りの女嫌いは淡々と答えた。「ふたりがいないほうが好都合でした。ジミーには部屋の隅にいてもらい、私とキーズは作業に取りかかり、指紋検出用の粉を大量に使いました。天幕の入口に掛かるカーテンは解きました。でも警部、解くのに難儀しましたよ。相当な力で結ばれていたので。裏返しになった絵についている紐もしかり。強い力でねじられていて、フックから外れそうでした。指紋はジミーとポーターのものがいくつか検出されただけです。ふたりの指紋は残るべき物に残っていませんでした」

「残るべき物とは？」

「絵。トランペットと呼ばれる拡声器。逆さまの椅子の山のてっぺんに乗った霊媒師の椅子。ラジオ・グラモフォン。電気ヒーター。そのどれにも指紋も指紋らしきものも残っていなかった。ジミーの指紋は菊が挿してあった花瓶などに、ポーターの指紋は逆さまの椅子の背もたれの最上部についていました」

「ふむ――たぶんこういうことだろう。前の日にジミーの指示でポーターが部屋の掃除をしている間に指紋がついた。ポーターがテーブルの埃を払った後、ジミーが花瓶をテーブルに戻したのかもしれない。ポーターは椅子を置き直したのかな。椅子にはたきをかける際に背もたれに手を置いたとも考えられる。椅子を持ち上げたりひっくり返したりする時は椅子を摑む。椅子のどこかに指をひっかけるだろう」

ポインター巡査部長も同じ考えだった。「とにかく、あの謎の部屋に残っていた指紋はふたりのものだけです」

「タンバリンにもほかの人物の指紋は残っていなかったのか」ミスター・スミスが言った。

ポインターは残念そうに首を振った。「検出されたのはジミーの指紋だけです。ジミーは私が止めた時にはもうタンバリンを手に取っていて、それからずっと持っていました。内心穏やかでないようでした」

「さもありなん。ジミーは少女に対する下劣で残酷な仕打ちだと思ったのだろう。ビル、考えてみると、その部屋で無用に破壊されたのはタンバリンだけだ。いろいろなものが動かされ、ひっくり返され、タンバリンは壊された」

「菊も――」

「菊は無用に破壊されたわけじゃない。ひとつの目的のために破壊されたんだ。メッセージを残すという目的のために」

「おや！」ポインターは心配そうに声を上げた。「まるで降霊術を信じているような言い様ですね！」

「私は信じているのかもしれないし、信じていないのかもしれない」ミスター・スミスは片手を上げ、思案顔で頭を掻いた。「なにしろ前例のないことだから。どうやらここが議論の分かれ目のようだな。続けてくれ、ビル」

「ええと……ふたりの指紋は別として、あの部屋に指紋はひとつも残っておらず、ふたり以外の誰かが部屋にいた形跡も、扉や窓から入った形跡もありませんでした。これは確かです。すべていかさまだと思っている私は、霊が存在するというジミーの独りよがりな思いこみをうち砕く機会を狙っていただけにがっかりしました。で、がっかりした私は負けん気を起こして――」

「そう来ると思った！」

「――部屋を出ました。ジミーはうるさい婆さんのようにぶつぶつ言いながらキーズと私について来ました。家の中を隈なく調べると、たくさんの指紋が残るべきところに残っていました。まずジミーとポーターとミス・ソームズの指紋。それ以外の指紋は、確認したところ、料理人のミセス・ウィザーズとDWのミセス・ゴーライトリーのものでした」

「DWとは何だい？」

「家政婦《Daily Woman》のことです。フィリップ・ストロングの指紋はどこにも残っていませんでした。彼が開けたとミス・ソームズが主張するカップボードの扉にも、彼がいたという部屋の中にも……。調べるのに時間がかかり、すべて終わった時にはくたくたで眩暈がしました。居間に戻ると、ポーターがコーヒーとサンドウィッチを出してくれました」ポインターはぞっとするような笑みを浮かべた。

「何が可笑しいんだ？」ミスター・スミスが訊いた。

「ポーターは」ポインターは思い出しながら答えた。「ひとりで台所に行くのを嫌がりました。幽霊騒動のせいでしょう。大々的な指紋探しを終えると、疲れ果てて眠っていたミス・ソームズを起こしました。少し気分がよくなったようで、それから話を聞きました。彼女はフィリップ・ストロングと一緒に来たの一点張りでした。ほかの者には見えない男とのろのろ走る夜汽車に乗ってフリーティングからやってきたんです」

「フリーティング？　ポーターが受け取った電報はロンドンから送られてきたのだろう」

「はい。ミス・ソームズの話では、ストロングは彼女とフリーティングで落ち合いました。彼がロンドンを発つ前に電報を打ったのでしょう」

「ビル、ふたりの目的は何なんだ？　ジミーの家に行ったのはなぜだ？」

ポインターは顔をしかめた。「ミス・ソームズはフィリップ・ストロングと駆け落ちしたんです。私はこの事実をミス・ソームズに言わせてしまった。酷なことです。彼女はすっかり恥じ入っていました……それはともかくとして、ふたりはウィンチンガムに到着すると、タクシーに乗ってジミーの家へ向かいました」

スミス警部が勢いよく足を床に下ろした。「タクシー！　ビル――タクシー運転手がいる」

ポインターは悲しそうに首を振った。「警部、私もタクシー運転手に目をつけ、ミス・ソームズに運転手の特徴を説明してもらいましたが――私は一介のしがない巡査部長です。警部様ではないのでタクシーに縁がなく、誰なのかわかりませんでした。でもキーズはすぐにわかりました。彼によると、特徴が一致する運転手はバート・レヴィツキです。この運転手をご存じですか？」

ミスター・スミスは首を振った。「古風な名前だな。残念ながら知らない。警部様云々の話は余計だし、はなはだ見当違いだぞ。さっさと続けたまえ」

「了解、了解。運転手は夜勤で働いていました。私は運転手をジミーの家に連れてくるようキーズに指示して、運転手がやってくると居間に通しました。バート・レヴィツキはひょろりとした体つきで白イタチのような顔をしています。女流作家なら、彼の目のことを射るような黒い瞳と表現するでしょう。白イタチに似ているところはほかにもあります。賢くて、白イタチが獲物に飛びかかる時のように俊敏です」

「君の見事な表現力には恐れ入るぞ！」警部は感心した。

ポインターは鼻先で笑った。「運転手をミス・ソームズのもとに連れていき、彼女に会ったことがあるかと訊くと、彼ははいと即答しました。彼女を駅で乗せてジミーの家まで送ったそうです。男がいたかと訊くと、男はいなかったと答えました」

ミスター・スミスは前を見据えたまま微動だにせず、黙っていた。

「ミス・ソームズはまたかっとなって興奮状態に陥り、これこれこういうことだと運転手に話して聞かせました。運転手は頭のおかしな人間でも見るような目で彼女を見ていました。そして訝り、恐れ、怒り、私にこう訴えました。これはどういうことですか？　私と何の関係があるんですか？　私は訊かれたことに正直に答えました。このご婦人を駅で乗せました。ご婦人はひとりで、ほかには何もいなかった。男も女も子供も犬も猫もオウムもカブトムシも虫も……」

警部は立ち上がり、小さな部屋の中を歩き回った。「こんなことってあるのか、ビル」彼はおもむろに口を開いた。「不可解だし、気味が悪くて嫌な感じがする。起こり得ないことだ」

「それが起こりました」

「うん、そのようだな。昨夜、君は摩訶不思議な世界にいたんだな」

ポインターは平然と巻き煙草を作っていた。「さあ、それはどうでしょう」彼は淡々と答えた。「これは不可解な出来事で、昨夜、私は幽霊に囲まれていたのでしょうか。ジャネット・ソームズのような婦人があのような状態に陥るというのはよくある話です。夜が明けて冷たい朝の光を浴びたら、無駄な時間を費やしたことに気づきました。残酷な言い方ですが、ソームズという心を病んだ未婚婦人がひとりの男を妄想し、そのうち男の幻を見るようになり、その幻に操られて駆け落ちしただけのことなんです」

「ふむ……ウィリアム、君は手厳しい心理学者だな」ミスター・スミスは何気なく言った。「そう思うのか？」

「そう思いませんか？　そうとしか考えられないでしょう？　賭け率二対一で形勢はミス・ソームズに不利。あの家に男がいた形跡は一切ありませんでした」

「はてさて。やはり不可解だ。いったい誰が――いや、何がと言うべきかな。何がジミーの降霊会の部屋を荒らしたのだろう？　菊の茎で表した言葉の真意は何だろう？　ラテン語の Fortis。意味は〝強い〟……」

四

ウィンチンガム警察署のブラックラー警視の部屋で五人の男が座って話し合っていた。州の警察本部長ゴームズビー大佐、体が大きくもの静かで謙虚な警視、スミス警部、ポインター巡査部長、ミスター・ジミー・メルローズだ。二階にあるこの部屋は犯罪記録室の真上に位置し、警部の部屋よりはるかに立派である。広い窓から細いウィンチ川とその向こうに広がる緑豊かな住宅街が見渡せる。

ポインターは普段は本部長が取り仕切る話し合いには参加できない。彼がミスター・メルローズとともに話し合いに加わったのは、例の夜の奇妙な出来事について知っているからだ。あの夜から四日が過ぎ、その間、スミス警部と巡査部長は多忙だった。

ドクター・エドワード・J・ソームズはゴームズビー大佐に手紙を書いた。それには妹がフリーティングのゴルフ場に続く小道でフィリップ・ストロングと名乗る男と出会ってから彼女の身に起こったことが連綿と綴られていた。傷を負った獣のように弱ったジャネットが家に戻ると、エドワードは怒りを露わにしてジャネットを嘲り、彼女を精神科医に託した。エドワードは不運な妹の馬鹿げた話の真相を解明してほしいと本部長に頼み、協力的な姿勢を見せた。手紙は冗長で仰々しいものだった。

　エドワードはジャネットから話を聞き出したのだが、すべてではなかった。ジャネットはある事実をどうしても明かせなかったのだ。

五人が二階の部屋に集まることになったのは手紙が届いたからだ。スミス警部は手紙を読み終えると、大佐に返した。

「思いやりに溢れる手紙ですね」スミス警部は言った。「愛すべきドクター！　たぶん今回の件をミスXの事例として次の著書で取り上げますよ」

ゴームズビー大佐は唸り、小さな白い口髭を引っぱった。「ミスター・メルローズから話のあらましを聞いたが、これは我々が扱うべき事案だろうか。もうこの件についていろいろ調べたのか？」

「はい」ブラックラー警視が穏やかに答えた。「警部とポインター巡査部長が調べましたが、おっしゃったように、警察が扱うべき事案かどうか疑問です」警視は椅子の脚に足を引っかけて座っている警部を見た。警部は目鼻立ちの整った顔をしかめ、困惑した表情を見せた。大佐もポインター巡査部長も警部を見た。ミスター・メルローズも金縁眼鏡の奥からじっと見た。

「私の出番か」スミス警部は呟いた。「まだ、わからないことだらけです。フィリップ・ストロングはロンドンで映画俳優として活動しているとミス・ソームズに説明したそうです。でも、ロンドンのどの映画会社もフィリップ・ストロングという男を知りません。ストロングという姓を持つ男がふたりほどいますが、名はフィリップではない。どの代理人の名簿にも男の名前は載っていません。ミス・ソームズの証言をもとに似顔絵を作りましたが、似た人物はどこにも存在しないし、どの人名録にも登録されていない。ミス・ソームズはフリーティングのゴルフ場に続く小道で男に何度も会ったそうです。ところが、ミス・ソームズが男といるところを見た者はいない。男は車を持っていないらしく、列車を使った可能性がありますが、フリーティングの駅の係員は男を見ていません。ミス・ソームズの話が本当なら、プラットフォームに何度も現れたはずです。

男がミス・ソームズと一緒にフリーティングからウィンチンガムに向かったとされる日にフリーティングで販売された一等車の切符は一枚です。でも、これは手がかりになりません。切符はどの駅でも販売されていますから。レヴィツキは、ミス・ソームズひとりを駅でタクシーに乗せたと断言しました。ミスター・メルローズに仕える執事は、ロンドンから送られた電報を受け取りました。〝ストロング〟と署名されていたので、ミス・ソームズのことをミスター・メルローズの未亡人の妹君《いもうとぎみ》だと思いました。執事は妹君に会ったことがなかったのです。執事はミス・ソームズの側にはいついかなる時も誰もいなかったと証言しています。あの夜に男がミスター・メルローズの家にいた形跡はどこにもありません。

それでもミス・ソームズはフィリップ・ストロングという男と一緒にいたと主張しています。彼女は男と駆け落ちしたのです。男は家に到着してしばらく経った後、ハンカチを取りに二階へ向かいますが、階段を上っている途中でため息を吐《つ》いて消えました！

以上がこれまでにわかったことです」

本部長は落ち着かない様子で座り直した。彼は警視の机の椅子に座っていた。警視の部屋で話し合いをする際はいつもこの椅子に座る。「奇々怪々だな。警部、おまえはどう思う？」

ミスター・スミスは答えに迷った。「ポインター巡査部長はミス・ソームズの想像の産物だと思っています。もちろんすべてではなく、フィリップ・ストロングが想像の産物だと。ミス・ソームズは男を想像し、やがて男の幻を見るようになり、制御できなくなった」

「そうだとしても謎が残る。おまえもそう思うのか？」

「さあ、私にはわかりません。精神科医の意見を聞きたいです」

「私は御免被る。十中八九、精神科医は同じことをくどくど説明するぞ。あの連中はギリシア語やらラテン語やらを使って長広舌を振るうんだ！」

ミスター・メルローズが身を乗り出し、古くからの友人である本部長のほうに眼鏡を向けた。「ラテン語――わかったぞ。マーヴィン、たぶん男は見つからないよ」

「なぜだい？　巡査部長と同じように、君も男が存在しないと思うのか？」

「君や私のような生者としては存在しないと思う。しかし、ミス・ソームズの想像の産物などではなく、実在すると信じている」

「ふん！」大佐は鼻を鳴らした。「心霊現象！　案の定、それを持ち出してきたな、ジミー。フィリップ・ストロングの霊が物質化（何らかの物質によって霊魂が形をとって現れること）したと言うつもりだな？」

「ほかに説明の仕様がないだろう？　私の部屋を荒らしたのは彼の霊だ」

大佐は勢いこんで言った。「なるほど！　警部、おまえはどう思う？」

ミスター・スミスは答えに窮した。「これは畑違いです。私は警官で、心霊現象研究家ではありません。私は――私とポインター巡査部長は消えた男がいた形跡があるかどうか必死で調べました。ミスター・メルローズの部屋も徹底的に調べましたが、形跡は皆無でした」

「ほらね」ミスター・メルローズは穏やかに言った。

「いいや、ジミー、私は納得しないぞ！」大佐は言い返した。「私は単純で鈍い男だ。単純でまともな答えを聞きたい。警部は君の説に傾いているようだな」大佐はミスター・スミスに胡乱《うろん》な目を向けた。

「まともな答えなどありません」警部は呟き、急いで続けた。「ミスター・メルローズにちょっとお訊きしたいのですが」

「いいだろう」

「ミスター・メルローズ。降霊会の部屋で起こったことについては、あなたの説が正しいのかもしれません。そのほかのことについてはわかりません。教えてください。ジャネット・ソームズが一緒にいたと言うフィリップ・ストロングは――この男はあなたの義弟、七年前に亡くなったフィリップ・ストロングに似ていますか？」

ミスター・メルローズは慎重に答えた。「似ていないとは言えないよ、警部。特徴が一致するようだ。亡き義弟は、口にするのも憚られるが、軽い気持ちで結婚したんだ」

「何だって？」ゴームズビー大佐が割って入った。「義弟は女たらしで妻に対して不実だった。そういうことなのか、ジミー？」

「その話は」警部は慌てて言った。「いったん置いておいて……仮にフィリップ・ストロングの霊が物質化したとすると、物質化した霊はとても頑丈だったので形が保たれた。それでは、霊媒師は誰ですか？　霊が物質化するには霊媒師の力が必要でしょう」

「誰なのかは明白さ。ミス・ソームズだよ」

ミスター・スミスは少し驚いた。「ミス・ソームズは善良なご婦人です」

「ああ、霊媒師の人となりは関係ない。単に霊能力の問題なんだ。ミス・ソームズには自覚がなかったんだろう。彼女は利用されたんだよ」

「なるほど」警部は考えこむように頭を掻いた。「ひとつ大きな疑問が残っています。フィリップ・

ストロングの霊が物質化し、ミス・ソームズの前に何度も現れ、ついには彼女とフリーティングを出て、あなたの家に向かった。そうあなたは考えている。では、なぜ家の中で消えたのですか？　突然に？」

「推測するしかないけれど」ミスター・メルローズは控えめな口調で答えた。「おそらく、彼の霊は私が降霊会の部屋から追い出すまで家に留まっていたんだ。非物質化して目に見えない霊に戻ると、降霊会の部屋で悪さをし、菊の茎を使って署名を残した。なぜラテン語なのかはわからない。霊が非物質化したのは、たぶん私の善い霊の友達が私と一緒に家に入ったからだ。善い霊はいつも私の側にいるんだよ。悪い霊や問題のある霊は善い霊と同じ場所にいることができない。同じ飛行機に乗れない。だから非物質化した。善い霊によって非物質化させられたと言ってもいい。それによって力が弱まったけれども、ミス・ソームズが家の中にいたおかげでしばらくは力を使えた。だから降霊会の部屋で悪さをした。でも、善の登場――つまり善い霊の登場によって最後には力を使えなくなった。善い霊が力を使うことを許さなかったわけだ。こうして命運が尽きた」

「荒唐無稽な話だ！」単純で鈍い本部長が叫んだ。

「そうかもしれませんが」警部は即座に言った。「真相かもしれません。ミスター・メルローズの説は理解できるし筋が通っています。ところで、降霊会の部屋からは何の音も聞こえなかったのですか？」

「うん、聞こえなかったよ」ミスター・メルローズはさらりと答えた。「別段不思議はない。家具が乱暴に投げ散らかされたわけではないからな。霊は繊細な手さばきで、いとも巧みに物を操るんだよ。生者にはとうてい真似できない」

「どうしてポーターとタクシー運転手には霊が見えなかったのですか？　ミス・ソームズに霊が見えたのは彼女が霊媒師だからではなく、霊が物質化して目に見えるようになったからでしょう」

ミスター・メルローズは憂いを帯びた笑みを浮かべて眼鏡に触った。「どんどんややこしくなっていくね、警部。わからない点もあるが、私なりに説明してみよう。物理学者によると、物質の内部はほとんど空洞だ。物質は原子でできていて、原子の中はほぼ空洞なんだ。それを知ると、物質がおぼろげでぼんやりしたものに見えてくるだろう？　まるで幻のようだ。私は霊が物質化すると信じている。君も知っていると思うが、物質はエネルギーを持っている。エネルギー。つまり力だ。それを物質は宿している。ということは、物質化した霊も力を宿している」

大佐はそわそわと腰を浮かせ、ドスンと座り直した。「君の話はどこへ向かっているんだ？　君の体はほとんど空洞かもしれないが、君の体は見えるぞ。空洞のない物質として」

「物理学者が正しいなら、君が幻を見ているとも言える。それは誰もが見ている幻であり、実在する。君は私の体を、君の目で物質として見ている。私の体を作ったのは自然の力だが、フィリップ・ストロングを作ったのは自然の力ではなく超自然的な力だ。ポーターとタクシー運転手はポインター巡査部長と同じように物質世界にどっぷり浸かっていて――物質世界も幻のようなものだが――超自然的な力や物質化した霊の存在を頭から否定し信じない。そういう人には物質化した霊が見えないのだろう。ジャネット・ソームズには見えたけれど」

「彼女以外、誰もフィリップ・ストロングの姿を見ていないんだぞ！」

「誰も見ていないと思いこんでいるだけじゃないかな」ミスター・メルローズは言葉を返した。「警部を悪く言うつもりはないが、警部はやり方が甘いよ。フィリップ・ストロングの霊が物質化している間に遭遇したと思われるすべての老若男女に訊くべきだったんだ」

「正論です」ミスター・スミスは真剣な面持ちだった。「ミスター・メルローズは私がこう問うことを期待しているのです。彼の姿を見た人物がひとりいたのではないか。電報を打った郵便局員が……」

日当たりのよい明るい部屋の中で、一同は途方に暮れて黙りこんだ。これまで本部長とブラックラー警視とスミス警部は、この二階の部屋でさまざまな問題について意見を交わし、それが解決につながることもあった。今回の出来事はほかに類を見ない、いまだかつてない珍事である。本部長はこう結論づけた。

「不可思議な話だ。この件には精神科医が――それか霊媒師が対処すべきであって、我々はそのどちらでもない。これは警察沙汰になるようなことではない。誰かに対して犯罪が行われたわけでも法が犯されたわけでもない。男の行為は詐欺や不法侵入にあたるだろうか？　あたらないだろう。執事はジミーの家の玄関の扉を開け、ミス・ソームズを信用して招き入れた。彼女をジミーの家に連れてきたという男はどうやら存在しないようだ。降霊会の部屋が荒らされた件については、ジミーは自説を曲げないし、我々に助けを求める様子もない。

電報は手がかりになるかもしれない。これついてもジミーは自分の考えを持っている。仮にフィリップ・ストロングが存在するとして、果たして郵便局員は電報を打った人物を特定できるだろうか。それに郵便局員が特定できて、我々がとてつもない労力と大金を費やして運よくフィリップ・ストロングを見つけたとしても、確かに彼はジャネット・ソームズに卑劣で理不尽な仕打ちをしたが、罪に問うことはできまい。おまえはどう思う、ブラックラー？」

「お説ごもっとも」もの静かな警視は答えた。「罪に問うことなどできないでしょう。男を追うのは時間の無駄です。それにしても厄介ですね。この件が暗示するのは――」

「もう追求するのはよしてくれ。私は耐えられない、諸君、こういうわけだから、我々はこの件に関わらないと正式に決定する。しかし、スミス警部は霊能者気取りで追求を続けるつもりかな?」

ミスター・スミスはにやりと笑って首を振った。「私は好奇心に駆られてしまったのです。真相を知りたいですが、諦めろとおっしゃるなら諦めます。霊能者はミスター・メルローズひとりで充分です」

これが最初の出来事である。存在しない男。この男にまつわる摩訶不思議で不条理な出来事の真相は謎のままで、警察沙汰にはならなかった――数週間後にドクター・ソームズが二通目の手紙を書くまでは。

第二の層　幻の部屋

ミスター・シャーマン・ストークスは多くの事業を手掛けていた。やり手の実業家であるこの男はこれまで数々の会社を設立し、魅力的な設立趣意書を公開し、美しい装飾が施された株券を発行してきた。ロンドン郊外に構える事務所はじつに堂々としており、光沢のある真鍮板に彼の名前が刻んである。その後に「代理人」という言葉が続いているが、誰の、あるいはどの会社の代理人なのか、彼がどんな会社を作ったのかといったことは記されていない。それを記す場所がないからかもしれない。

ミスター・ストークスは目立ちたがり屋ではない。彼がなによりも嫌なのは自分が注目されることだ。髪は黒くて薄く、一か所がはげている。白色の硬い襟とくすんだ色の地味なスーツを好み、靴下とネクタイにはとくにうるさい。彼の魂はおそらく不滅であり、無慈悲で冷たいに違いない。彼はユーモアを解さず、平気で悪事をはたらく。彼の部屋には防犯のために大きな金庫が置いてある。運よく中身を見た人は驚くだろう。ただし、彼の秘書が驚くかどうかは疑問である。秘書は若い女で、事務所に似つかわしくない派手な格好をしていて、少々頼りない。

ミスター・ストークスは経済的に成功した。それは彼が業務用の蠟燭の両端に火をつけたからだ——善良さに欠ける不滅の魂のおかげでもある。当然ながら、蠟燭はより強い光を放ち、両端はどんどん燃え、やがて短くなった。蠟燭が短くなった時に為すべきことはただひとつ。それを心得ているミスター・ストークスは為すべきことを実行しようとしていた。火傷しないよう蠟燭から手を放して逃げるのだ。

彼は事務所で机に向かっていた。仕事を終えてかなり時間が経っており、扉には鍵がかかっていた。まず、抽斗《ひきだし》から犯罪の証拠になりそうな書類や資料をすべて取り出した。次に、それらを徹底的に燃やした。隣の小部屋にある洗面台で一枚一枚燃やし、燃えかすを排水管に流した。この作業を済ませると、どっしりとした金庫の扉を開け、大きな鞄を引っぱり出した。柔らかい革でできた鞄でファスナーと特許品の鍵がついている。これにきちんと折りたたまれた紙幣を丁寧に詰めた。さまざまな国のありとあらゆる紙幣が揃っていたが、大半はアルゼンチンのものである。この南米の共和国に渡って新しい人生を始めるつもりだった。気候のよさと遠い国であるというところに惹かれたのだ。それに長年にわたって内政の混乱が続いており、彼にとってはかえって好都合だった。

住んでいた家とはもうおさらばしておいた。燃料を満載した車が近くの車庫で出発を待っていて、後部座席にふたつのスーツケースと革張りの頑丈なトランクが収まっている。ポケットの中の財布にはパスポートと蒸気船ヴェローナ号の一等客室の切符が入っている。パスポートには彼の写真が載っているものの、いくつかの情報とともに記載された名前はウォルター・ブリッジマンだ。蒸気船は明日ブリストルの港からブエノスアイレスに向けて出港する。彼は金庫の前で一万七千ポンドを鞄に詰めるという楽しい作業を進めていた。その時、思いもよらないことが起こった——これはいつものことである。

後ろのほうでカチリという音がして鍵が開き、扉が開き、ミス・ラナ・ブースが入ってきた。

二

ラナ・ブースは例の派手な秘書だ。背は高からず低からず、ほっそりした体は見事な曲線を描いている。豊かな髪は金色だ。艶があって柔らかく、水が流れ落ちるかのように肩にかかっている。大きな青い目、鼻筋の通った短い鼻、魅惑的な赤い唇、綺麗に並ぶ小さな白い歯、非の打ち所のない滑らかな肌。それらの美しさは衝撃的だ。男は通りで彼女とすれ違うと、振り返ってどきどきしながら彼女を見つめる。ミスター・ストークスも――まずぎょっとして――どきどきしながら見つめた。けれども、美しさに衝撃を受けたからではない。どこか遠くにある自宅に帰ったはずのラナ・ブースがそこにいたからだ。彼は驚きとともに腹立たしさを覚えた。

「ここで何をしているんだ?」ミスター・ストークスは甲高い頓狂な声を上げた。

「見たわよ、シャーマンちゃん」ラナは優しく告げた。

〝ミスター・ストークス〟と敬称をつけて呼ばれることに慣れているシャーマンちゃんはかつてないほどの屈辱を受け、声がいっそう甲高くなった。

「どうやって入ったんだ?」

「もちろん扉を開けて入ったのよ、お馬鹿さん!」

「鍵がかかっていたはずだぞ!」

「だから」ラナは落ち着き払っていた。「開けたのよ。鍵で。私だってそれくらいできるわ、シャーマンちゃん。あなたをずっと見張ってたのよ」

ラナは歩み寄って机に腰を下ろし、足を椅子に乗せた。艶やかで美しい二本の足が目の前に現れれば、普通の男ならこっそり二度見するだろう。しかし、ミスター・ストークスは普通の男ではなく、平常心を失っていたこともあり、美しい足が目に入らなかった。彼はラナの青く澄んだ大きな目を見据えた。「ここで何をしている?」

ラナはゆっくりした優雅な手つきで煙草に火をつけた。赤い唇を挑発するかのようにすぼめ、煙草の煙をミスター・ストークスにふっと吹きかけた。「あなたこそ何をしているの?」

ミスター・ストークスは答えなかった。何をしているのかは一目瞭然だわとラナは言った。

「逃げるつもりね、シャーマンちゃん。出資者のお金を持って消える。順風満帆な実業家人生の悲しき結末」

「いったい何の話だ?」ミスター・ストークスはラナを見つめて質問することくらいしかできなかった。

ラナは答える代わりに訊いた。「どういう計画なの? どこへ逃げるの? よその国? 南米かしら? あなたのような大胆不敵な横領犯がこぞって逃げそうなところよね」

ミスター・ストークスは少し冷静さを取り戻した。彼は慎重に鞄を金庫に戻して扉を閉めると、振り返ってラナにゆっくり近づいた。そして哀れを誘う声で囁くように言った。「どうして戻ってきたんだ? 万事整っていたのに。万事順調に運んでいたのに。君が戻ってきたおかげで何もかも水の泡だ。関わらないほうが身のためだぞ」

金髪のミス・ブースは足を組み、なまめかしく微笑んだ。ひどく魅惑的だった。

「脅しても無駄よ、シャーマン。私はあなたより力のある大物たちからも――大物気取りの男からも脅されたことがあるし、大物実業家がどんな人間か、彼らの奥さんよりも知っているのよ」彼女は鋭い声を上げたけれど、色っぽい笑顔のままだった。「乱暴するつもりなら、やめておきなさい！　建物の中にはまだ人がいるのよ。あなたが手を出そうとしたら思いっきり叫んでやる。映画のようにはいかないわ。いざとなったら弱虫だって戦うんだから。それに私はそんなに弱い女じゃない！　素手で戦う時に使う技があるのよ。ちょっとした裏技が……」

ミスター・ストークスは少しだけ上げた拳を下ろし、為す術もなくラナを見つめた。

「何が欲しいんだ？」

ラナは可愛いふくれっ面を作った。「シャーマンちゃん、淑女にそんな言い方をしたらいけないわ。落ち着いてちょうだい。まるで混乱した雄牛のようだわ」

「何が欲しい？」シャーマンちゃんは繰り返した。

「うーん……いろいろ。あなたはそれを与えることができる。私はあなたに負けないくらいお金が好きよ」

ミスター・ストークスはすぐに覚悟を決めた。「いくら欲しいのかな？」

「全部よ」ラナは穏やかに答えた。

「ご冗談を！」ミスター・ストークスは声を荒らげた。

「あら、独り占めするつもりはないわ。私は分かち合いたいの――あなたと」

「どういう意味だ？」

「もう、シャーマンったら」ラナはため息を吐いた。「鈍いのね！　いつもは殿方に言い寄られる私が、今はあなたを口説いている。なのにわかっていないようね！　私が知っていることを話すから聞いてちょうだい。あなたは金庫の中に大金を隠している。不正に得たお金――少なくとも裁判官はそう判断するわ。そのうちイギリスのお金はほんのわずか。あなたはお金を鞄に入れて部屋から出ていき、二度と戻らない。今夜、ブリストルへ向けて車で国を横断する。荷物を積んだ車が近くの車庫に入れてある。そして明日、素敵なヴェローナ号に乗る。行き先はブエノスアイレス。これで正しいかしら?」

「どうして知っているんだ?」ミスター・ストークスは喘ぐように訊いた。

ラナは美しく揃った白い歯に挟んだ短い煙草をそっとつまんだ。「あなたを見張っていたから」

「だが、そこまで知ってるなんて! 信じられない!」

「知ってるのよ」ラナは肩をすくめた。「知りたくなかったという人はたくさんいるでしょうね!」

「絞め殺してやる!」

「まあ、駄目よ。いけないわ、そんなことしちゃ。あなただって私が生きているほうがいいはずよ。女に興味がないわけではないでしょう、シャーマンちゃん。あなたは自分を偽っているのよ」

「いったいどういうつもりだ? 何をするつもりなんだ?」

「私が」ラナは悪意はないといった様子で目を丸くした。「何をするって? まさか私が警察に行くなんて思ってないわよね? もちろん、そんなことはしません――あなたが一緒に連れていってくれるなら」

「一緒に連れていくだと?」

「もう、まだわからないなんて。あなたらしくないわ。あなたは私を連れていく。そして私はお金を使うのを手伝う。いい考えでしょう? 私が側にいればあなたのためになるわ。そう思わない?」

ミスター・ストークスだって男だ。ラナ・ブースは人生で出会ったどんな娘よりも魅力的で、男にとって望ましい存在だと思った。お金を貯めるだけの人生はもう終わる。そんな人生に別れを告げる。目の前に広がる人生は豊かで満ち足りたものになるだろう。この娘は新しい人生に彩りを添えてくれるのだろうか。彼女を連れていき、彼女の美しさに浸り、賞賛される彼女の恩恵にあずかる。彼女がボタンホールに挿す花のような存在になる……。そういうことなのだろうか？

「私のためになるのか？」

ラナは静かに目を閉じた。桃色の頰の上方で艶のある長いまつ毛が震えた。「それはあなた次第よ、シャーマンちゃん」

ミスター・ストークスはラナに一歩近づいた。「私と結婚するつもりなのか？」

「あら、結婚なんて時代遅れもいいとこ。つまらないわ。そう思わない？」

「では、どうするんだ？」

「夫婦として船に乗るのよ。もちろん同じ客室で過ごすことになるわ。今から客室を手配するのは無理だから。手配できないでしょう？」

ミスター・ストークスの呼吸が速くなった。硬い白襟の内側に指をさし入れてぐるりと動かし、想像を巡らせた……。

「でも君の荷物は？」

「もうあなたの車に積みこんだわ」

「車に？」

「そうよ。私ね、ついていくって前から決めてたのよ」

「蒸気船の切符を持ってないだろう？」

「急に妻の気が変わったと言えばいいわ……面倒だと思っているのね？　殿方は面倒なことを後回しにするのよね。でも、たぶんあなたは変わる。私が変えてみせる」

「だが——パスポートは？　パスポートを手に入れるのは簡単じゃないぞ」

ラナは黙ったままバッグを開けて中を手探りし、紙挟みを取り出すと、それを開いてミスター・ストークスの目の前に突き出した。パスポートが挟んであった。写真もちゃんと載っていて、ミセス・ウォルター・ブリッジマンという名前が記載されていた。

「いやはや！」ミスター・ストークスは弱々しい声を漏らした。

「さて、シャーマンちゃん」ラナはあくまで穏やかだった。「用意はいいかしら？」

三

ミスター・ストークスの車は軽快なエンジン音を立てながら進んだ。静かでやけに暖かい夜だった。ロンドンを出発してかなり経ち、この二十マイルを走る間、ラナ・ブースはずっとうつらうつらしていた。ミスター・ストークスの肩に金髪で覆われた頭を乗せ、彼の腕にもたれかかっていたので、ミスター・ストークスは運転しづらかった。彼の心にはこれまでに抱《いだ》いたことのない感情が芽生えていた。まどろむ娘の体の温かさとほのかな匂いと輝くような美しさに微かな興奮を覚えた。夢うつつで彼に寄り添っているラナは、お金が好きな計算高い脅迫者ではなく、男に頼るしかない哀れな女に見えた。ミスター・ストークスはラナの肩を抱こうと思って伸ばしかけた左腕をさっと引っこめた。

それを何度か繰り返し、とうとう思いきって肩に腕を回した。ラナを守るように腕で彼女を包みこんだ。

ラナがうたた寝していることに気づいた時、しばらく彼女を意のままにできると思った。車のドアを開けて闇の中に彼女を放り出したいという悪しき衝動に駆られた。重荷から解放されたかったのだ。ところが、にわかに湧き上がった衝動はたちまち消え去った。さしものシャーマン・ストークスも艶やかな美女を捨て去ることなどできなかった。ふたりはもはや支配する人でも支配される人でもなかった。

ミスター・ストークスは人生の黄昏時に片手で運転する男の仲間入りをした。これは驚くべきことだと思っていたら、何かがヘッドライトの光に浮かび上がり、慌てて左手をハンドルに戻した。その何かは道路を塞ぐバリケードだった。バリケードに吊るされた防風仕様のランプが赤い光を放ち、看板に〝道路工事中——迂回せよ〟という短い言葉と矢印が記されていた。矢印は南に伸びる脇道を指していた。ミスター・ストークスは車を停め、ドアポケットから道路地図を引っぱり出した。それからしばらく地図とにらめっこし、威圧的な矢印に従うことにした。

停まっていた車はいったん後ろに進み、向きを変えて前に進み始めた。ラナはそれを感じながら完全に目を覚ました。背筋を伸ばし、数分かけて髪を指で梳かしたり撫でつけたりして整え、平らな黒いベレー帽をかぶり直すと、不思議そうに窓の外を眺めた。

「いったい何事？　車が停まったようだけど？」

「通行止めだ」ミスター・ストークスは簡潔に答えた。「だから回り道をしている」

「まあ……ここはどこなの？」

「地図によると、ウィンチンガムという町の近くだ」

「ウィンチャム」ラナは言った。「聞いたことないわ」

ミスター・ストークスは三つの音節から成る地名を告げたが、ラナが口にしたのはふたつの音節から成るウィンチャムという地名だった。ウィンチンガムの住人はそう呼ぶ。これはたぶん、この物語においてラナがしでかした唯一の失敗である。ミスター・ストークスはラナが別名を口にしたことを気に留めず、この事実は脳裏の暗い片隅に仕舞いこまれた。ところが数週間後、ミスター・ストークスはこの事実をふいに思い出してスミス警部に伝えることになる。警部にとっては貴重な情報だった……。

ラナは美しい口もとに微笑を浮かべてミスター・ストークスを見た。「私にはれっきとした名前があるのよ、シャーマンちゃん。なぜ名前で呼んでくれないの？」

ミスター・ストークスは何かを呟いただけで前方の道路から目を離さなかった。

「名前で呼んで！」ラナは命じた。「さあ。慣れないといけないわ」

「ああ、わかったよ――ラナ」ミスター・ストークスは硬い表情で呼んだ。

「ううん、ぎこちないわね。そこを直さなきゃ。もうちょっと温かみのある声で呼んでちょうだい。そうだわ、シャーマンちゃん。特別な愛称を考えてくれない？」

シャーマンちゃんが愛称で呼ぶのはお金だけである。お金をファイヴァー（五ポンド）、テナー（十ポンド）、ポニー（二十五ポンド）、モンキー（五百ポンド）などと呼ぶ。折しも道路の凸凹が多くなり、右側の車輪が穴に落ちたばかりだったので、彼は愛称を考える気になれなかった。

ラナは助手席で身をよじり、後ろにもたれようとした。「シャーマン、もう疲れちゃった――あら！　何かしら？」

　車がとある建物を通り過ぎた。頑丈そうな四角い建物で、道路から少し引っこんだところに建っており、煉瓦敷きの小道が現代的な屋根付きの門から建物まで続いていた。玄関扉の上方に照明があり、文字が記された板と吊り看板を照らしていた。車はどんどん進み、文字も看板もはっきりとは見えなかった。しかし、同じものと思しき板と看板が明々と照らされた屋根付きの門に掛かっていた。記された文字は〝ザ・ウェルカム・イン〟。看板は大きなビールジョッキと溢れ出る泡を象《かたど》ったものだ。ラナは門の側にスタンドを立てて停めてある古いバイクを視界の端に捉えた。

「ザ・ウェルカム・イン」ラナは言った。「文明を表す看板があったわ、シャーマン。変わったパブね」

「あれはたぶん宿だ」ミスター・ストークスも通り過ぎる際に建物をちらりと見た。「ウィンチンガムに近づいているんだろう」

「ちゃちなジープで国を横断するより寝心地のいいベッドで眠りたいわ！」ラナは不満を垂れた。

「このまま進むの？　今夜はどこかに泊まらない？　船は明日の午後まで港を出ないでしょ」

「君は警察のために痕跡を残したいのか？」車を貶されてかちんときたミスター・ストークスは言い返した。「忘れないでくれよ、ミセス・ブリッジマン。ロンドンに住むミスター・ストークスとミス・ブースは今夜消える。そしてブリストル在住のミスター・ブリッジマンとミセス・ブリッジマンは明日の朝までブリストルにも存在しない」

「そうなの？　ミスター・ストークスの車はどう始末するつもり？」

「もう手は打ってある。これはミスター・ストークスの車ではなくミスター・ブリッジマンの車だ！」

「ミスター・ブリッジマンとミセス・ブリッジマンがひと晩ホテルに泊まっても問題ないでしょう」

ミスター・ストークスは薄い肩を竦めた。「万が一に備えるのさ。船がブリストルを出港する日の前夜に――ミスター・ストークスが謎の失踪を遂げた晩に、ブリストル在住のミスター・ブリッジマンがブリストルの反対側で何をしていたのかという疑念を持たれたらまずい！　どうしてあんなに綺麗な若い女が一緒にいるのかという疑念も。君が私の妻であることを証明するものはないし、君は同じ晩にロンドンから消えた女だ。誰かがこの車を見て、何かを思い出すような事態も避けたい」

今は機械の時代であり、原子力の時代でもある。この日、ミスター・ストークスは内燃エンジンで走る車に乗っていた。そしてどういうわけか……物事は思い通りにはいかないものである……。車の調子が悪くなった。エンジンがパチパチ、カタカタと音を立て、点火しなくなり、火花が不規則に飛んだ。ミスター・ストークスはうろたえながらチョーク（シリンダー内の燃料と空気の量を調整する装置）を引き、思いきりアクセルを踏んだ。しかし、エンジンは最後に爆発音を響かせて完全に止まった。ミスター・ストークスは道路の脇に車を停めた。

「今度は何事？」ラナがもの憂げに訊いた。

ミスター・ストークスは答えず、啞然として燃料計を見つめた。

「いったいどうしたの？」

「まさか！」ミスター・ストークスは慌てていた。「どういうことだ！　出発する前にタンク一杯にガソリンを入れたのに――十四ガロンも入れたのに！」

「あら！　ガソリンが切れたの？　私も同じ経験をしたことがあるけど、たいしたことじゃないわ」

「馬鹿を言うな！　燃料計を見てみろ！」

「針が空《から》を指しているわね。点火スイッチを入れてみたらどうかしら」

ミスター・ストークスはラナを納得させるために点火スイッチを入れたが、針は空を指したままだった。

「あなたがなんとかしてちょうだい」とラナ。「卵を抱く雌鶏みたいに座ってないで」

ミスター・ストークスは憤然とドアを開けて外に出ると、車の後ろに回った。ラナは運転席に足を乗せて快適な姿勢をとり、煙草に火をつけた。数分後、ミスター・ストークスが戻ってきた。

「どんな具合なの？」

「よくない！　タンクの底に卵が通るくらいの大きさの穴が開いているんだ。どこかで何かがタンクに当たったに違いない。ガソリンが流れ出てしまった！」

「まあ……まあ！　つまり車は動かない。立ち往生ということなの？」

「ああ。ガソリンなしでは車は動かない。何かが」ミスター・ストークスは繰り返した。「タンクに当たったに違いない。でも、それらしき音は聞こえなかったな」

「それで？　これからどうするの？」

「どうしたらいいんだろう」ミスター・ストークスは嘆いた。「とりあえず整備工場を探そう。そこならガソリンもあるだろう」

「私が」ミス・ラナ・ブースは淑女らしからぬ凄みのある声で言った。「整備工場か営業しているガソリンスタンドを見つけるために、暗くて寂しくて忌々しい道を歩くと思ったら大間違いよ！」

ミスター・ストークスは爪を噛み、汚い言葉を呟いた。するとラナが一転して声を和らげ、励ますように言った。

「さあ、元気を出して！　悲観することないわ。まだ時間はあるし、朝になれば整備工場も開《あ》くわよ」

ラナはハンドバッグと小さなスーツケースを持ち、決然と車から降りた。

「どうするつもりだ？」ミスター・ストークスが訊いた。

「決まってるじゃない」ラナは静かに答えた。「少し戻ったところに〈ウェルカム・イン〉があるでしょう。残りの夜をそこで過ごすのよ。食事をとって、お酒を飲んで――ああ、お酒を飲みたい。宿の人が車をどうにかしてくれるかもしれないわ……」

四

これは半時間ほど前のことである。

ひとりの騎馬警官がバイクに乗った男とほとんど同時に〈ウェルカム・イン〉に到着した。後者は警官が手綱を引いて馬を止めた時、ちょうどバイクのスタンドを立てているところだった。

「こんばんは！」警官は気さくに挨拶した。

「やあ、こんばんは！」バイク乗りが挨拶を返した。「カナダの騎馬警官のようだね！　彼らは緋色の上着を着ているけど。それにボーイスカウトの制帽のような帽子をかぶっている」

ケニー巡査はにっこり笑って馬から降り、手綱を屋根付きの門に結びつけた。「我々の上着は青色です。中に入りますか？」

「ああ。君も入るようだね。家宅捜索でもするの？」

「いいえ。いつもこの時間に寄るんです」ふたりは門を抜け、煉瓦敷きの小道を進んだ。「このあたりの方ではないでしょう？」

「君はホークアイ（鷹の目を意味する。鷹は優れた視力を有するため、慧眼の持ち主をこう呼ぶ）だね！」バイク乗りが言った。「その通り。僕はロンドンから来たんだ。君は少々時代遅れだね。灰色の雌馬に乗る警官なんて。警官はぴかぴかの速いバイクを颯爽と乗り回すものだ」

「バイクに乗るのは交通警察です。私は夜間巡回隊員で馬に乗ります。毎晩、ウィンチンガムから出動しています」

「巡回するのもなかなかいいものだろう。とくにこんな暖かい夜は。この時期にしては珍しい暖かさだ。ひと雨来るかもしれない……君は名物男なのかな。夜間巡回――警官と馬――イギリスの田舎――見出しをどうするか。僕は記者だからこんな風に考えが頭の中を駆け巡るのさ。地元民である君からお先にどうぞ」

ケニー巡査はかかとに着けた拍車を鳴らしながら前へ進み、記者のために扉を開けた。その瞬間、はっとして「足もとに気をつけて！」と叫んだけれど、遅きに失した。記者を自称する男は入ってすぐの二段の階段を踏み外し、バーの床の上に転んだ。衝撃で歯が当たったに違いない。記者は体勢を立て直すと憎らしげに階段を睨みつけた。

「イギリスの田舎め！」記者は苦々しそうに言った。「これは村の遊びなのか！　扉に続く不要な二段の階段を上り、中に入って二段の階段から落ちて背骨をずらす！　なんて楽しい遊びなんだ！　子供たちを連れてこようじゃないか！」巡査はにやにやしながら扉を閉めた。記者は険しい顔をしていたが、扉の上方に掲げられた盾のような厚く大きな看板を見るや表情を一変させた。

看板に〝ザ・ウェルカム・イン〟と太い文字が記され、その下に、見る者が喉の渇きを覚えるような泡の溢れ出るビールジョッキが紋章のように描かれていた。そして〝一杯目は店のおごり〟という歓待の精神を感じさせる言葉が続いていた。

「わあ！　このパブの看板には素晴らしいモットーが掲げてあるな。これは確かめる必要があるぞ、ホークアイ。案内してくれ。真偽のほどを見定めよう！」

ケニー巡査は自分に与えられたあだ名をおとなしく受け入れ、バーを横切って記者をカウンターまで連れていった。カウンターの中にはがっしりした体つきの男が立っていた。

男の黒い髪は針金のように硬く、ツイードの服はよれよれで、顔は憂いを帯びていた。

「こんばんは、ミスター・ウィルソン！」ケニー巡査は挨拶した。

がっしりした男はカウンターに広げた書類を選《よ》り分けながら、憂いに沈む顔に微かな笑みを浮かべて歓迎の意を示した。「こんばんは、ケニー！　今夜はいつもより早いね」

「ええ。ほんの数分ですが」ケニー巡査は傍らにいる記者に頷いてみせた。「新しいお客さんですよ、ミスター・ウィルソン。ロンドンからいらっしゃった紳士です」

「ブライアントです」ロンドンから来た紳士は言った。彼は三十代半ばの明るい男で身長は六フィート弱、髪は薄茶色で微かに波打っていた。分厚い角縁眼鏡をかけていて、その姿は古風で梟を思わせた。気取りのないツイードの上着とフランネルのズボン、それに油の染みがついた汚れたレインコートといういで立ちで、中折れ帽を頭の後ろのほうに載せていた。「ドン・ブライアント。僕は記者だ。残念ながら、世間に広く認められた記者ではないけれど。よろしく、ご主人！」

宿の主人は冷静に記者を見つめ、挨拶に頷いて応えた。

「本当に」ミスター・ブライアントは陽気な調子で続けた。「一杯目は店のおごりなのかな？　もしそうなら、僕はもうあの階段を恨まないよ」

「本当です」主人は静かに答えた。「それがうちの信条です」

「では、一杯くれ。あなたの健康と〈ウェルカム・イン〉の繁栄を祈って乾杯しよう！」

主人のウィルソンは慣れた手つきで白目製のジョッキにビールを注ぐと、ジョッキをすっとさし出した。

「ホークアイの分は？　彼はおごってもらえないの？」

ケニー巡査は微笑んだ。「ご心配なく。ミスター・ウィルソンはこれから僕の分を取りに行きます。いつもこの時間にふたりでコーヒーを飲むんですよ」

「コーヒー！」ブライアントは息を呑んだ。「コーヒーを飲む！　バーで？　それは酒に対する侮辱だぞ！」

「そうではありません」ウィルソンは言下に否定した。「巡査は勤務中ですから」彼は跳ね上げ天板を上げて狭いカウンターの中から廊下に出ると、厨房に向かった。ブライアントはジョッキを手に取り、まわりを眺めた。

〈ウェルカム・イン〉のバーは正方形に近い形をしていた。ブライアントの後ろにカウンターとフロントデスクがある。カウンターは艶やかで、数段の棚にずらりと並ぶ酒瓶やガラス食器が電球の光を受けて煌めいている。奥の扉に〝関係者以外立入禁止〟と書かれている。しかし、扉はカウンター内にあるから、この警告は無用だろう。カウンターはL字型で、短いほうから出ると二段の階段があり、その先にウィルソンが通った廊下が続く。扉代わりのビーズのカーテンは久しくお目にかかっていない時代遅れの悪趣味な代物だ。廊下の奥に小型のエレベーターがあった。

ブライアントはカウンターを背にして、玄関に向かって立った。右側の壁の中ほどに石造りの大きな暖炉が設けられ、その両側に小さな窓がある。暖炉の上に、国旗を背景にして国王夫妻の写る陳腐なカラー写真が飾ってある。隅のほうの壁にダーツボードが掛かり、側のテーブルに新聞や雑誌、汚れたトランプ、破損したダーツ、修理されたダーツが散乱していた。玄関の左側にキャビネット型のラジオが置かれ、幸いラジオは消してあった。暖炉の向かい側にふたつの縦長のフランス窓が並び、厚織りのカーテンが掛かっている。

暖炉の前に敷かれた房飾り付きの絨毯は古く擦り切れている。床の三分の一を覆い、その上に単純な作りの木製のテーブルと椅子がたくさん並んでいる。床の三分の二は滑らかな木が剝き出しの状態だ。淡い黄褐色に塗られた壁はくすんでいる。塗り直すか壁紙を貼るかするべきだろう。『バースの精神』、『スコットランド高地の牛』、『海の嵐』と題された絵がレールに吊り下げてあるが、ぞっとするような肖像画がそれらを圧倒していた。ミスター・チャーチル、故ルーズヴェルト大統領、モンゴメリー陸軍元帥、アイゼンハワー将軍の肖像画だ。

「ここは変わっているな！」あちこちに視線を巡らせていたミスター・ブライアントが言った。「でも奇妙とまではいかないし」彼は曖昧な言い方をした。「僕が求めるものはここにいないようだ。どうしてあそこは床が剝き出しになっているんだ？」

「ダンスをする場所だからです。あそこにダンスの相手を連れていき、ラジオをつけます……あなたの発言の意味がわかりません、ミスター・ブライアント」

「ドンと呼んでくれ」記者は言った。「熱心な読者にはそう呼ばれている。それで、どの発言のことかな?」

「僕が求めるものはここにいないとおっしゃいました」

「ああ、それか……いったいどういうことなんだ!」記者は両腕を広げた。「ここは町の宿だろ。平和で安全で魅力的なのに町民の姿はない。ダンスフロアがあるのに——立派とは程遠いダンスフロアだけど誰も踊ってない。バーだってあるのに大酒飲みの常連もいない。客は君と僕だけだ」

「ここは町の宿とは言えません。中心部からちょっと離れていますから。町とはウィンチンガムのことですよね」

「二、三マイル離れているだけだろう? 今は車やら何やらあるじゃないか。そうだろう、ホークアイ!」

「それに」ホークアイは穏やかに続けた。「もう閉店時間を過ぎています。だから大酒飲みの常連も家に戻っています——たぶん。今、ダンスフロアとバーを使えるのは法律上は宿泊客だけです」

「ほお!」ドン・ブライアントはビールジョッキを指さし、語気を強めた。「僕は飲んでいるぞ」

「あなたは酒を買っていません。ミスター・ウィルソンが振る舞いました。家の主人が客に酒を振る舞うのと同じです」

「そうか、ここは酒の販売免許を持っているけど——」

ウィルソンがトレーを持って戻ってきた。湯気を立てるふたつのコーヒーカップとビスケットの並んだ皿が載っていた。「私が説明しましょう、ミスター・ブライアント」

「もう、ドンと呼んでくれよ! 偉大なるイギリス国民は皆そう呼ぶのだから」

「ここはお酒の販売免許を持つバーであり、宿でもあります。宿だから当然、あなたを迎え入れました。バーは閉店していて、お酒を売ることはできません。でも振る舞うことはできます」

「なるほど！　合点がいったよ！」ブライアントがいきなり人の笑顔を誘うような笑い声を上げた。「そうとくれば、宿泊客になってひと晩飲み明かそう！」彼はビールジョッキを掲げた。「皆で飲み干そう！　夜間巡回に乾杯！」

ケニー巡査はにっこり笑った。けれども、ウィルソンは沈んだ表情のままだった。彼はトレーをカウンターに置いた。「どうぞ、ケニー。今夜は君にもおごるよ。最後のコーヒーだから」

「え？　ありがとうございます、ミスター・ウィルソン。最後とはどういうことですか？」

宿の主人はカウンターの中に戻り、散らばっている書類に触れた。「もうお終いなんだ、ケニー。これのせいで。請求書の山さ。金は出ていくばかりで入ってこない。だから私はここから去る。今夜が最後の夜だ。従業員はすでに去ったよ。明日、ここを閉めるつもりだ」

ブライアントが叫んだ。「僕はどうなるんだい？　泊まりたいのに。部屋が必要だ――泊まりたいんだ」

ウィルソンは大きな肩をすくめた。「お望みなら部屋を使ってください。お世話はできませんので、すべてご自分でなさってください。自炊することになりますよ」

ブライアントはまた笑った。「僕なら大丈夫さ。いざとなったら自炊するし、自分で酒を注《つ》ぐ。盛大な送別会を開こう……宿を閉めるしかないのか？　そんなに資金繰りが苦しいのか？」

「ちょっと急すぎですよ、ミスター・ウィルソン」ケニー巡査が言った。「あなたがここに来てまだ一か月しか経ってないのに」

「充分だよ、ケニー。充分だ。もう決めたことだから。私は出ていく――そして〈ウェルカム・イン〉は幽霊に乗っ取られるんだ！」

五

ドン・ブライアントが顔を上げた。「おお！　幽霊！　本当だったのか……これこそ僕が求めるものだよ、ホークアイ。教えてくれ、ご主人。幽霊が出るのか？」

意気消沈している主人がおもむろに冷めた視線を向けた。「まずあなたから教えてください、ミスター・ブライアント」

「僕が？　何を？」ミスター・ブライアントは訊いた。彼は言葉を濁す傾向があった。

「本当だったのか、とはどういうことですか」

ブライアントはビールジョッキをカウンターに置いた。油の染みがついたレインコートを羽織り、くたびれた中折れ帽を頭の後部に載せたまま、思案顔で角縁眼鏡をいじった。「少し補足したほうがよさそうだな。すでに話したように、僕は記者だ。でも新聞社の記者でも特派員でもなくフリーランスなんだ。ある分野を専門にしていて、僕の原稿を歓迎してくれるいくつかの定期刊行物に寄稿している。知らないかもしれないけど、少なくない読者を持つ心霊主義に関する刊行物だよ。寄稿者の僕が扱うのは、降霊会や霊魂といった物事の論理的に説明できる部分じゃない。ドン・ブライアントが扱うのは堀に囲まれた謎の館、幽霊屋敷、亡霊、幻、怪物、小悪魔、化け物、深夜に聞こえる不気味な音の論理的に説明できない部分だ」

「なるほど。しかし、質問の答えになっていません」

「記者として活動していると、噂が耳に入ってくるんだ。で、ウィンチンガムの郊外にある〈ウェルカム・イン〉という宿の噂を聞いた。〈ウェルカム・イン〉で奇妙なことがいろいろ起こっているらしいという噂だけど、あなたの言葉から判断すると事実のようだね。『ザ・ウィットネス』の編集者――威張った奴はこう言った。『ドン、例の――ええと、〈ウェルカム・イン〉の件、あれは調べてみる価値がありそうだ』今夜、ドン・ブライアントは真相を明らかにすべく参上した。僕は調べて明らかになったことを人々に伝える。それは善い行いさ。では、ミスター・ウィルソン、話してくれ。何が起こっているのかを」

「ここは悪霊に取り憑かれています」ウィルソンは陰鬱な顔をしていた。

「よし、面白くなってきたぞ。悪霊に取り憑かれている。それはなぜかな？　どんな悪霊なんだい？」

「幼稚でくだらないことをする愚かな悪霊です」興味津々といった感じで聞いていたケニー巡査が腕時計にちらりと目をやった。「私が話したことを何もかも公にするつもりですか、ミスター・ブライアント？」

「どうしてドンと呼んでくれないんだ？　よそよそしいなあ。うん、すべて公にするよ。でも、あなたは明日出ていくから不利益を被ることはないだろう。記事を読んだ人がよからぬことをしでかすかもしれないけれど。人というのは厄介な生き物だから」

「それほど厄介でもないでしょう」ウィルソンは淡々と言い、じっと考えこんだ様子でコーヒーをすすった。「食べてくれ、ケニー。ビスケットを。たぶん公にしても問題ないだろう……ケニーが言ったように、私がここに来て一か月しか経っていません。でも、その間に起こったことのせいで、私が宿を引き継ぐ前からここととつき合いのあった取引先に逃げられました。今では誰も泊まらないし、寄りつきもしません」彼は渋面を作った。「おかしなことが起こるんです。じつにおかしなことです。あそこにエレベーターがあるでしょう?」

「ああ。不思議だったんだ。田舎のパブに、いや宿に、まあどう呼んでもいいけど、ここにあんなものがあるなんて」

「あの中に悪霊が住んでいます」

「何だって? あなたのような冷静沈着な人がそんなことを言うなんて。突拍子もないことを聞かされるのももう慣れっこだけど」記者はウィルソンを見つめ、ケニー巡査は目を丸くした。

「それは初耳ですよ、ミスター・ウィルソン」

「そうだろう。吹聴するようなことではないからな……説明しましょう。かつて裕福で風変わりな男がここで隠遁生活を送りました。この男の関心事は神秘主義や悪魔学、東洋の神秘学、転生、運命の変転といった類いだったようです。もう昔の話で、男は世紀の変わり目にこの世を去りました。ここは長年空き家でしたが、ある会社が買い取って宿に作り変えました。バーのある宿に」

「そうだったのか。チェスタトン（ギルバート・キース・チェスタトン。イギリスの作家）が好みそうな話だな」

「男の霊がここに留まっている。それが私の考えです。男は晩年、軽い麻痺を患い、階段の上り下りができなくなったのでエレベーターを設置しました」ウィルソンはエレベーターを恨めしそうに見つめた。「エレベーターは時々不可解な動きをします。故障しているわけではありません――多少ガタガタ揺れますが。止まっていると思って見ていると、突然扉が閉まって昇っていきます。誰も何も触っていないのに！

嘘ではありません、ミスター・ブライアント。すぐさま二階へ行っても誰もいない。誰もボタンを押してないんです」

「すごい。すごいぞ！」ブライアントは囁くように言った。「貴重な話だ！　さあ、続けてくれ」

「もっとお聞きになりたいですか？　まだまだありますよ。ひとりのご婦人が滞在しました。画家で、宿帳に名前が残っています。ウォルディコット——そんな名前でした。細かい人で部屋を出る時は必ず鍵をかけ、鍵を持ち歩いていました。ある日の朝、いつものように部屋に鍵をかけ、鍵を持って絵を描きに出かけました。ところが不機嫌な様子で戻ってきて、上手く色を塗れないし何もかも上手くいかないから描くのをやめたと言いました。画材一式を部屋に戻して昼食をとり、それから遠くまで散歩し、夕方帰ってくると二階へ上がって部屋の鍵を開けて中に入りました。そして見直そうと思って絵を手に取ったら、彼女の絵ではなかった。描きかけの水彩画ではなく、いくつもの線や円や何かの輪郭らしきものから成るごちゃごちゃした絵でした。何かを表現していると思われるその絵には見覚えがあるような気がしたそうです。あなたもご覧になったことがあるかもしれませんが、霊が描いたとされる絵に似ていました。彼女は従業員の仕業だと主張しました。でも、彼女が部屋の鍵を持っていたし、従業員が鍵を開けて部屋に入るとしたら、それは緊急の場合に私が指示する時だけです。彼女にもそう申しました。

ある男性は大の読書家で哲学や形而上学に関する難解な本をよく読んでいました。ベッドの中で夜半過ぎまで。ある晩、いつものように本を読んでいたら——彼によると、著者はスウェデンボルグ（エマヌエル・スウェデンボルグ。スウェーデンの神学者、科学者、神秘主義者）です。誰なのか知りませんが——ドイツ人かな——たぶん偉い人なのでしょう――いきなり布団がベッドから落ちた。誰かが引き剝がしたかのようだったそうです。でも、もちろん彼のほかは誰もいません。彼はわけがわからないままベッドから出て、布団をベッドに戻しました。それからしばらくして、同じことが起こりました。布団がベッドの上から消えたのです。すーっと！　彼は大声でジョージを呼びました。君はジョージを知っているだろう」ウィルソンはケニーのほうを向いた。

エレベーターを凝視していたケニーがようやく視線を動かした。「え？　ああ！　はい、知ってます。ジョージ。夜番のポーターですね。彼ももういないんですね、ミスター・ウィルソン」

宿の主人は頷いた。「うん、今日の午後出ていったよ……駆けつけたジョージは男性を落ち着かせました。それから男性に布団を掛け、お酒を飲ませて眠るよう促しました。明かりを消すと男性は眠りに落ちました。それからややあって――ドシン！　彼がベッドから布団もろとも落ちてしまった。それで堪忍袋の緒が切れ、真夜中でしたが彼は出ていきました。着替えると、私たちを罵倒しながら去りました」

ブライアントは目を輝かせながら主人を見た。「なんて愉快な宿なんだ！　退屈している暇がないだろう！　あなたはどう思う？　誰の仕業なのか？　例の風変わりな男の霊が犯人なのか？」

ウィルソンは肩をすくめた。「あるご婦人は座ることができませんでした」

「ええ？」

「座ろうとすると何かが椅子を引くので」

「もう！　僕をからかっているな。それは作り話だろう」

ウィルソンはまた肩をすくめた。紛れもない事実だが、あなたが信じようが信じまいがかまわないと思っているようだった。「事実です。さっきも申しましたが、おかしなことが起こっているのです。彼女も腹に据えかねて大急ぎで出ていきました。こんな嫌がらせを受けるいわれはないと言いながら」

「それも無理はない。ご婦人は哀れにも疲れ果て、座ることのできる場所を求めたんだろう」

ウィルソンはコーヒーを飲み、光に照らされたビスケットをかじった。「ここに泊まりに来るのは芸術家や昆虫学者、田舎の静けさを好む純朴な人。いわゆる勤め人ではありません。ケニーは彼らとは違い、現実的で堅実な仕事に携わる現実的で堅実な人間です。活動的で探求心に溢れるあなたも現実的な仕事に就いている――どうもうまく申せませんが。

夜にダンスやお酒やダーツを目当てにやってくる人もいました。ささやかな楽しみを求める、あなたたちのような普通の人たちです。おかしなことが彼らの身にも起こりました。ある娘さんは……」

ウィルソンはためらい、四角い顔に微かな笑みが広がった。「これも尋常じゃない出来事なんです」

「話してくれ」ブライアントは促した。「僕は心臓に毛の生えた男だし、ホークアイも肝が据わっているだろう。警官だから」

「彼女は化粧室に向かいました。ここに来たことがあったので化粧室の場所は知っていました。化粧室――つまりお手洗いは二階の廊下の突き当たりにあります。ところが、お手洗いはそこになく、彼女は困惑して戻ってきました。ふたりの女友達を連れてもう一度行ってみると、やっぱりない。存在しない。廊下の突き当たりに扉は見当たらず、あるのは壁だけ。それで三人は私のところへ来ました」

「へえ！　こいつは奇談だな！　それであなたはどうした？」

「一緒に行ってみました」ウィルソンは落ち着いていた。「そうするしかないでしょう？　お手洗いはいつもの場所にありました。でも三人は、二分前には存在しなかったと口を揃えて断言しました。帽子とコートが消えたこともありました。三人の青年がエレベーターの腰掛けに帽子とコートを置き忘れました。腰掛けはそれらを置くのにちょうどいいし、私もそう思っていました。その時までは。それから何が起こったかは推して知るべし」

「エレベーターがひとりでに動いたんだね」

「そうです」ウィルソンは重い口調で言った。「いきなり何の前触れもなく昇りだしました。誰もボタンを押していないのに。私はまたかと思い、ただちにジョージを二階に行かせました。二階にも誰もいませんでした。エレベーターが止まるのを待ってボタンを押し、降りてきたエレベーターの中を見ると、三人の帽子とコートがなくなっていました。でも、あの状況で誰かがそれらを持ち去ることなど不可能です。エレベーターが動いている間に消えたんです！　この意味不明な悪戯の後、帽子とコートを徹底的に探しましたが見つからなかった。私は青年たちにお金を払って償いました。当然のことです。それと、この件を口外しないよう口止め料を渡しました。ミスター・ブライアント、あなたはたまらなく愉快でしょうが、この手のことは宿にとって命取りになります。私も〈ウェルカム・イン〉ももうお終いです」

「ポルターガイストだ！」ブライアントは言い切った。「でも、普通のポルターガイストじゃない。ポルターガイストを超越している。これにどんな意味があるのかなんて考えるだけ無駄だな。何か——それらの現象以外の何かを目にした人はいるのかな？　幽霊、亡霊、化け物の類いを」

ウィルソンはさっきよりも長く逡巡した。「本当にここにお泊まりになるのですか？　お世話ができませんし、おかしなことが起こりますよ」

「泊まるとも！　楽しみだなあ。ポルターガイストに見舞われたら対抗するぞ。何かを見た人はいるのか？」

「まあ、その……ひとつ特異な例があります。私はその件をどう解釈したらいいのかわかりません。ある晩、エレベーターが降りてきました。中から悲鳴が聞こえ、エレベーターが止まると扉が勢いよく開いて、宿泊していたご婦人が何かに追われるように飛び出してきました。その場にいたジョージと私がエレベーターの中を見ると、誰もいなかった。でも、婦人は誰かがいたと主張しました」

「ああ！　あの男だ。オズの魔法使い――神秘主義に傾倒した最初の家主」

「いいえ、違います。家主の霊なら超常現象の説明がつくかもしれませんが。婦人によると、家主ではなく〝黒い男〟だった」

「黒い男？　黒人ということかな？」

「私たちもそう尋ねました。婦人は少し落ち着くと、男がどんな姿をしていたか説明してくれました。街で見かけるような西洋の服を着た黒人ではなかったようです。男は体にペイントを施し、羽とキルトのようなものを身に着けているだけでほとんど裸だった。そして黒い裸体は輝いていた」

「まさに奇妙奇天烈！」ブライアントは面白くてたまらなかった。一方、ケニー巡査は熱心に聞き入りつつも、腕時計を見ては後ろめたさを感じていた。とっくに巡回に戻っていなければならない時間だったからだ。「どうして現れたのかな？」

ウィルソンはまた肩をすくめた。「見当もつきません」

「どうして黒人なんだろう？　ポルターガイストを引き起こしたのは神秘主義者の男の霊でも白人の

霊でもなく羽やペイントで身を飾る黒人。アフリカの奥地から現れたのかな。その黒い男は何をしたんだい？」

「何もしてません。腰掛けに座って婦人を見ていただけです。それから、角が生えていたそうです」

「角？」

「そうです」ウィルソンは暗く途方に暮れた顔をしていた。「とても大きな角が頭から生えていた。湾曲していて天井に届きそうなくらい長い角が」

何かを引きずるような騒々しい音と人の声が三人の後ろから聞こえ、扉が開いた。ブライアントのレインコートの袖が動揺するケニー巡査のコーヒーカップに当たり、カップはくるりと回った。

「うわあ！　幽霊だ！」

しかし幽霊ではなく、ブライアントはすぐに小声でそれを認めた。現れたのは美女と美女に従う男だった。麗しき金髪のミス・ラナ・ブースとミスター・シャーマン・ストークスである。彼は玄関を入ったところにある二段の階段に気づかず、大事な鞄とふたつのスーツケースを持ったまま転げ落ちた。ドン・ブライアントも顔負けの見事な転げっぷりだった。

ラナは醜態を演じたミスター・ストークスを苦々しげに見つめ、怒気を含んだ声で言った。「そうやって這いつくばっていればいいわ！　バイクに躓き、鼻息の荒い馬めがけて私を突き飛ばし、あげくの果てにリング・ア・リング・オー・ローゼズ（マザーグースの歌。またはそれを歌いながら行う遊び。輪になった子供たちが手をつないで回りながら歌い、「みんな倒れる」という最後の一節に合わせてしゃがんだり尻もちをついたりする）に興じる始末！」ラナは優雅な足取りでミスター・ストークスを避け、小さな一団のいるカウンターへ向かった。

ケニー巡査ははっと我に返った。「もう行かないと、ミスター・ウィルソン。コーヒー、ご馳走様でした」

ウィルソンは軽く手を振った。「いいんだよ、ケニー。また来るかい？」

「そうですね……ひと回りして、まだ明かりがついていたら寄るかもしれません」

「ぜひ寄ってくれ。しばらくは起きているから。これを整理しないといけない」ウィルソンはカウンターの上に散らばっている請求書を指さした。ケニーが外に出て扉を閉めると、ウィルソンはじっと待っているラナに目をやった。感嘆のまなざしでラナを眺めていたブライアントはミスター・ストークスを助けに向かった。

「こんばんは、ミス」

「マダムよ」ラナは穏やかに告げた。

ウィルソンは無意識のうちにラナの手袋をはめた手に視線を移した。指輪をつけているかどうかはわからなかった。「失礼しました、マダム」

「〈ウェルカム・イン〉へようこそ！」ドン・ブライアントはミスター・ストークスに声をかけた。それから彼の体についた埃を熱心に払ったが、ミスター・ストークスにとってはありがた迷惑だった。

「ここには決まりごとがあるんだ。ひとつ目はこの階段で遊ぶこと。僕も楽しんだよ。ふたつ目は上のほうにある看板を見ること。それに記された文句を読んで理解したら、よろめきながらカウンターまで行き、酒を飲む。僕が荷物を持とう。あれ！　雨が降り出したのかな？」

スーツケースが少し濡れていた。

「ぽつぽつと」ミスター・ストークスは面倒そうな口ぶりで答えた。「強い雨にはならないだろう。あの――」

「いるよ」ブライアントは〝あの〟というひと言から意図を読み取った。「カウンターの中に」

ミスター・ストークスは重々しい表情でカウンターに向かい、ラナの隣に立った。

「こんばんは」

「こんばんは」ウィルソンはそっけなく応えた。

「私――いや、私たちは――」ミスター・ストークスは口籠り、また「あの」と言い、それきり黙りこんだ。

「ここに泊まりたいの」ラナがはっきりとした口調で告げた。「寝心地のいいダブルベッドがある部屋がいいわ。しっかりしてちょうだい、シ――ウォルター！」

「どっちなのかな」ブライアントがぼそりと呟いた。「言い間違いかな。それとも本当にシウォルターという名前なのかな」

「知りたいなら教えてあげる」ラナは冷ややかに告げた。「夫の名前はウォルターよ。言い間違いなんかじゃないわ！」

ミスター・ブライアントは少しも動じず、眼鏡をいじりながらラナを見つめた。「そうだろうとも！　はじめまして。僕はドン。ドン・ブライアント。皆と同じようにドンと呼んでくれ」ラナは彼をじろりと一瞥するなりぷいと顔を背《そむ》け、無視を決めこんだ。

「あなた方は」ウィルソンはカウンターを両手で押して体を離し、戸惑いながら新しい客を見つめた。「ここにお泊まりになりたいのですね」

「そうよ。ひと晩だけ。朝になったらブリストルに向かうわ」

「うむ！　街中の宿に泊まるほうが無難ですよ」

ラナはおかしな対応をする主人を見据えた。「私たちを追い払うつもり？」

「ではお好きにどうぞ」ウィルソンは言い放った。「私は明日、この宿を閉めます。従業員はもういません。ひと部屋ご用意しますが、お世話はできません。こちらの紳士にもそう申しました。すべてご自分でなさってください」

「この人――紳士もここに泊まるの？」

「泊まるよ」ブライアントは間髪を入れずに言った。「わくわくするな」

「彼が泊まれるのなら私たちだって泊まれるわ。いい部屋があるかしら？」

「八室ありまして、どれもいい部屋です。でも本音を申しますと、できれば――」

「泊まるわ」ラナはぶっきらぼうに言った。「泊まるしかないの。二百ヤード先で車が壊れたから。宿帳に名前を書いて、ウォルター。それからお酒を頼んでちょうだい！」

「待ってくれ！」ブライアントが叫んだ。「ふたつ目の決まりごとに従わないといけないよ。一杯目は店のおごり。あのモットーを読んだだろう、ウォルター」

ラナは射すくめるような視線をブライアントに向けた。「私はあなたが誰か知らないし、知りたくもないけど、夫のことはミスター・ブリッジマンと呼んでもらいたいわ」

ブライアントは怯《ひる》まなかった。「まあ、まあ！　哀れなドンにつんけんしないでくれよ。仲良くしよう。この宿では仲良くしておくほうが身のためだよ。あなたはまだ宿のことを知らない」

「どんなことを？」

「まだ明かすことはできないよ。とにかく、ここにいるのは僕たち四人だけだ。従業員はいない。自分のことは自分でしなきゃならない。無人島に流れ着いた者のように。だから、ここにいる間は仲良くしよう」

ラナはウィルソンのほうを向いた。「この頓珍漢な男は何者なのかしら。このあたりの住人なの？」

「いいえ。ミスター・ブライアントはロンドンからいらっしゃった記者です。でも」ウィルソンは宿の主人らしからぬ物言いをした。「頓珍漢という形容は当たらずといえども遠からずです」

「君は普通の宿の主人と違うな」ミスター・ストークスが顔を上げた。〝ミスター&ミセス・ウォルター・ブリッジマン、ブリストル〟と宿帳に書いたところだった。

ウィルソンはまた肩をすくめた。「この宿も普通と違います。正直申しますと、あなた方が泊まろうが泊まるまいがどうでもいいのです」

「やっぱりほかをあたろうかな」ミスター・ストークスはかちんときた。

「嫌よ」ラナが遮った。「どこにも行かない。ここから動かないわよ」たとえ宿の主人が失礼で客がまぬけでも。

「紳士淑女諸君！」ブライアントがなだめるような調子で告げた。

「ああ、うるさい！」疲れていてかなり不機嫌なラナは淑女としての嗜《たしな》みを忘れていた。「この話はもう終わりよ。お酒を飲んで、何かを食べて寝ましょう」

「車を置きっぱなしだ！」ミスター・ストークスは言った。「どうしたらいいだろう？」

どうしようもないわよと伴侶が言葉を返そうとしたら、ドシドシという足音と拍車の鳴る音が外から聞こえ、扉が開いてケニー巡査が現れた。

「ホークアイのご帰還だ！」とブライアント。「漂流者が増えたぞ」

警官は二段の階段を下り、訝しげな目つきでミスター・ストークスを見た。「この先に車が放置されていますが、あなたの車ですか？」

「そうだ」ミスター・ストークスは力をこめて答えた。「手を貸してくれ。タンクに大きな穴が開いて、ガソリンが流れ出てしまったんだ」

「あいにく今は何もできません。夜が明けたら、真っ先に街から人を呼びます」

「そうしてもらえると助かる。車を整備工場まで引っぱっていかなければならないんだ。タンクに大きな穴が開いているから。でもひとりで対応するのは無理じゃないかな」

「任せてください。しかるべき措置を取ります。明日の朝、車を受け取るために街まで歩くことになりますが、たいした距離ではありません。ミスター・ウィルソンが車で送ってくれるかもしれません」

ウィルソンは黙っていた。「僕がバイクで送ろう」ブライアントが親切心から申し出た。

「どうもありがとう」ラナは皮肉めいた口調で応じた。

「どういたしまして」

「あなたのお名前は？」ケニーが丁寧な口調で訊いた。

「ええと——ブリッジマン。ウォルター・ブリッジマンだ。車がどの整備工場に預けられたか、どうすればわかるかな？」

「街に着いたら警察に電話してください。伝言を残しておきます」

「ああ！」ミスター・ストークスはうろたえて叫んだが、すぐさま気を取り直した。「警察——そうだな。どうもありがとう。ところで、一緒に飲まないか？」

「せっかくですが遠慮します。仕事中ですから。では帰ります。車については大船に乗ったつもりでいてください」ケニーが出ていくと、残された面々はカウンターに戻った。

「じつに出来た警官だ」ミスター・ストークスは心底ほっとして誉め言葉を口にした。「車を放置していたから注意されると思ったが」

「立派な警官だ」ブライアントは真面目な面持ちで言った。「では、そろそろ一杯飲まないかい？」

二

「経験者として」ブライアントは続けた。「僕は言いたい。最初の一杯を客に無料で提供する。これはすばらしい心遣いだ。それにここのビールはなかなか美味い」

「ビールは」ラナが渋面を作った。「苦手よ。宿のおごりでもそうでなくてもブランデーを飲みたいわ」

ウィルソンは黙ったままブランデーをグラスに少し注ぎ、ラナの前に置いた。それから簡潔に訊いた。「水で割りますか？　それともソーダ？　ジンジャーエール？」

「そのまま飲むわ。これも宿のおごりなの？」

「はい。今回は特別です。そちらは何になさいますか？」

「同じものを」ミスター・ストークスは答えた。「ソーダを少し入れてくれ。ありがとう」

「次は僕の番だ」とブライアント。

「ええ。でも、あなたはもう〝歓迎〟を受けました。次は何になさいますか？」

「おっと！　おごりじゃないのか……そうか、じゃあ、ビールをもう一杯。ドン・ブライアントはけちん坊ではないぞ。諸君、乾杯！」

「乾杯！」ラナは掛け声に応じてブランデーをひと息に飲み干した。

「お見事！　酒を飲んだというより、口に放りこんだね。味わいもせずに。酒がバシャンと跳ねる音が聞こえたよ！」

「嫌な人！」ラナはブライアントを相手にせず、大きくて魅惑的な青い目を宿の主人に向けた。「食べる物はあるかしら、ミスター・ウィルソン？　もうお腹がぺこぺこよ」

ふたたび請求書とにらめっこしていたウィルソンが無表情のままラナを見た。答えを考えている様子だった。「宿に残っているのはハムと卵、それにほんの少しの骨付き肉だけです」

「ハムと卵」ラナは哀願した。「ハムと卵がいいわ。出してもらえるかしら？　夫の分も。あなたも食べるでしょう、ウォルター？」

「うん、そうだな。小腹が空いた。でも食べる前に――」

「ええ、そうね。食べる前にもう一杯飲みましょう」

「もうただではないよ」ブライアントがラナに忠告した。

「わかってるわよ」

「どうかキリスト教徒らしく飲んでくれ。酒を飲むのは原子爆弾を食道に投げこむようなものだ」

「そうよ！　それがいいのよ」

「だからこそ」ブライアントは意味深長な物言いをした。「キリスト教女子青年会やドクター・バーナードの家（恵まれない子供を支援するイギリスの団体。慈善活動家トーマス・ジョン・バーナードが一八六六年に設立した）が必要なんだ。これらの団体が僕に思い出させてくれるから」

「何を？」

「酒が有害だということを。僕も宿帳に記帳しよう。それで晴れて宿泊客になる。ペンはどこかな？」

「さあ飲みましょう！」ラナがこう言うと、ブライアントはぶるっと身震いして目を閉じた。

「やっぱり」ミスター・ストークスが提案した。「部屋でひと息入れないか？　それから何か食べよう」

「そうね、ウォルター」ラナが珍しく素直に従った。「それでもいいわ。ここで食べるのかしら、ミスター・ウィルソン？」

「え？　はい！　そうです」

　ラナは目をぱちくりさせ、戸惑い気味にまわりを見回した。

「不本意ながら」ウィルソンは自分を奮い立たせた。「今夜は皆さんにすべてお任せします。仕方ありません。私は片づければならないことが山ほどあって手が回りません。部屋にいらっしゃる間にハムと卵を用意します。エレベーターで上がってください。出てすぐ左にある部屋がいいでしょう。どうぞゆっくりなさってください」

「ええ、わかったわ。行きましょう、ウォルター。もう、何回躓いたら気が済むのよ！」ミスター・ストークスはカウンターから離れるや、スーツケースのひとつに躓いた。それから体勢を立て直し、屈んで鞄を摑んだものの取り落とした。ブライアントがにやりとした。

「ブランデーは強い酒だから。あなたには下僕が必要だ。僕が荷物をひとつ持とう――では、部屋へ行こう」ブライアントはふたりを引き連れてエレベーターに乗り、金色で〝一階《Ground》〟と記してある外扉を閉めた。するとミスター・ストークスが帽子をカウンターに置き忘れてきたと言った。

「騒ぐことじゃないわ！」ラナは不愛想に言い捨てた。「また下りてくるんだから」

　ブライアントはカチリと音が鳴るまで格子扉を閉めた。

　その瞬間、エレベーターがガタガタと激しく揺れ、ゆっくりと上昇し始めた。ミスター・ストークスは無意識のうちに腰掛けに座っていた。彼の目には扉が滑り落ちていくように見えた。やがて階と階の間にある昇降路の汚れた漆喰壁が上方に現れた。

「ちょっと！」ブライアントが叫んだ。「誰がボタンを押したんだい？」

「私じゃないわ」ラナが答えた。「あなたでしょ。何を言ってるのよ」

「僕は押してないぞ！　ウォルターかな？」

「私が押すはずがない」ミスター・ストークスは自分をかばうように主張した。

「それじゃあ誰が――」

〝1〟と記された扉がゆっくりと通り過ぎ、灰色の粗い漆喰壁が現れ、その上方に次の扉の底が見えた。

「のろいおんぼろエレベーター！」焦れたラナが毒づいた。

エレベーターがまたガタガタと揺れて停止した。それと同時にミスター・ストークスの頭上の照明が消え、ちょっとした混乱が起こった。ブライアントは叫ばんばかりに声を上げた。「まあ、まあ、まあ！　ふたりとも慌てないで！」

「慌てるですって？　どうして止まったのか知りたいだけよ」

「それよりも、誰がボタンを押したのかな？」

「もう、またボタンの話！　無駄口叩いてないで、どうにかしてよ！」

「でも――ああ！　ちょっと待って」ブライアントはいきなり言葉を切り、真剣な顔になった。「ボタンに問題があるのかな。ボタンはどこだ？」

ミスター・ストークスが懐中電灯を取り出してつけた。赤い光が暗闇を貫き、エレベーターの壁を照らした。壁際に記者は立っていて、彼の肘のあたりに三つの小さな黒いボタンが並んでおり、それらには下から順に〝G〟、〝1〟、〝2〟と記されていた。「結構！」ブライアントは満足そうな面持ちで〝2〟のボタンを押した。けれどもエレベーターは動かず、残りのボタンを押してもうんともすんとも言わず、格子扉は押してもびくともしなかった。「閉じこめられた！」彼は喘ぐように告げた。

「そのようね！」ラナは皮肉たっぷりに叫んだ。「とんだ夜だわ！　汚らわしい小さなエレベーターに閉じこめられるなんて！」

「いったいどういうことなんだ？」ミスター・ストークスが訊いた。

ブライアントは頭の後部に載っている帽子の上から頭を掻いた。「はてさて！　まるでわからない。誰もボタンを押してないのにエレベーターは上昇した」

「ひょっとすると」とミスター・ストークス。「あの何某《なにがし》が――ミスター・ウィルソンが押したのかもしれない」

「彼が？　彼は一階にいる。ボタンを押してもエレベーターが一階にある場合は動かない。エレベーターが上の階にある場合は動くけど。それに彼はエレベーターの近くにいなかった」

「叫んでみたら！」

「ああ、わかってますよ」ブライアントは慌てて話を遮った。「あなたはエレベーターが止まった理由を知りたがっている。それは僕も同じだけど、エレベーターがいきなり昇り始めた理由も知りたいんだ。あなたはこのエレベーターのことを知らないだろう。このエレベーターは奇妙なことに、ひとりでに動くんだ」

「くだらない話はよしてちょうだい！　私が叫んでみようかしら」

「ラナ！」ミスター・ストークスはびっくりして声を上げた。

「叫びたいのよ。あなたたちも叫んだら？　捕らわれた二匹の鼠さん。あなたたちは誰かがチーズのかけらを投げこんでくれるのを待っているだけなのよ。さあ！　ウィルソンに向かって叫びなさい。この憎らしいエレベーターを動かしてもらいましょう！」

ミスター・ストークスは懐中電灯の赤い光を天井に向けた。すると閉じられた空間の全体が仄かに明るくなった。まるで炎に照らされているようだった。ブライアントは四つん這いになって格子扉の底に顔を近づけると、昇降路に向かって叫んだ。

「おーい、おーい、ミスター・ウィルソン……おーい！」

三人は耳を澄ましたが返事は聞こえなかった。

「そこにいるかい、ご主人、おーい！」

「どこにいるのかしら？」ラナは苛立った。「たぶん厨房だよ。フライパンで卵を焼いているんだろう」ブライアントはこう答えてまた叫んだ。

「おーい！　ミスター・ウィルソン、おーい！　ああもう、顔が汚れちまう」

ここでラナが思いがけない才能を発揮した。ブライアントの傍らにしゃがみこみ、二本の指を優美な口に入れると、大きな汽笛を響かせる機関車さながらに指笛を吹いた。ブライアントはびくりとして格子扉に頭をぶつけた。

「驚かさないでくれ。鼓膜が破れてしまったよ！」

「鼓膜が破れるくらいたいしたことじゃないわ！」ラナは薄明りの中で手探りしながら立ち上がり、冷ややかに告げた。「ガーターベルトが外れることに比べたら。もう一度呼んでみて」

ブライアントは指示されるがままに呼んだけれど、やはり返事はなかった。「ミスター・ウィルソンは耳が遠いのかな？　だから指笛も聞こえなかったのだろうか。ホークアイを馬の上から吹き飛ばすくらいの勢いであなたが吹いた指笛も」

「しっ！」

三人がじっと耳を澄ますと、遠くからウィルソンのくぐもった声が聞こえてきた。「いったいどうしたのですか？」

「エレベーターが止まってしまったんだ」ブライアントが閉じこめられた面々を代表して答えた。

「なんですって？」

「エレベーターがいかれてしまった。エレベーターが動かない」

「原因は何ですか？」

「まあ呆れた！」ラナは嘆いた。「彼ったら私たちに訊いてるわ！」

「僕たちにわかるわけないだろう？」ブライアントは叫んだ。「確かなのはエレベーターが止って照明が消えたということだ」

「何とおっしゃいましたか？」

「原因はわからないけど」ブライアントは声を張り上げた。「エレベーターが止まって照明が消えた」

ウィルソンは考え、しばしの沈黙の後、叫んだ。「あなた《ドライ》の靴《ユア》を乾か《シューズ》して」

「え？　何？」

「あなたの靴を乾かして！」ウィルソンが大声で繰り返した。

「どういうことだ？」ブライアントは当惑した顔で呟いた。「靴を乾かす？」

「訊いたらいいでしょ」ラナはそっけなく告げた。「これ以上の面倒はご免だわ」

「ちょっと！」

「はい！　何ですか？」

「靴を乾かしてと言ったのかい？　どうして？」

「違います！」ウィルソンが苛立ちを覚えて声を荒らげた。「ヒューズを確認《トライザフューズ》してと申したのです」

「そうか……ああ、まだそこにいてくれ。ヒューズか。どこにあるんだ？」

「天井裏です」

「了解。待っててくれ」ブライアントは立ち上がって天井を見た。

「天井裏にあるヒューズを確かめるのか。おや、ウォルターときたら！　眠ってる。強者だな！」

ミスター・ストークスは木製の腰掛けに体をこわばらせて座っており、懐中電灯が王笏よろしく膝に鎮座していた。目を閉じているだけで眠っていなかった彼はむっとした。「起きているぞ！　でも少し眠くてだるい。夜中に運転したからな」

「ブランデーで酔ったのよ」ラナはからかうように言い、意味ありげにつけ加えた。「それとも散々な一日だったからかしら、ウォルターちゃん？」

「そうだな！」ミスター・ストークスはしみじみと言った。「酔ってるわけじゃない。君もだろう」

「もしも」ドン・ブライアンが丁寧な口調で言った。「あなたたち夫婦がいちゃつくのを止めて、ウォルターが懐中電灯を持ったまま少し移動してくれるなら、腰掛けに乗って天井裏をのぞいてみるよ」

ブライアントは腰掛けに乗った。ヒューズは天井の中央にある小さな扉の裏側に装着されていた。彼はヒューズのひとつを慎重に取り外して懐中電灯に近づけ、目を細めて見た。それから何やら呟き、ヒューズに向けていた視線をラナに移した。ラナは息を呑むほど美しい顔を上に向けて、もの問いたげにブライアントを見つめていた。ブライアントは醜いエロース（ギリシア神話に登場する愛を司る神）の彫像といった風情で立っていた。

「このヒューズは正常だよ、ミセス・ビー。この光の中であなたを見るとぞっとするな！　ウォルター、なぜ赤色照明を使うんだい？」

「え？」ミスター・ストークスは欠伸を嚙み殺した。「ああ、懐中電灯のことか。つねに車の中に置いているんだ。霧や靄がかかっている時に重宝するから。この光のおかげで標識や通りの名前が読める」

「いい考えだね。あなたは頭がいいよ、ウォルター。皆あなたを見習うべきだ」

「手を止めないで！」ラナは我慢できずに言った。

ブライアントは小さな磁気管ヒューズをひとつずつ外し、じっくりと調べてから元に戻した。そして扉をバタンと閉め、そろそろと床に降りた。

「それで？」ラナが訊いた。

ブライアントはしかつめらしい顔をして角縁眼鏡の奥からラナを見つめた。ミスター・ストークスに何気なく目をやると、彼はかろうじて目を開けていた。「奇妙な事態だ。不可解だ。考えてみると、こういうエレベーターでヒューズが切れると同じことが起こる。エレベーターが止まってすべてに鍵がかかる。安全装置の類いが作動する。でも、ヒューズに問題はないようだ、照明が消えた理由も不明だ」

「もう勘弁してよ！」ラナはうんざりした様子だった。「分析は後にして。ここから出るのが先決よ。もう一度ウィルソンを呼んでちょうだい」

「了解」ブライアントは穏やかに答え、また四つん這いになった。「あのもの凄い指笛を吹くつもりなら、前もって教えてくれよ」

ブライアントは格子扉に顔を寄せた。そして叫ぼうとして口を開くと——。

照明がついた。照明が消えた時と同様になぜか突然につき、例によってエレベーターが揺れて上昇し始めた。仰天するブライアントの目の前にあった灰色の漆喰壁がまるで滑り落ちるように下方へ消え、〝2〟と記された扉が現れ、エレベーターは停止した。

三人は呆気にとられて言葉を失った。しばらくするとブライアントが四つん這いになったまま呟いた。「ガタゴト走る列車のようだ。二等車の乗客のみなさん、どうぞ……」

「よかった！」ラナが快哉を上げた。

「二度と出られないかと思ったわ。行きましょう、ウォルター」ラナは格子扉をぐいと引き開け、ブライアントは上品なハイヒールに手を踏まれて、ぎゃっと叫んだ。ラナはさらにエレベーターの三階の扉を開けて外に出た。睡魔と格闘する〝夫〟もそれに続いた。「出てすぐ左に部屋があるってウィルソンは言ったけど、もうここが部屋だわ」

ブライアントはスーツケースの間から立ち上がってエレベーターから降りると、はたと立ち止まってぐるりと見回した。「これはこれは！　立派な部屋だなあ！　まさに、エリザベス女王の部屋だ！」

第七章

この部屋について詳しく説明しよう。大きさと形はバー――ミスター・ウィルソンは社交室という呼び名を好む――のそれと似ている。この部屋にも両側を小窓で挟まれた石造りの暖炉が備わり、向かい側の壁に縦長のフランス窓がふたつ並び、隅にエレベーターがある。類似点はこれぐらいだ。二段の階段はない。これはドン・ブライアントにとってありがたいことである。三人はエレベーターを背にして立っていた。正面の壁に沿って巨大なベッドが鎮座し、高さのある広いヘッドボードに複雑な彫刻が施されている。その上方の壁に金と白の東洋風模様があしらわれたタペストリーが掛かっている。ベッドカバーは古びているものの深紅と金で煌びやかに彩られ、どの面も床まで届いている。ベッドの傍らに三本脚のテーブルがある。暖炉脇の小窓の向こうには、マホガニー材でできた大きな衣裳簞笥が壁沿いにどっしりと構えている。フランス窓の向こうの壁際にも同じくマホガニー材でできた頑丈そうな鏡台が置いてある。

フランス窓から一、二ヤード離れたところにある書き物机と椅子は大きく豪華な作りだ。暖炉の前のソファーも大きく、赤いフラシ天が張ってある。これらの間は何もない空間で、床を端から端まで覆う赤い絨毯は色あせ、擦り切れている。長年人々が歩き回ったせいだろう。エレベーターの扉から数フィート離れた壁際に大きくて背の高い簞笥が佇《たたず》み、その向こうの隅に凹んだ空間がある。そこを仕切るカーテンはベッドカバーと同様に深紅と金で彩られている。

壁には絵を吊り下げる鋳物《いもの》のレールまで壁紙が張ってあり、壁紙は黄緑で金が散りばめられている。かつてはもっと鮮やかだったに違いないが、この部屋にあるほかの物と同様に色あせている。レールの上方の壁は漆喰壁で、白さは失われている。円形の鋳物の中央から薔薇色の傘をかぶった電球が三つ吊り下がり、それらは真鍮製の金具でひと纏めにされている。ベッドの頭側の上方を見ると、天井近くの壁から同じく薔薇色の傘をかぶった電球が突き出している。炉棚の上方には鏡がある。大きな楕円形の鏡で古風な金の枠に収まっている。暖炉は空っぽで、高さが膝まであるクッション付きの炉格子は埃に覆われていた。フランス窓には細やかなレースのカーテンが掛かり、窓の両側に引き寄せられた埃っぽい赤色のカーテンは重厚だ。大きな書き物机の上には吸い取り紙と数枚の白紙の便箋、羽根ペンが散らばっていた――誰かが手紙を書きあぐねて放り出したといった風に。一見しただけでは装飾品なのか実用品なのか判断できないものもあった。ベッド脇のテーブルの丸天板に載っているのは、子牛革で装丁されている手ずれのした古い聖書だ。

「さながら王族の部屋だ」ブライアントが言った。「でも、百年の時を経たかのように古びているな」

「たぶん、できたばかりの頃よりも今のほうが素敵だわ」ラナは意見を述べた。「昔はもっと煌びやかだったでしょうね。そういう部屋は好きでも嫌いでもない」彼女はベッドに歩み寄り、マットレスに触った。「寝心地がよさそう。なんて綺麗なベッドカバーなの！」

ラナは振り返った。そして悲鳴を上げて何かを指さした。「あれは何？」

書き物机の側にいたブライアントはとっさに顔を上げ、ミスター・ストークスの異様な眠気は一気に吹き飛んだ。三人は集まり、背の高い箪笥の陰に隠れていた物を見つめた。箪笥と隅の凹んだ空間の間の壁の上方に木彫りの仮面が掛かっていた。黒くて光沢のある、邪悪な形相をした仮面だ。三人を見つめる虚ろな目はぎょろりと飛び出し、口の端は恐ろしいほど吊り上がり、ずらりと並んだ上下の歯は大きくて四角く、左右に虎を思わせる牙があった。両側の耳の上から生えた角は長くて湾曲していて、どこか優雅さが漂っていた。

「わあ！」ブライアントは叫びながらスーツケースをドサッと落とした。「これは――」と言いかけて慌てて口をつぐんだ。

「これは何なんだ？」ミスター・ストークスは仮面を怖がる様子もなく、近づいてもの珍しそうに眺めた。

ブライアントは婦人が〝角の生えた黒い男〟とエレベーターで降りてきたという主人の話を思い出し、その黒い男が――幻かもしれないけれど――この部屋に現れるかもしれないと思った。しかし、ふたりがこの部屋で寝るのでそれは口にせず、代わりに訊いた。「これが何か知ってるかい？　よく見てごらん、ミセス・ビー」

「ミセス・ビーって呼ばないで！」

「まあ、まあ、もっと近くに寄って。おっかない顔をしているけれど、嚙みつきはしないよ。これはチベットの悪魔の仮面だ」

「いったいなぜ」ミスター・ストークスが訊いた。「イギリスの田舎の宿にチベットの悪魔の仮面があるんだ？」

「ううむ、あくまで推測だけど、仮面はあのお爺さんのもので、彼がほかのがらくたと一緒に残していったんだろう。で、仮面は放置された」

「あのお爺さんって？」ラナが訊いた。「誰なのよ。この国の言葉で話してちょうだい」

「この国の言葉で話してるよ」ブライアントは穏やかに告げた。「お爺さんはここの最初の所有者だよ。ここが宿になる前に住んでいた人で、少々変わり者だったようだ」

「そうでしょうとも！」ラナは強い口調で言った。「こんな仮面を部屋に飾るような人ですもの。こんなおぞましいものに見つめられながら寝るなんて無理だわ、ウォルター。別の部屋を探しましょう……ウォルター！」

振り返ると、ミスター・ストークスはそこにいなかった。彼は暖炉の前にある大きなソファーの端に座り、炉格子をぼんやりと見ていた。

「ウォルターったら！」

ミスター・ストークスははっと顔を上げた。「え？　ああ、好きにしてくれ、ラナ。私は眠くて仕方ない」

「あれあれ！」ブライアントは面白そうに言った。「主人はブランデーに何を盛ったんだろう？　ミセス・ビー、あなたは大丈夫かな？」

「今度ミセス・ビーって呼んだら、頭に一発お見舞いするわよ！」ラナはぷりぷりしていた。「それからミスター・ブライアント、忘れているようだけど、ここは私たちの部屋よ」

「おや、ここから出ていかないのか」ブライアントはちょっと気分を害した。「僕がここまで来たのは、ただ手伝いたいと思ったからだ」

「ここは私たちの部屋だから帽子を脱いでと言っているのよ」

「しまった！」記者は頭をぽんと叩いた。「かぶっているのを忘れてた。これは失敬」ブライアントは帽子を摑み取ると、どこに置こうか迷っているようだったが、ふいに進み出て仮面の角の間に乗せた。

「どうだい！　意地悪な悪魔もこの通り。印象がぐっとよくなったよ」

「顔を帽子で隠したらもっとよくなるわ……ウォルター！」

「何だい？」ミスター・ストークスが重い口調で訊いた。

「ウォルター、ほかの部屋をのぞいてみましょう。ああ、鞄をクッションの下に突っこんでおいて。そうしておけば安心だわ。さあ行くわよ！」ラナは急かした。ミスター・ストークスは立ち上がるのも億劫だったがラナに従った。

「待ってくれ」ブライアントは静かながらただならぬ声で言った。「ここは普通の部屋と違うぞ。気づいたかい？」

「どこが違うの？」

「エレベーター以外に出入口があるかな？」

ラナは金が散りばめられた黄緑の壁をさっと見回した。扉はなかった。「おかしいわね。待って――ここは何かしら？」

ラナは凹んだ空間に足早に近づいてカーテンを開けた。ブライアントはゆっくりと後に続き、ラナの肩越しに中を見た。ミスター・ストークスはもっけの幸いとばかりにまたぞろソファーに身を沈めた。凹んだ空間には浴槽、洗面器、鏡付きの扉のあるキャビネットが置いてあった。このような場所を不動産業者は〝化粧室〟と呼ぶ。

「申し分ない」ブライアントは満足そうだった。「水もお湯も使えるし、設備が整っている。どれも新しい」

「そうね」ラナは心ここにあらずといった様子で呟くとカーテンから手を離し、ブライアントに向き直った。白く滑らかな額に困り果てたように皺を寄せていた。「三階にはこの部屋しかないのね」

「そのようだ。ここは最初の所有者の部屋かもしれない――窓からの眺めがよさそうだ。今は暗くてわからないけど」

ラナは肩をすくめた。「ウォルターには不満はないみたい。この部屋で過ごすなら、あれをどうにかしなきゃ！」彼女は仮面を指さした。

「僕にお任せあれ」ブライアントは油の染みのついたレインコートを脱いで仮面に掛けた。角のある仮面をコート掛け代わりにしたのだ。「これでよし。どうだい――部屋の壁に掛かったコート。おなじみの光景だ。あなたは僕より早くここを発つから、それまで掛けたままにしておけばいい」

「そうね……これでいいわ。でもエレベーターから何かが出てきそう……」

「いったい何が出てくるっていうんだ？　宿にはあなたたち以外主人と僕しかいないよ。主人は眠りながら歩いたりしないし、僕はただビールを飲むだけさ」

ラナはベッドに歩み寄って黒色の軽いサマーコートを脱ぎ、コートとベレー帽を深紅と金で彩られたベッドカバーの上に無造作に置いた。ラナの輝く金髪も上品な赤い唇もクリーム色の肌も、淡い青のワンピースを纏ったラナの姿も例えようもなく美しく、食べてしまいたいほどだとブライアントは思った。ラナは鏡台の前に立って滑らかな髪を整えると、書き物机に近づいて真鍮製の置物を手に取った。置物がそこにあることには気づいていたが、ラナにはそれが何かわからなかった。

「これは何なの。チャーリー・チャン（アメリカの作家アール・デア・ビガーズの小説に登場する中国系アメリカ人の刑事）かしら？」

ブライアントは、それは仏像だと教えた。

「どうしてこんな風に座っているの？　体重を減らす体操をしてるのかしら？　うまく組んでるわね」

「足を組む意味かい？　膝を曲げて足の裏を上に向け、それぞれの足を反対側の太ももに乗せる。蓮華座という座り方だ。見るからに辛そうだけど、こんな風に座って瞑想に入り、ニルヴァーナの境地に至るんだ」

「その女は誰なの？　誰かの女友達？　それとも太った女神？」

「ニルヴァーナは女じゃないよ。ある状態、境地――究極の境地だ。この境地に達した時にすべてを得る。すべてを失うとも言える。かなり難解だけど、最初の所有者はこの類いのことに詳しかったようだ」

「なぜ知ってるの？」ラナは怪訝な顔をした。

「ええと、ただ神秘主義に興味があって――」

「なぜ最初の所有者のことを知っているのかと訊いたのよ」

「ウィルソンが教えてくれたんだよ。彼はいろいろ知ってるんだ。〈ウェルカム・イン〉にまつわる奇妙な話もたくさん聞いたよ」

ラナはとたんに関心を失って仏像を置いた。

「もう――？」ラナはベッドの上方に掛かった東洋風のタペストリーをもの憂げに見つめた。

「もう？」

「もうハムと卵を食べられるかしら？　用意ができたかしら」

「女性たちよ！　あなたたちには驚かされる。徹底した現実主義者——非現実的で非論理的で非理性的な世界においても、あくまで現実的だ。難しいことは抜きにして、まずは食べる！　おそらくそれが正解だ。あとは主人に料理の心得があるのを祈るのみ」ブライアントは眼鏡を上下に動かした。「またエレベーターに乗るのか。今度はどうなることやら」

ラナは疑わしげな目つきでエレベーターを見た。「料理を運んでくれないかしら。ミスター・ウィルソンが——」

ブライアントはにやりとした。「望み薄だな。彼がハムと卵とつけ合わせを盛った皿を持ってくるなんてあり得ない。ミスター・ウィルソンは自分のことで忙しいから」

「きっと」ラナは考え深げに言った。「大丈夫よ。エレベーターで降りましょう。ウォルター……ウォルター！　まあ！　この人ったら眠ってしまったわ！」

ブライアントが見やると、ミスター・ストークスは横になっていた。「おやおや！　ミセス・ビー、あなたの旦那さんときたら困ったものだ。それにしても実業家というのは楽じゃないんだな。でも、あなたのような妻がいるなら——」

「もうやめて！」ラナは鋭く言い放った。「からかわないで。彼をエレベーターに乗せるから手伝ってちょうだい。ここにひとり残していったらかんかんに怒るわ」ふたりは彼に近づいた。「ウォルター！」

「指笛を吹いてくれ。そうすれば死人だって目を覚ますよ！」

ミスター・ストークスが目を開き、よろよろと立ち上がった。「何事だ？」彼はしわがれ声で言った。「眠ってないぞ。うとうとしていただけ……疲れた……ひどく疲れた……」

「さあ、おねむさん！」ブライアントは促した。「食事だよ。ハムと卵。酒もちょっぴり。食事が済んだらさようなら。ほら、簡単だろう」

ミスター・ストークスはふらふらした足取りで歩き、ふたりに続いてエレベーターに乗ると腰掛けにドスンと座って目を閉じた。ブライアントは体を屈め、ミスター・ストークスの閉じた目の前で手を振り、指をパチッと鳴らした。

「眠ってる。完全に……」

二

エレベーターがバーに到着した。ミスター・ストークスはラナに体を激しく揺さぶられて目を覚ました。彼はやけに生々しくて脈略のない夢を見た。夢の中で地震が起こり、話し声と柔らかく美しい口笛の音を聞いた。しかしじつは、ラナに揺さぶられたことを夢の中で起きた地震だと思い、ドン・ブライアントと宿の主人ウィルソンの声を夢の中の話し声だと勘違いしたのだった。コーヒーポットを持った主人はエレベーターの中をのぞきながら何やら質問し、ブライアントはミス・ラナ・ブースをはじめとする女性について話していた。

「女性には驚かされるよ！　本当に」ブライアントがこう言うのを聞きながら、ミスター・ストークスはなんとか意識をはっきりさせようとした。「理解できないよ。あなたはひと晩眠れる場所を求めてやってきたのに、夫が眠りについたら、今度は夫をここまで引きずり下ろし、コーヒーを飲ませて目を覚まさせようとしている。おそらくコーヒーは夫を完全に覚醒させ、それによってあなたは名声を轟かせるだろう！」

「もう黙って！」ラナは声を荒らげた。「この人はお腹が空いてるのよ。私にはわかるわ……行くわよ、ウォルター！」

　ミスター・ストークスはラナについていった。足もとはおぼつかず、腕はだるく、口の中は乾燥し、舌は腫れ、頭はずきずきしていた。彼は夢の中で誰かが口笛で吹いたメロディーを思い出していた。数小節だが、ゆったりと流れる甘く澄んだそのメロディーをオーケストラが演奏するのを何度か聴いたことがあった。「口笛を吹くな！」という声が慌てた様子で口笛を遮ったことも思い出した。これらは意味のない、取るに足らない、支離滅裂でくだらない記憶の断片に過ぎなかった。けれども、ミスター・ストークスは覚えていた。そして、この記憶の断片が後にスミス警部に光明をもたらしたのだ……。

　大きな空っぽの暖炉の前に小さなテーブルが並んでいて、ウィルソンがカウンターに近いテーブルにテーブルクロスを掛けていた。炒めたハムと卵、コーヒーのいい匂いがバーに漂っていた。ラナはミスター・ストークスの手を引いてテーブルに歩み寄り、彼を荒っぽく椅子に座らせるとカップにコーヒーを注いだ。ブライアントはさりげなくエレベーターの扉を閉め、のんびりした足取りでふたりに続き、家庭的な風景を微笑ましく眺めた。

「これをお腹に入れなさい！」ラナはぞんざいな口調で命じた。「そうすれば気分もよくなるわ」

　ミスター・ストークスは微かに震える手でカップを持ち上げた。「頭が痛くてたまらない」彼はぼそぼそ呟いた。

「頭が痛いだって？」ブライアントは心配そうな表情を浮かべた。「ご主人、ブランデーに何を入れたの？」

「どういう意味ですか？」主人はむっとした顔になった。

「見てくれ。哀れなウォルターが何かのせいで頭痛に苛《さいな》まれてるじゃないか」

「ミスター・ブリッジマンの頭痛の原因はブランデーではありません。うちのブランデーには何も混ざっていません。ミセス・ブリッジマンもブランデーをお飲みになりましたが、お元気です」

〝ミセス・ブリッジマン〟はブライアントに向かって反論した。「わかってないわね。もちろんブランデーのせいじゃないわ。疲れてるせいよ」

「へえ！　頭痛の原因はそれだけかい？」

「ガソリンも原因のひとつかな。ここに着いた時にウォルターが説明したように、何かが車のタンクに大きな穴を開けて、ガソリンが全部流れ出てしまったの。だから彼は車を降りてタンクをいじった。その時、ガソリンの臭いを嗅いで頭が痛くなったんじゃないかしら」

ブライアントはもの思わしげな様子で髪をくしゃくしゃと掻きむしった。「あなたの言う通りかもしれない。ガソリンが頭痛を引き起こした可能性はある。じゃあ、眠気の原因は何だろう」

「私たちには」ウィルソンがカウンターの中から言った。「ガソリンで香りづけをしたお酒が体にどう影響するかわかりませんが、美味しくなさそうなカクテルですね。バッグの中にアスピリンが入っていますか、ミセス・ブリッジマン？」

ラナは膝に載せたバッグに視線を落とした。「ええ……ええ。でも、コーヒーと一緒に飲んでいいのかしら？」

「問題ありません。アスピリンとカフェイン。このふたつは相性がいい」

「名案だ」ブライアントは賛成した。「どうして今まで思いつかなかったんだろう？　そのふたつを飲ませよう」

ミスター・ストークスはアスピリンを口に入れ、コーヒーを飲み干した。それから喉が渇いていたのか、もう一杯所望して、不機嫌そうな顔で告げた。「もう騒がないでくれ。私は大丈夫だ」

「元気が出たようだな」ブライアントは料理を頬張っていた。「ここに降りてくるまでの間、あなたは眠っていた。それがよかったのかもしれない」彼は料理を飲みこんだ。「そういえば、ご主人、どうしてエレベーターの調子が悪いのかな？」

「え？」主人はおざなりな反応をした。彼はうつむいてカウンターに広げた請求書と格闘していた。

「エレベーター。バーの隅っこにあるでしょう。エレベーターは上昇して下降する。そういうものだ！　なのに途中で止まってしまった。どうしてだろう？」

主人は鉛筆を耳に挟んでため息を吐いた。「異常はありません。また動き出したのですから」

「でも何かあるに違いない。そうでないなら、あんな風に止まったりしないよ」

ウィルソンはブライアントを沈んだ表情で見つめた。「私に言わせないでください」

ブライアントは見つめ返した。ややあって、意味深な口調で「そうだ！」と言うと、またハムと卵を食べ始めた。彼はこの話を終わらせるつもりだったが、ラナはふたりの男が視線を交わしたのを見逃さなかった。「いったいどういうことなの？」訝しげに訊いた。

ふたりの男は神妙な面持ちでラナを見た。「〝そうだ〟と言ったでしょう」ラナはブライアントに訊いた。「何か思いついたのね」

「ああ」

「それで？　何を思いついたの？」

「ダーツ」ブライアントは短く答えた。

「え？」

「ダーツをすることを思いついた。あなたがハムと卵を食べ終えたらダーツで勝負しよう」

「食事が済んだら寝るわ」ラナはきっぱりと告げた。「それからとぼけないで！　エレベーターの話をしてたでしょう。それで思い出したわ」

「思い出した？」

「ええ。エレベーターは私たちが乗ると昇り始めた。あなたは誰もボタンを押してないと言って大騒ぎしたでしょ。どうしてあんなことが起こったの？」

「悪霊の仕業だよ」ブライアントは真面目な顔をしていた。

「ああ、もう……」ラナは歯がゆく思いながらミスター・ストークスに向き直った。「ウォルター、あなたはどう思う？」

ミスター・ストークスはだんだんと調子がよくなっていた。「わからない」

「説明できないの？」

「ラナ、残念ながらできないよ。エレベーターが止まった理由なら説明できる。たぶん不具合が生じたのでブレーキが作動してロープを制御し、すべてに鍵《ロック》がかかったんだ。ミスター・ブライアントがヒューズを確認していた時に不具合が直ったのだろう。ヒューズが正しく装着されていなくて接触不良を起こしていたが、ヒューズを取り外して装着し直したから――」

「そうか」ウィルソンが答えは見つかったと言わんばかりに割って入った。「それは考えつきませんでした。あり得ることですね、ミスター・ブリッジマン」

「断言はできない。ただの推測だ。ミスター・ブライアントがヒューズを装着し直したらエレベーターが昇りだしたのは確かだが……コーヒーをもう少し飲んでもいいか？」

「もちろんです」ウィルソンはカウンターの中から出て、ラナからコーヒーポットを受け取ると、二段の階段を上ってビーズカーテンを通り抜けた。

「喉が渇いているんだね、ウォルター」とブライアント。

「ああ。尋常じゃない。それはそうと、コーヒーがじつに美味い。おかげで気分もいい」

「よかった。ええと……話を戻そう。エレベーターは僕がヒューズをつけ直した後、何分か経ってから動きだしたけど、その時も誰もボタンを押してない。照明が消えたのも解《げ》せない。エレベーターが止まるまではついてたのに」

「作りが特殊で、照明がエレベーターと連動しているのかもしれない――連動という言い方が適切かわからないが」

「ご主人が戻ってきたら訊いてみよう。彼なら知ってるだろう」

「私は」ラナが突如宣言した。「あの憎らしいエレベーターには二度と乗らない。どんなに大変でも歩いて上がるわ」

ここでふたつのことが起こった。ウィルソンが淹れたてのコーヒーを持って戻り、それと同時にカウンターの向かいの扉が開き、ケニー巡査がおずおずとバーの中をのぞいた。皆がいたので彼は中に入って扉を閉めた。

「やあ、よく来たな！」ブライアントが大声で歓迎した。「夜間巡回のホークアイ！　暗黒街のやんちゃ坊主！　さあ、こちらへ。コーヒーを飲みたまえ」

巡査はにこにこしながらテーブルに近づいた。「皆さん、まだ起きていたんですね。宵《よい》っぱりだな」

「時間とは何か？　時間とは相対的なものである。四次元空間を越える世界においては自分の尺度で測るもの。おや、濡れてるね。雨が降ってるの？」

「たいしたことありません。ちょっと降っただけで持ちこたえています……ミスター・ウィルソン、幹線道路が工事中のようですが、ご存じですか？」

「いいや。どうして工事をしているのだろう？」

「さあ。道路はバリケードで封鎖されていて、こっちに迂回するよう看板に書いてありました。バリケードの先へ行ってみましたが、工事は行われていませんでした」

「それがなぜなのかわかるだろう、ホークアイ」ブライアントは呑気な顔をしていた。「民主主義《demockracy》の時代だからだよ――綴りに〝k〟が入る民主主義だ（民主主義を揶揄する場合、democracy ではなく demockracy という綴りが用いられる）。今日の仕事はバリケードを置くこと。工事をするのは明日から」

「なるほど。通行止めだったからこちらへ来たんですか？」巡査はミスター・ストークスに訊いた。

「そうだ。看板を見て脇道に入った。その後、ガソリンタンクに穴が開いた」

「そのことですが」巡査が考えながら告げた。「タンクを見ました。丸い穴ですね。まるで何かで切り取ったように見えました」

「切り取った――？」

ミスター・ストークスは口をつぐんだ。バーにいる五人は体の動きを止め、隅にあるエレベーターのほうに一斉に鋭い視線を向けた。エレベーターがガタガタと音を立てていた。音は大きくなったと思ったら、今度はだんだん小さくなり、軋んで音が止んだ。扉が閉まっていたので中は見えなかったが、何が起こったのかは明らかだった。エレベーターがおのずから上昇したのだ。五対の目が上方を向いた。呆然とする者がいる一方で、ブライアントはいかにも愉快そうで、好奇心丸出しの目はきらきら輝いていた。ミスター・ウィルソンの目にはほかでもない諦めの色が浮かんでいた。ケニー巡査は驚嘆と畏怖の念を抱きながら指さした。「ミスター・ウィルソン——また動きました！」

三

「ああ」主人は静かに言った。「また動いた」

ブライアントは興奮した。「ボタンを押したのは誰だ？」彼は椅子から飛び上がってエレベーターに駆け寄り、扉を引いた。しかし、またしても頑として開かなかった。

「誰もボタンは押してません」ウィルソンは落ち着いていた。「全員ここにいたのですから。扉を開けようとしても無駄です。扉が開くのはエレベーターがここに停止している時だけです」

「確かめよう。さあホークアイ、二階に行くぞ。急がないと……階段はどこだ？」

「ビーズカーテンの先です」ウィルソンは簡単に答えた。「右側にあります。足もとに気をつけてください！　どうせ誰もいませんよ」

記者と巡査はビーズカーテンを通り抜けて階段を駆け上がった。ウィルソンは平然とした様子でコーヒーポットをテーブルに置き、カウンターの中に戻った。何分か経ち、エレベーターが毎度のごとく音を立てて降りてきて、扉が開き、ブライアントとケニーが現れた。ブライアントは為す術《すべ》なしといった態で頭を掻いた。

「二階には誰もいない」彼はぼそりと呟いた。

「そうでしょう」ウィルソンは淡々と答えた。「いないに決まってます」

「では、どうしてエレベーターが動いたんだ?」ミスター・ストークスが理由を知りたがった。

しばらく沈黙が流れ、その間、ブライアントとケニーは主人を見つめていた。ふたりとも困惑気味だった。「ご主人、彼らに話したらどうだろう?」ブライアントが言った。

「話すって何を?」ラナが訊いた。「ここは謎だらけね。いったいどういうことなの?」

「じつは」ウィルソンが話したくないようなのでブライアントが告げた。「ここには幽霊が出るんだ」

「幽霊ですって? 幽霊が出て呻いたり、唸ったり、鎖をジャラジャラ鳴らしたりするの? 誰の幽霊なの?」

「誰かの幽霊じゃなくて、何かの幽霊かもしれない……ねえ、ご主人、ホークアイと僕に話したことを彼らにも話してくれ。それからビールを飲んでもいいかな? 酒が必要だ。一杯つき合うかい、ホークアイ?」

ケニー巡査は首を振った。

「ウォルター、あなたは? ブランデーを軽く飲む?」

ミスター・ストークスは誘いに乗らなかった。けれどもラナはお酒で〝締めくくる〟ことにした。ウィルソンはブライアントのためにジョッキにビールを注ぎ入れ、カウンターに置いた。カウンターにはミスター・ストークスの帽子が載っていた。彼は次にブランデーを少しグラスに注いでラナに渡した。粋な若き淑女はそれを一気に喉に流しこみ、ドン・ブライアントは眉をひそめた。「ちゃんと話してくれないなら叫んでやる！」

ウィルソンは無表情のまま、やれやれとため息を吐いて鉛筆を置いた。ため息を吐くのはこれで十二度目だ。「ミスター・ブライアントがおっしゃるように、この宿には幽霊が出ます。誰あるいは何の幽霊かは不明です。エレベーターの件は宿で起こる心霊現象のひとつに過ぎません。エレベーターは勝手に動くのです。でも、乗っても危険なことは起こらないと思います。おそらくミスター・ブライアントも同意見です。幽霊の単なる悪戯でしょう」彼はこの一か月の間にウェルカム・インで起こった不思議な出来事の一部を語った。

「ミスター・ウィルソン」話が終わるとミスター・ストークスが言った。「奇っ怪だな。わけがわからない。じつに奇っ怪だ。そうとしか言えない」彼はケニー巡査をちらりと見た。「警察に相談したら――？」

「警察に相談するようなことではありません。ケニーにも今夜初めて話しました。あなた方がいらっしゃる前に。私は心霊現象の件が知れ渡れば、苦労して摑んだ客が離れてしまうと思っていました。それに、警察がどうにかできる問題ではないと」

ミスター・ストークスは不安げな面持ちで体を動かした。「今夜も……その……何か起こるのだろうか？」

ウィルソンは大きな肩をすくめた。「さあ。皆目わかりません。それでもここにお泊まりになりますか？」

ミスター・ストークスは硬い白襟の内側に指を一本入れ、不快そうにぐるりと動かした。「おまえはどう思う、ラナ？」

「私は信じないわ！」ラナはきっぱり告げた。「幽霊なんて、いるわけない」それから慌ててつけ加えた。「幽霊を信じてないだけで、ミスター・ウィルソンの話をでたらめだとは思ってないわ。お手洗い――化粧室に行った女の子たちは、たぶん酔ってたのよ。読書家の男は悪夢を見て自らベッドから落ちた。画家の女は頭がちょっとおかしかったのではないかしら」

「エレベーターの腰掛けに置いた帽子とコートはなぜなくなったのかな？」ブライアントが訊いた。

「もちろん誰かが盗んだのよ！　誰も見てない隙に」

「ご主人によると、エレベーターは帽子とコートを乗せたまま昇っていった」

「そしてエレベーターが降りてきた時には帽子とコートは消えていた。二階にいた誰かが盗んだから」

「二階には誰もいなかったとご主人は言ってるよ」

「ジョージが二階に行った時は誰もいなかったけど、エレベーターが二階に着いた時は誰かいたかもしれないわ！」

「ああ……まあ、そうだが、今は二階には誰もいない。宿にいるのは僕たち五人だけ。これは確かだ。そうだよね、ご主人？」

「そうです」ウィルソンは冷静に答えた。

ブライアントはふたたびラナに訊いた。「椅子に座れなかった婦人についてはどう説明するの？」

ラナは鼻先であしらった。麗しい美女に似つかわしくない態度である。それから小声でひと言呟いた。ここに記すのも憚られるけれど――「痔持ちなのよ！」と。ラナはブライアントと同じ質問をした。「幽霊を見た人がいるの？」

「いません」客に配慮したのか、ウィルソンはこう答えた。

「いるよ」ブライアントはこう答えた。

ラナはふたりを順々に見た。「どちらかに決めてよ。どっちなの？」

「あなたは疑り深いですね、ミセス・ブリッジマン」

「あなたたちの主張は説得力に欠けるわ。はっきりとはわからないんでしょう——幽霊がいるかどうか。あなたたちは幽霊がいると信じたいのよ。でも、すべて自然に起こったことだと思うわ。あなたたちは」ラナは馬鹿にするような口ぶりで続けた。「迷信深いお婆さんと同類よ。幽霊なんて！　信じるもんですか！」

ガシャン！

一同は飛び上がった。ラナはこれまでの勇ましさはどこへやら、ぎょっとしてまわりを見回した。額縁のひとつがフックから外れて落ちていた。ケニー巡査が近づいて額縁を拾い上げた。

「ミスター・チャーチルの肖像画です」巡査は額縁の表と裏を調べ、壁を見上げた。「どうして落ちたんだろう？　紐にもフックにも問題がないのに——どうして？」

「きっとラスキ教授（ハロルド・ラスキ。イギリスの政治学者で労働党員）が落としたのさ」ブライアントが皮肉たっぷりに言った。

「幽霊の仕業じゃないぞ。ミセス・ビーが幽霊は存在しないと言っているのだから」

ガシャン！

どういうわけか反対側の壁に掛かっていたアイゼンハワー将軍の肖像画も床に落ちた。記者が将軍を助けに向かった。「これは単なる偶然さ」少し間を置いてから、また皮肉をこめて呟いた。「風の仕業だよ」それから暖炉の上方に飾ってある国王夫妻のカラー写真を見上げて「神よ、国王陛下を守り給え」と祈った。

ガシャン！　ガシャン！

隅にあるキャビネット型ラジオの上方からモンゴメリー陸軍元帥の肖像画が落ち、それとほとんど同時にルーズヴェルト大統領の肖像画も落ちた。大統領の肖像画はフックから外れるとラナのいる方向に落ちていった。まるでラナに飛びかかったように見えた。ラナは肖像画を背にして座っていた。

バーはしんと静まり返った。

ウィルソンは跳ね上げ天板を上げてカウンターの中から出ると、両手をポケットに突っこみ、無言で調べて回った。紐はどれも切れておらず、フックは壁に固定されたままだった。彼に従っていた巡査が身を屈め、キャビネット型ラジオの側に落ちていた楔形の小さな木片をつまみ上げ、暖炉に投げ入れた。「君はきれい好きだな」ウィルソンがからかうように言った。「掃除の行き届いた場所はここにはないよ、ケニー。従業員がいないから」彼はテーブルに向かって座っている客の元に戻り、ラナを見下ろした。

「これは自然に起こったことでしょうか、ミセス・ブリッジマン？」

「そうだ」ラナが口を開くより先にブライアントが答えた。「自然に起こったことに決まってるじゃないか！　はっはっは！」それから低い声で続けた。「ご主人が僕たちに天井を投げつける前に退散しよう」

ラナは言い張った。「自然に起こったことよ。起こり得るわ」

「起こり得ますが、起こる可能性は極めて低い」

「まあ、そうね。でも、だからといって幽霊が……どうしたの、ウォルター？」

ミスター・ストークスの体が微かに震えていた。「ここから逃げよう。また何か起こるぞ」

「ああ、ウォルターったらどうしたの？　有能で恐れ知らずの偉大な実業家はどこへ行ったの？　仮に怯えた二匹の兎みたいに逃げ出すとして、どこへ行くつもり？」

「どこでもいい。ウィンチンガムの街とか」

ラナの声が一転して猫撫で声になった。「ウォルターちゃん、私がこんな夜中に街まで歩くと思っているなら――」

「もう朝です」ウィルソンが腕時計を見ながら告げた。「ちなみに、このあたりではウィンチャムと呼びます」

「あらそう？　とにかく、ウィンチャムことウィンチンガムの街は動かないし、私たちも動かないわよ」

「でも、ラナ、あの肖像画――ここで起こったことは――」

「座って」ラナは甘ったるい声を出した。「座って、ウォルターちゃん。言う通りにして」

ラナの甘い声音には有無を言わせぬ響きがあったから、ウォルターちゃん――かつてのシャーマンちゃんは諦めて座った。

「それでいいのよ。まったくもう、いい大人なのに、絵が落ちたくらいで子供みたいに怖がるなんて……ミスター・ウィルソン、すべては幽霊という超自然的なものの仕業だと言うなら、どんな幽霊なのか教えてちょうだい。その幽霊は誰かに目撃されたの？」

ウィルソンはためらいがちに答えた。「いいえ、目撃されていません」

「目撃されたぞ！」ブライアントが即座に割って入った。「彼女が知りたがっているんだから明かせばいい。例のご婦人のことを」

「いいでしょう。そこまでおっしゃるなら」ウィルソンはポケットから手を出し、やれやれと言いたげな身振りをした。そして婦人が〝角を持つ黒い男〟とエレベーターで降りてきたと主張した件を話して聞かせた。

ラナはこれといった反応を示さなかった。「ふうん。頭のおかしい女《ひと》がもうひとりいたのね」それから鋭い声を上げた。「角。ああ！　黒くて――角がある。それってまるで――」ラナは言葉を切ってブライアントを見上げた。

「僕も」記者は意味ありげに告げた。「同じことを考えた」

ラナは青い目をウィルソンに向けた。「その女はどの部屋に泊まったの？　覚えてる？」

主人は顎をさすりながら考えた。「さて、どの部屋だったかな――待ってください、思い出しました。バーの上にある部屋です。どうしてダブルベッドのある部屋を選んだのだろうと不思議に思いました。その部屋がどうかしたのですか？」

「その部屋に」ラナははっきりした声で嘲るように言った。「おつむのいかれた女が見た角を持つ黒い男がいたのよ。幽霊の正体がわかったわ。部屋にある仮面よ――私たちもその部屋に入ったの」

「仮面？」ウィルソンは不思議そうな顔をした。

「ええ。化粧室の側の壁に掛けてあるチベットの悪魔の仮面。ありがたいことに、ミスター・ブライアントがコートで隠してくれたわ。客室にあんな恐ろしいものを飾るなんて。なぜ、あなたはそんなことを……」

ラナの声が次第に小さくなって消えた。ウィルソンは当惑した表情を浮かべてラナを見つめた。

「ミセス・ブリッジマン、何をおっしゃっているのですか。どの部屋にもチベットの悪魔の仮面などありません。そんなものを客室に飾ると思いますか？」

　ラナは痩せた肩をすくめた。「そうよね。飾りとしては不向きだわ」

「化粧室」ウィルソンは呟いた。ブライアントがさっきまで座っていた椅子にストンと腰を下ろし、テーブル越しにラナを見つめた。「どんな部屋でしたか？」

　ラナは微笑した。「自分の宿の部屋のことを知らないの？　バーの上にある大きな部屋で、ここと同じように暖炉とフランス窓があったわ。そのほかに部屋にあったのは深紅色と金色の綺麗なベッドカバーで覆われた立派なベッド、その後ろの壁に掛かったタペストリー、どっしりとした古風な箪笥《たんす》、書き物机、その上に小さくてずんぐりした真鍮製の仏像、それに化粧室。そこは凹んだ空間で、深紅色と金色のカーテンが掛かっていた。そしてあのおぞましい仮面――」

　ラナがふいに言葉を切った。ウィルソンが両手を上げていた。「待ってください、待って――待って……それはバーの上の部屋じゃない。そんな部屋はありません」

「あるよ、ご主人」ブライアントが口を挟んだ。「三階に。僕たち三人は三階に上ってその部屋に入ったんだ。荷物はそこに置いてある。ウォルターのコートと鞄はソファーの上に、ミセス・ビーのコートとベレー帽はベッドの上にあって、僕の帽子とコートは黒い仮面に掛かってる」

　ウィルソンはテーブルの端を両手で摑んでおり、真っ白なテーブルクロスの上でくすんだ象牙色の関節が目立っていた。信じられないといった表情でラナを見つめていて、冷静さは失われていた。

「エレベーターはどこで止まりましたか？」ウィルソンが囁くように訊いた。

「二階と三階の間よ」

　ウィルソンは両手をテーブルから離した。「まさか！」彼はぽつりと言った。「まさか！」

「どうしたの?」

「あり得ません! 存在しない階に上がって、存在しない部屋に入るなんて! 絶対に不可能です! この宿にはあなた方がおっしゃるような部屋はないし――三階もありません……」

「驚いたな！」ブラックラー警視が声を上げた。

ミスター・スミスはにやりとした。その様子は満足したハイエナを思わせた。「あなたはこの手の話が好きでしょう、警視。だから、今日の朝ここに来るようミスター・ブライアントとケニーに頼んだんです」

「好きではないぞ！」警視は唸るように言い返した。

二日後のことである。スミス警部はウィンチンガム警察署の一階にある自分の部屋にいた。彼は椅子に座って机に足を乗せており、向かい側の椅子に警視が巨体を沈めていた。スミス警部はこの椅子を来客用の椅子と呼んでいる。ブライアントは机の端に腰掛け、奇妙な出来事について語った。ケニー巡査は彼の後ろに控え、さながらギリシア劇のコロス（古代ギリシア劇の合唱隊。物語の背景やあらすじを歌によって観客に伝えた）のように自分の役目を務めた。ポインター巡査部長は壁にもたれかかり、冷ややかな面持ちで静かに話を聞いていた。

二日前の夜は雲行きが怪しかったものの、結局ぱらりと降っただけで、その後は暖かな陽光に恵まれ、穏やかな秋の時間がゆっくりと過ぎていった。小さな部屋の窓は開いており、日の光が警部の広い背中を照らし、いつものようにワインや蒸留酒、煙草、新しい革の匂いが漂っていた。

「さあ、ミスター・ブライアント」警部は促した。「終わりまで話してください。拍子抜けするような結末でもかまわないので」

「そうはならないよ」ブライアントは不満そうに言った。「拍子抜けなんて。それに、この話に終わりはない……僕たちはしばらく呆然としていた。それから気を取り直して部屋を探しに行った。無駄だと知りつつも、当然ながら探しに行った。このホークアイという警官が居合わせたのは幸運だったな。僕の話が真実だと証言してくれるから——僕は警察がどういうものか知ってるのさ。証言してくれる人がいなかったら、警察は話を信じないだろう。彼と僕が先頭に立って、残りの三人が後に続いた。そう、ウィルソンもついてきた。彼も僕たちと同じくらい混乱していたよ。ウィルソンを知ってるかな。とても冷静沈着だけど、あの夜はさすがに動揺を隠せなかった。彼の言ったことは本当だった。〈ウェルカム・イン〉は二階建ての小さな建物で三階はない。一階と二階。その上にあるのはエレベーターを収める空間と屋根だけ。客室は八部屋で、すべて二階にある。バーの真上の部屋にはダブルベッドがあって、ウィルソンはブリッジマン夫妻にそこを使うよう勧めたんだ。僕たちが入った部屋よりずっと小さく、何から何まで違っていて、僕たちが入った部屋じゃないことは明白だった。三階も三階の部屋も存在しない。存在しない部屋に入るのは不可能だ。でも誓って言うけど、僕たち三人は確かにエレベーターで三階に上がったし、三階の部屋に入って中を見て回り、帽子とコートと荷物を置いた……」

しばらくの沈黙の後、ブラックラー警視が暗い声で訊いた。「話は終わりですか？」

「うん。もっと詳しく説明してもいいけど、同じ話や無駄な話までしてしまいそうだから」

「ううむ……ケニー、この荒唐無稽な話は真実なのか？」

「真実です。おそらく。私は件《くだん》の部屋に入っていませんが、宿で起こったいろいろな出来事についてウィルソンから聞きました。それに、エレベーターは間違いなくひとりでに動いたし、壁に掛かっていた肖像画は飛びました」

「飛んだだと！」

「はい。飛びました。紐が切れて落ちたわけではなく、壁から飛んだんです。何かが肖像画を投げたようにも見えました」

「あのことを思い出しませんか、警視？」ミスター・スミスが訊いた。

警視は訝しげに警部を見た。「あのこと？　ジミー・メルローズの家で起こったことか？」

ミスター・スミスは頷き、ポインター巡査部長をまっすぐ見た。「それが起こった夜、君は現場にいた。君も見たんだろう？」

ビル・ポインターは不細工な顔をしかめた。彼のしかめっ面を目の前にすると屈強な男も怯んでしまう。「はい、見ました。電気ヒーターが十字架を隠すように炉棚の上のほうに掛けられていました──それがジミーに向かって飛ぶように落ちました」

「ちょっと！」ブライアントがすぐさま興味を示した。「何の話だい？」

警視は話が本題から逸《そ》れるのを望まなかったので、こう訊いた。「残りの人たちはどこにいるのですか？　ブリッジマン夫妻とウィルソンは──どこに？」

「皆いなくなったよ」ブライアントは説明した。「あの夜は誰も眠らず、ずっとバーにいたんだ。朝になるとウィルソンが街まで車で僕たちを送ってくれた。善良なホークアイのおかげでブリッジマン夫妻の車は修理されていて、夫妻は車を受け取ると去っていった。ブリストルに向かったようだ。ウィルソンは荷造りやら何やらを済ませるために宿に戻り、僕は〈ホワイト・ホース〉に泊まった。次の日の午後、バイクを取りに宿に戻るとウィルソンの姿はなく、宿には鍵がかかっていた。僕たちは皆、意気消沈していた」

「どんな経緯で」ブラックラー警視はミスター・スミスに訊いた。「この件を知ったんだ?」

ミスター・スミスは簡潔に答えた。「ケニーがブルックスに話し、ブルックスがポインターに話し、ポインターが私に話しました」

「ふむ」警視はまた訝るような視線を投げた。「今朝はやけに静かだな、スミスィー。いつもはぺらぺらとよく喋るのに」

「話すことがないから話さないだけです」スミスィーは自分を弁護するような口ぶりだった。「私は警官であって心霊現象研究家ではない。この件はもうひとつの幽霊騒動です」

「幽霊騒動!」ブライアントが繰り返した。「『ザ・ウィットネス』に僕の記事が載ったら読んでほしいな!」

「私は読みません」警視は断言した。「あなたの記事が『ザ・ウィットネス』に載ろうが何に載ろうが。警部が言うように、我々は警官です。心霊現象研究協会の会員ではない」彼はミスター・スミスをじろりと見据えた。「この幽霊話を私に聞かせたのはなぜだ?」

ミスター・スミスはブライアントを指さした。「彼の帽子とコートが盗まれました。これは警察が扱うべき事案なので話しました。状況から見て、盗んだのは人智を超えた存在である幽霊です。ですから途方に暮れています。窃盗罪に問えるだろうか――」

「馬鹿馬鹿しいにも程があるぞ!」

「では警視、あなたならこの件をどう説明なさいますか?」

ブラックラー警視は何やらぶつぶつ呟いて黙りこんだ。

「あなたは」警部は続けた。「この手の話をお気に召さない。ビル・ポインターも然り。でも、私はミスター・ブライアントと同じく興味をそそられます」

「それで？　おまえはどうするつもりなんだ？」

ミスター・スミスはにやりと笑い、頭を掻いた。「宿を調べてみます。あそこで酒を飲んだことがありますが、今回は警官として乗りこみます。それから、この件に関わるブリッジマン夫妻とウィルソンを探し出します」

「ううむ」警視は渋面を作った。「それでかまわないが……それにしてもスミスィー、雲を摑むような話だな！」

「いかにも。だから面白い」

「僕には」ブライアントがはっきりした口調で言った。「警視の考えがわかる。警視は僕たち三人が幻を見たか、仕掛けられた罠にはまったかのどちらかだと思っているんだ。でも三人が同じ幻を見るだろうか。ちなみに、我が友ウォルターはブランデーかガソリンの匂いのせいで朦朧としていた。たかだか帽子とコートを手に入れるために罠が仕組まれたと思っているなら、警視は誰にも負けない極めて奔放な想像力の持ち主だ。いったいどうやってあんな罠を仕組んだのか知りたいものだ。ホークアイ――あなたの部下だって奇妙な出来事を目撃しているよ」

「そんなことは考えていません」警視は静かに告げた。

「それはよかった！　じつは、まだ話さなければならないことがあるんだ。ホークアイも――」

「ケニー巡査のことは」ミスター・スミスが丁寧な口調で割って入った。「ケニー巡査と呼んだほうがいい。とくに彼の上官の前では」

「え？　ああ、警察は階級社会だからな」

「いいえ、それは関係ありません。信じられないかもしれませんが、私はケニーの心情をおもんぱかったのです。ケニーも面白くないでしょう。これは警官としての彼の沽券《こけん》に関わる問題です」

「それもそうだな……話を続けよう。二日前の夜に僕と夫妻が入った部屋と同じような部屋が過去に存在したんだ。あの建物が宿になる前、二階にその部屋はあった。当時、キャヴェンディッシュという名の軽い麻痺のあるお爺さんが住んでいて、その部屋は寝室と書斎を兼ねた私室だった。キャヴェンディッシュはエレベーターを設置し、私室に家具を置き、悪魔の仮面を飾り、化粧室に最新式の設備を取り入れた。部屋は過去に存在していた。僕たちは、僕たちの住む三次元空間ではなく、人の記憶の中にある部屋に入ったんだ」

「ちょっと待ってください」警部は机から足を下ろし、普通の座り方になっていた。「どうして部屋のことを知っているのですか？」

「ウィルソンから聞いたんだ。彼は不動産業者から情報を得ていた」

「なるほど」ミスター・スミスは穏やかに言った。「はあ！　ほお！」

「その掛け声にはどんな意味があるのかな？」

「意味などありません。私は時々こんな風に声を上げます。何かを企んだり考えたりしているのだと人は思うようですが。警官だからそう思われるのかな……ケニー巡査も話すことがあるのかい？」

「ええと――はい」ケニーはためらいがちに答えた。「幹線道路に置かれたバリケードのことを覚えておられますか？」

「ああ。君はバリケードの先へ行ってみたが、工事中じゃなかったんだろう」

「そうです。数時間後に戻ってみると――宿でひと騒動あった後です――バリケードはなくなっていました。置かれていたことを示す痕跡すら残っていませんでした。バリケードについては誰も何も知りません。市の担当技師も知らない。彼によると、道路に問題はなく、彼の許可あるいは役所の指示を受けずにバリケードのような交通の妨げになる物を置くことはできないそうです」

小さな部屋がふたたび沈黙に包まれ、張り詰めた空気が流れた。ブラックラー警視が淡々と訊いた。

「バリケードもミスター・ブライアントの部屋と同じだと言いたいのか、ケニー？　初めからなかったと？」

「そうではありません」ケニー巡査は困ったような面持ちで答えた。「バリケードは存在しました」

「あの部屋も存在した」ブライアントは断固として主張した。「存在したし、僕と夫妻は中に入った。荷物やコートを部屋に置き、それらは今もそこにある！　なのにウィルソンは、僕たちが屋根の上を歩いていたんだと言う。物理的に考えたら認めざるを得ないけど……」

二

一週間後、警察署の二階にある警視の部屋で話し合いが行われ、本部長がその場を取り仕切った。ドン・ブライアントの記事はすでに『ザ・ウィットネス』に掲載されていた。ゴームズビー大佐の昔からの友人であるミスター・ジミー・メルローズは記事を熱心に読み、その内容を本部長に詳しく話して聞かせ、自分の家で起こった不可解なこと――ジャネット・ソームズにだけ見えたフィリップ・

ストロングという謎の男に関する出来事を心霊現象研究家たちに言って回った。この出来事もさることながら、ブライアントが証言した〝幻の部屋〟に関する出来事は心霊現象研究家たちをおおいに沸き立たせた。話を聞いた本部長は苦々しげに「何だ——また幽霊騒動か？」と言ったものの、話し合うことにしたのだ。

話し合いに参加したのは仕切り役の本部長、ブラックラー警視、スミス警部、ケニー巡査——彼は目立たないように後方にいた。そしてロンドンからやってきたミス・ラナ・ブース——別名ミセス・ウォルター・ブリッジマン——とミスター・ウィルソン、ミスター・ブライアント。ミスター・シャーマン・スミス・メルローズは求められない限り〝発言を控える〟という条件付きで参加した。ミスター・シャーマン・ストークス——別名ブリッジマン——はどういうわけかいなかった。

「おほん！」ゴームズビー大佐は話し合いを始めるべく第一声を放った。彼は集まった面々を見回し、小さな白い口髭を引っぱった。それから大きな白いハンカチで思いきり鼻をかんだ。「この方々だな。新聞が嬉々として〝幻の部屋〟と呼ぶ部屋に入ったのは」

「はい」警視が答えた。

「本当のことだ」ブライアントが声を大にして言った。「その部屋に入ったんだ！」

「まあ、まあ」大佐はそっけなくあしらった。「友人のミスター・メルローズから事のあらましは聞きました。本題に入る前にちょっと質問したい」彼は美しいミス・ブースに視線を移した。この部屋の紅一点である彼女は大佐と向かい合って座っていた。まるで挑発するかのように艶やかな足を組み、金髪で覆われた頭に大胆な黒い帽子を載せている。「ミセス・ブリッジマン、あなたのご主人はどこにいるんですか？」

ラナは優しい微笑を浮かべた。「ここにはいないわ」

「ああ、マダム、それは見ればわかります。私が知りたいのは、ご主人がいる場所とここにいない理由です」

「大佐、本当に申し訳ないけれど、どちらの疑問にも答えられないわ。わからないから」

「何ですって？　ご主人はいなくなったんですか？」

「どこでどうしているのやら。あの夜、宿でいろいろあって、その後は行方知れずよ」

「なぜ？」

「やっぱりそうか！」ブライアントがグラスをいじりながら叫んだ。「どうも怪しいと思ってたんだ。こんなことを言うと部屋から放り出されそうだけど、たぶんブリッジマンという男は彼女の夫じゃない。ちなみに、僕も彼女の夫じゃないよ！」

ゴームズビー大佐は話の腰を折ったブライアントに怒気を帯びた目を向けた。ラナは平然としていた。「どうしてそう思うの？」彼女は訊いた。

「どうしてだって！　不釣り合いだからさ。あなたとあのウォルターという退屈な男は。あの夜、あなたを見る時の彼の目つきを思い出したよ」

「彼の目つき？」

「あなたを妻として見てなかった」

ラナはそっと目を伏せて呟いた。「ひどいわ、ミスター・ブライアント――」

ブライアントはもどかしそうに言った。「ああ、誤解しないでくれ！　妻であることが信じられないといった目つきで見ていたんだよ。そういえば、彼はあなたが次に何をしでかすかわからず気が気ではない様子だったな」

「駆け引きよ」ラナは甘い声で言った。

「え？」

「駆け引き。殿方をはらはらさせるのよ」

「はあ！　駆け引きねえ。ところで、ウォルターという名は本名かな」

ラナはこの問いに答えなかった。椅子の背にもたれて少し俯き、ブライアントを長いまつ毛越しに見据えた。本部長は話を戻そうと思って口を開きかけたものの、警視の目を見て思い直した。

「あなたは」ラナは柔らかい口調でブライアントに告げた。「出会った時からずっと私の頭痛の種だわ。あなたはそういう人よ。それで今度は何なの？」

「旦那さんと宿に到着した後、あなたが口にしたひと言を思い出したんだ」ブライアントは旦那さんという言葉を軽く強調した。「彼にしっかりしてと言ってから、彼を〝シウォルター〟と呼んだだろ。おかしな名前だ。で、僕は言い間違いじゃないかと訊いた」

「ええ。失礼よね」

「そうかな？　無礼を働いたつもりはないぞ。ざっくばらんに訊いただけだ。別の名前――ウォルターじゃない名前で呼ぼうとして、慌てて言い直したんじゃないのかい」

ラナは無言のままブライアントを見つめ、しばらくするともの思わしげに本部長のほうを向いた。

本部長は興味深そうにラナを見返した。

「ひとつ訊いてもいいかしら、大佐。どうして私をロンドンからここに連れてきたの？　どうして――そう、慇懃無礼な態度で、しかも問答無用で――頭の固いお歴々の話し合いに引っぱり出したの？　警察のお偉方がくだらない出来事に関心を持つのはなぜなの？」

「マダム」本部長は重々しく答えた。「この事件を捜査するのは、それが警察の責務だからです」

「あら……このおしゃべりな友達のおかげで私も〝事件〟の当事者になったのね。いいわ、観念して私のことを話しましょうか、大佐」

「それは」ずっと黙っていたミスター・スミスが天井を見ながら呟いた。「結構ですね」すると大佐が警部に射るような視線を投げた。

「時間はかからないわ。簡単な話だから。あなた方に理解できるかどうかわからないけど。ミスター・ブライアントの言う通り、私はミセス・ブリッジマンではない。誰の妻でもない。ミス・ラナ・ブースです」

「はじめまして」ブライアントはにやりとした。

「口を閉じなさい！」ラナは宿にいた時と同じように不躾《ぶしつけ》な物言いをした。「間抜けなにやにや笑いを引っこめてちょうだい……これがひとつ目。次にふたつ目。あの夜、私が一緒にいた男の名前はブリッジマンではなくてストークスよ。シャーマン・ストークス。ロンドンに住む実業家で、私は彼の秘書。いいえ」ラナは考えながら続けた。「秘書だった。今の私は何者なのかしら」

「少なくとも彼の妻じゃないよ」ブライアントが陽気な声で告げた。

「よくわかっているのね、ミスター・ブライアント。さて」ラナは作り話を披露し始めた。「雇い主の仕事についてあれこれ話すつもりはないわ。彼はロンドンを拠点にして国中のいろいろな会社の代理人や代表を務めているの。木曜日の午後、急な商用でブリストルに行くから同行しろと命じられて、秘書の務めだからついていったわ。彼が車を運転して、出発してしばらくすると、私はうとうとし始めた。車が一度停まって、それから後ろに進んで向きを変えたのをぼんやり覚えてる。目が覚めた時、車は〈ウェルカム・イン〉に続く道を走っていて、何か起こったのかと訊いたら、彼は通行止めになっていたから回り道をしていると答えた。宿の前を通り過ぎた後、ガソリンタンクが空になって、車は動かなくなった。どうしてタンクに穴が開いたのかは謎のままよ。とにかく、車は動かなくなって、私たちは当然のことながら車から降り、スーツケースを持って引き返し、あの不思議な宿でひと晩過ごした。話はこれで終わり。その後のことはミスター・ブライアントから聞いてるでしょう」

本部長と警視とブライアントが口を開け、ブライアントが最初に言葉を発した。「まだ終わりじゃないだろ。どうして夫婦のふりをしたんだい？」

「ミスター・ストークスがそう望んだからよ」ラナは落ち着いていた。「彼は私を従わせた。よくある話だわ。女にとってこの世は生きづらい——あなたのお母さんもそう思っていたんじゃないかしら、ミスター・ブライアント？」

「ブリッジマンと名乗った理由は？」

「さあ。彼がその苗字を名乗ったのよ。私を守るためかもしれないわ。ひょっとしたらミセス・ストークスが存在していて、監視されていたのかも」

本部長が目の前の机をバンと叩いた。「そんなことはどうでもいい。ミスター・ブライアント、ちょっと黙ってください！　ミス・ブース、あなたの道徳観についてとやかく言うつもりはありません。もうこの話はやめましょう。ところで、『ザ・ウィットネス』という新聞に掲載されたミスター・ブライアントの記事を読みましたか？」

ラナは綺麗な目でブライアントをちらりと見た。「いいえ。彼が記者だってことは知ってるけど、彼の記事なんて興味ないわ」

「そうか。彼は〈ウェルカム・イン〉のある部屋について書いています。存在し得ない部屋――」

「あら、存在するわよ。私たち――彼も私もミスター・ストークスも部屋に入ったもの」

「その部屋に関する出来事を話してくれますか？　どんな部屋でしたか？」

ここでラナが語ったことを事細かに記したらうんざりされるだろう。その内容はブライアントの摩訶不思議な体験談を裏付けるもので、ラナは部屋の様子を詳細に語った。「ミスター・ブライアントはコートと帽子を置いてきたわ。〝存在し得ない部屋〟に」ラナはからかうように言った。「私はコートとベレー帽、それになかなか手に入らない下着とかが入ったスーツケースを、ミスター・ストークスはバッグ、コート、書類とお金が入った鞄を置いてきた」

「ふむ！」ゴームズビー大佐は小さな口髭をいじった。「ミス・ブース、その後――次の日の朝は――」

「街までミスター・ウィルソンに車で送ってもらって、ミスター・ストークスが整備工場でタンクの修理を終えた車を受け取って、ふたりでロンドンに戻った」

「ロンドンに？　ブリストルに向かったんでしょう？」

「いいえ。ミスター・ストークスはブリストルに行っても仕方ないと思ったのよ。必要な書類とお金が全部なくなったから。彼はひどく動揺していたわ」

「その後ですね？」

「〝その後〟？」

「雇い主が消えたのは。ミス・ブース、それについて知りたいのだが」

「話すのは私ばかりなのね。街で食事をしてからふたりで事務所に戻ったの。でもミスター・ストークスは仕事をする気分じゃなかったみたい。郵便物を処理し、手紙をタイプライターで打つよう私に指示して、もう用はないと言って私を家に帰らせた。次の日の朝、事務所に行くと鍵がかかっていて、彼は現れなかった。それから一度も姿を見てないわ」

「探しましたか？」

「彼を？」

「そうです。彼の家を訪ねてみましたか？　警察に行きましたか？」

「ねえ大佐、私はミスター・ストークスがどこに住んでいるか知らないのよ。それに警察に相談しようなんて思いもしなかったわ。警察には行ってません。警察は私のところに来たけど――このかっこいい警部さんが」

ミスター・スミスは両手をポケットから出し、にやにやしながら頭を掻いた。それからふたたび両手をポケットに突っこんだ。

「うむ！」本部長が声を上げた。「よし！」彼は泰然自若としたミスター・ウィルソンのほうを向いた。

三

「ミスター・ウィルソン、あなたは件《くだん》の部屋にまつわる謎を解けますか？」

ウィルソンは大きくゆっくりと首を振った。「ご存じのように、お三方がエレベーターでその部屋に――上の階に上がった時、私は一緒ではありませんでした」

「どうして」スミス警部が唐突に訊いた。「後になってその部屋が過去に存在したことを明かしたのですか？」

「自分でもよくわかりません。部屋が出現したことが信じられなかったからかもしれません」

「信じられなかった？　おかしいな」

ウィルソンは眉をひそめた。「どうしてですか？」

「件の部屋は」ミスター・スミスは落ち着いた様子で天井を仰いだ。「過去に存在し、あなたはそれを知っていた。そして、宿では以前から奇妙なことが起こっていた。だから、それについてよく知らないほかの三人よりも部屋が出現したことを信じそうなものだが」

「そうでしょうか」ウィルソンは弁解するような口ぶりで言い返した。「ちなみに警部、お三方はその部屋にいる間は宿に三階がないことをご存じありませんでした」

「その部屋はかつて二階にあったのですね？」

「そうです。何年も前になりますが、ふたつの部屋に作り変えられました」

「もういいだろう！」本部長がじれったそうに会話を遮った。「警部、おまえはどうでもいい議論をしているぞ。ミスター・ウィルソン、一連の出来事について何か言うことがありますか？」

「とくにありません。ミスター・ブライアントがすべて説明なさっています。私はお三方がエレベーターに乗ったのを見届けると、厨房へ行って食事の用意をしました。エレベーターが途中で止まったのは確かです。止まった理由はわかりませんが、エレベーターはそれまでも何度も説明のつかない動き方をしました。お三方が降りてきた時、帽子とコートと荷物を持っていらっしゃらなかったのも確かです。徹底的に探しましたが――警察も私たちも――宿のどこにもありませんでした。ケニー巡査と私はエレベーターがひとりでに上昇した時、その場にいました。肖像画が壁から飛んだ時も」

「飛んだだと？」本部長は言った。警視もブライアントからこの話を聞いた時、同じように訊き返した。

「はい。飛びました。落ちたのではありません――どこも壊れても緩んでもいませんでした。これも確かですが、理由は不明です。宿では起こり得ないことがたびたび起こりました。だから私は宿から去ったのです」

「本当に起こり得ないことばかりだ！　ケニー、君の意見は？」

ケニー巡査は体をこわばらせた。「ミスター・ウィルソンがおっしゃったことは全部本当です」

「ふん！　幹線道路を塞いでいたバリケードのことはどう説明する？」

「私が最初に道路を通った時はありました」

「もちろんあったわ」ラナが巡査を援護した。「だから回り道したのよ！」

「しかし、次に道路を通った時はなかったんだな？」

「はい」

「置かれていたのを示す痕跡も残ってなかったと警視に言ったそうだな」

「はい」

「バリケードはいったいどうなった？」

「そもそも存在しなかったんじゃないか、マーヴィン？」小さな声が聞こえてきた。

大佐は友人を見やった。彼は友人がその場にいることを忘れていた。「静かにしているという約束だっただろう、ジミー！」

「いかにも」ミスター・メルローズは申し訳なさそうな様子だった。「どう思う？」

「幹線道路も宿と同じく幽霊に取り憑かれているのか！」大佐は皮肉っぽく鼻を鳴らした。大佐はその気になれば火だって吐ける、とビル・ポインターは常々思っている。大佐はミスター・スミスのほうを向いた。

「やけにおとなしいな、警部。何か言うことはないのか？　宿に行ってみたんだろう」

「はい。ミスター・ウィルソンが宿をたたんで去った日の翌日、ポインター巡査部長と一緒に。特段変わったところはありませんでした。巡査部長とふたりで宿の中を調べましたが、あそこはただの平凡で質素な二階建ての小さな宿です」

「何も起こらなかったのか？　エレベーターがひとりでに動くことも、おまえたちが存在しない部屋に入りこむこともなかったのか？」

「はい。エレベーターは動かず、ポインターも私もそういう部屋には入りませんでした」

「んー……」ゴームズビー大佐は苦しげな長い唸り声を発し、部屋に集まった面々の困惑顔を見回した。「もう何がなんだか、さっぱりわからん。皆は体験した出来事を真剣に語ってくれた。だが、どの出来事も人間の世界では起こり得ない！　起こり得ないぞ」

「でも起こった！」ラナとブライアントが同時に叫び、ブライアントが険しい表情で続けた。「僕たちを嘘つき呼ばわりするつもりなら――」

「座ってください、ミスター・ブライアント。座って！　誰のことも嘘つきだとは思っていません。私はただ――ああ、なんともはや、馬鹿げている。起こり得ない――」大佐ははっとした。彼はさっきから同じ言葉を繰り返していることに気づき、どうしたらいいのかわからなくなって警視に八つ当たりした。「これは例の件と同じだぞ、ブラックラー。どうしてこの件を持ちこんだんだ？　これは警察が扱うべき事案じゃないだろう」

大佐はたちまち言い返された。「それなら」とブライアント。「どうして警察は興味を示すのかな？なぜ僕たちはここにいるの？」

「ねえ大佐」ラナがぴしゃりと言った。「いったいどっちなの。さっきは事件の捜査は警察の責務だって言ったじゃない」

「黙って！」大佐は怒鳴り、両手で机をバンと叩いた。「ウィンチンガムで何が起こってるんだ？」

彼は人畜無害なミスター・メルローズを睨んだ。「すべて霊の仕業か？」

「間違いなく」ミスター・メルローズは静かに答えた。

大佐はまだ睨んでいた。「よし、話してくれ。ジミー、君の意見が聞きたい」

ミスター・メルローズは金縁眼鏡越しに慈《いつく》しむように大佐を見つめた。「見ようとしない者には見えない。マーヴィン、君は頑迷な男だね。さて、ここにいる皆さんはとても疑り深いから、君の予想に反して手短に話すよ。ふたつのことに注目してほしい。ひとつはミスター・ストークスが急に疲れを感じて睡魔に襲われたこと」

「原因はブランデーだ！　ガソリンの匂いだ！」大佐は叫んだ。

「それが君の考えだね。もうひとつはエレベーターが止まって明かりが消えた後、しばらくそこを照らしたのがミスター・ストークスの懐中電灯の赤い光だったこと……」

大佐は顔をしかめた。「何を言いたいのかわからない」

「私にはわかります」ミスター・スミスがすっと背筋を伸ばした。「ミスター・メルローズの家で例の出来事が起こった時と同じです。同じ構図です。赤い光――自覚がなくまわりからも気づかれていない霊媒師――霊的環境とでも言うべき状況において物質化した霊……ええ、わかります」

「もはや」ミスター・メルローズは顔を輝かせた。「君は私の弟子も同然だね、警部……これは推測だが、おそらくミスター・ストークスは霊媒師だ。いや、彼の容姿や人となりは関係ない。このことを覚えていてくれ、マーヴィン。物質は原子でできている。そして霊能力を生まれながらに持つ人がいて、その人は霊能力を訓練によって高めることができる。知っての通り、例えば人の体はほとんど空洞で幻のようなものだ。言わば実在する幻――現実に存在する幻なんだ。ミスター・ストークスあるいはほかの誰かがどの程度の霊能力を持っているかはわからない」

「君は」大佐はミスター・メルローズに冷ややかな視線を送った。「手短に話すと言っただろう」

「うん。でも、君が無言のうちに私に発言を求めている」

「まあいいだろう。ちょっと聞いてくれ。仮にミスター・ストークスが――何と表現すればいいのかな？　未熟な霊媒師だとして、仮にエレベーターやら何やらが不可解な動きをしたことや三人が体験したことが心霊現象だとして、どうして幻の部屋が――過去に存在したという部屋が存在しない階に現れるんだ？　部屋はかつて二階にあったんだから――」

「マーヴィン、君は物質的限界を霊界に持ちこもうとしてるよ。初学者が陥りやすい間違いだ。この世には空間が存在するし、おそらく時間も存在する。でもこれらはあの世――霊界、幽界と言ってもいい――には存在しないよ」

「ふん！」大佐は整った小さな口髭をいじった。「じゃあ、幻の部屋にあった物が消えたことをどう説明する？　帽子とコートはどうなったんだ？　スーツケースは？」

「トランス状態に入ったある男の上着とベストは、彼が丈夫な縄で縛り上げられていたにも関わらず脱げてしまった。縄を調べたが、どこも緩んでなかった。もしも」ミスター・メルローズは真剣な面持ちだった。「これについて君が説明できるなら、私も君の質問に答えられるだろう」

「はぐらかすつもりだな！」

「まさか。限界のある頭脳で限界のない世界のことを考え、なんとか君に答えを与えようとしているんだよ」

「バリケードの件はどうだ？　バリケードに吊るされていたランプが赤い光を放っていた。それは知っている。赤い光を放つランプは工事につきもので、ミスター・ストークスの懐中電灯や君の家の照明とは違う。ケニーはバリケードを見たが、彼自身は――」ゴームズビー大佐はふいに口をつぐんだ。

「彼自身は何だい、マーヴィン？」ミスター・メルローズは穏やかに訊いた。「霊能力者ではないと言いたいのか？　君にそれがわかるか？　私にわかるか？　彼にわかるか？」

「ああ、ジミー、話がややこしくなるばかりだ。ここまでにしておこう。バリケードはただの幻――心霊現象だったのかもしれない。それじゃあ、なぜ幹線道路の真ん中に現れたんだ？　説明できるか？」

「説明！」ミスター・メルローズが珍しく鋭い声を放った。「君はいつも説明を求めるな。説明するにはまず理解しなければならない。霊能力や霊の物質化について私たちは理解してるだろうか？　霊と交信できることは証明されてるが、私たちはその事実について理解してない。ただ受け入れているだけだ」彼は緊張と好奇心の入り混じった表情を浮かべる面々を見回した。「いいかい。バリケードを見たのはふたり。ミスター・ストークスとケニーだ。ミス・ブースは見ていない。眠っていたから。ミスター・ストークスはおそらく霊能力者だ。では、ケニーは霊能力者なのか？　それは彼自身にもわからないだろう」

ミスター・スミスはケニー巡査を横目でちらりと見た。ケニーは内心穏やかでないようだった。嫌な感情が渦巻いていて、それを制御できずにいるように見えた。

「宿にかつて件の部屋が存在したように」ミスター・メルローズは続けた。「バリケードが過去のある時に道路に置かれ、力――幽界に存在する霊力によってバリケードの霊が〝固化〟した可能性がある。霊は――心霊現象も――いわゆる自然の記憶の中で固化したものだ。私は自然の記憶という言葉が好きじゃない。あまりにも曖昧だから。私たちは人間の言葉しか持たず、人間としての考え方しかできないから心霊現象を説明するのは難しい……。マーヴィン、肉体と同様に霊も実在する。私の目の前にいる君がただの土の塊じゃないのは、生き生きした霊が君の体の中に存在するからだ。これは余談だが、肉体を構成している電子と陽子が――科学用語を使って説明すれば、電離を経て結合したら、ピンの頭ほどの大きさになるだろう」

「ちょっと待て、ジミー」と大佐。「すこぶる面白い講義の途中だが、木でできたバリケードの中にも私と同じように幽体が存在するのか？」

「幽体が君の中に存在するとは言ってないよ」ミスター・メルローズはやんわりと言った。「幽体ではなく生き生きした霊が存在するんだ。もちろん霊は万物の中に存在する。霊を持たないものは抜け殻に過ぎない。人間のような生き物は行動することも考えることもできない。これ以上深く掘り下げるのはよそう。君が混乱するだけだから。物体の霊は固化する。そして、固化を引き起こした力によって存在し続ける。霊は物体が投げかける影のようなものだ。この影は、物質的世界において人が無自覚のうちに持っている霊能力と固化を引き起こす力が働くと〝物体〟として目に見える。わかるかな？　わからないだろうね。ウィンチンガムの歴史、とくに幹線道路と宿について調べれば、もしかしたら疑問が解けるかもしれないよ」

本部長は眉を寄せて理解しようと努力していた。警視にそんな様子はうかがえず、何を考えているのかわからない表情でミスター・メルローズを見つめていた。スミス警部は興味を掻き立てられていた。

「しかし、ジミー」大佐は必至の形相だった。「鞄やコートや帽子は部屋に残された！　部屋に入った三人がそこから出なかったらどうなっていただろう。夜が明けて物質化した部屋が消え、気がつけば三人は――どこか――例えばエレベーターの中にいた、という結末で終わったのだろうか。とにかく鞄などは消えてしまった！　これをどう説明するんだ？」

「説明はできない」ミスター・メルローズはあっさりと答えた。「降霊会を開いてローズという名の霊が現れると、部屋に本物の美しい薔薇が出現する。この現象を説明できないのと同じだよ」

しばらく沈黙が続いた。大佐は口髭をいじりながら暗い表情で友人を見つめた。ブラックラー警視と宿の元主人ウィルソンはぼんやりと宙を見ていた。利口者のラナ・ブースは太っていて温和なミスター・メルローズに感嘆のまなざしを向けていた。ミスター・スミスは頭の後ろで手を組み、皆を順々に見た。まるでサーカスを訪れた少年のように、美しく整った顔に恍惚とした表情を浮かべていた。

「どうやら」ゴームズビー大佐が重々しい口調で言った。「ウィンチンガム警察は心霊現象研究協会に成り果てようとしている。もはやいかんともしがたい。今夜私が家に帰り、メイドの部屋に置いてあった妻の毛皮のコートがなくなっていたら、それはメイドがコートを盗んだからじゃない。まさか！　理由はそんなに浅ましいものでも単純なものでもない。メイドが思いもよらない力を持っているからだ。そして……ええと……豪華なコートが幽界の霊力によって自然の記憶の中で固化したものだったからだ！」

この件に関わる人がこれまで誰も考えなかったことだが、これもひとつの単純な真実かもしれない。

「ああ、ジミー、君の話は真実なのか。私たちが君の話を理解できないだけなのか。私にはわからん！」

「確かに」ミスター・メルローズは穏やかに認めた。「わからないようだね」

「ううむ……」大佐は一同を見回した。「やはり、これは警察が扱うべき事案ではないようだ。犯罪を防止したり見つけ出したりするのが警察の仕事であって、私の見る限り犯罪は行われていない。そうだろう、ブラックラー？」立派な体格の警視が答えるのを待たずに大佐は話を続けた。「それに、彼らは所有物がなくなった件について警察に届け出ていないし、届け出るつもりもないようだから――」

「警察には」ブライアントが割って入った。「何もできないだろう」

「その通り。あなたの話は途方もないものだ。いや、あなたの体験は途方もないものだ」大佐は急いで言い直した。「だからあなたに心から同意する。警部は宿を調べたが、わかったのは起こり得ないことが起こったということぐらいだ。ミスター・ストークスは大きな被害を受けたようだが、行方不明だ！　しかし、どうも怪しい。ひょっとしたら悪事を企んでいるのかもしれないし、秘密を隠し持っているのかもしれない。それはそれとして、とにかく奇妙奇天烈《きてれつ》なことが起こり、完全に理解の範疇を超えていて、我々にできることは皆無に等しい。正直、私はミスター・ストークスにさほど興味はないが、彼を探さなければならない。でも、それはロンドン警視庁の仕事だ。ロンドンで消えたのだから。では、もう発言したい人がいないなら……」

大佐の声が次第に小さくなった。大佐はふたたび一同を見回し、それからミスター・スミスに意味ありげな視線を向けた。

「あなたの指示に従います」ミスター・スミスはなだめるように言った。「ただ――」

「ただ、何だ？」

「その、私はこの件にすっかり惹きつけられてしまいました。消えたミスター・ストークスにも大いに興味があります。あと、ガソリンタンクに穴が開いていた件がどうも引っかかる……」

四

一週間後、スミス警部はロンドン警視庁でミスター・ストークスから話を聞いた。しかし、謎を解く手がかりは得られなかった。ミスター・ストークスは国外逃亡に失敗して隠れ家に逃げこみ、その後、逮捕状を携えて現れたロンドン警視庁の警官に詐欺と横領のかどで捕らえられた。ミスター・ストークスの証言の内容はラナ、ドン・ブライアント、ウィルソン、ケニー巡査のそれと似たり寄ったりだった。ただ、彼が告げたひとつの事実が警部の心に留まり、警部はそれについて考えながら鼠の臭いが微かに漂うウィンチンガムに戻った。

「消えた鞄には」ミスター・スミスは訊いた。「何が入っていたのですか?」

「一万七千ポンドだ」ミスター・ストークスは悄然とした様子で答えた。弁護士が発言を制止しようとしたが間に合わなかった。

あれこれ考えを巡らすうちに警部はウィンチンガムに到着した。駅から家に帰る途中、ミスター・メルローズに出くわした。ミスター・メルローズは今や心霊現象研究家たちの注目の的であり、低俗な大衆紙の常連だ。

「やあ、警部」彼はにこやかな表情を浮かべていた。「ロンドンで収穫はあったかい?」

「いいえ。ミスター・メルローズ、霊は一万七千ポンドをどう使うと思いますか?」

ミスター・メルローズは眼鏡の奥にある目をぱちくりさせた。「それはどういう意味だい」

「私にはわかりません」ミスター・スミスは沈んだ声で言った。

これが幻の部屋についての話であり、第二の層である。ひとつ目の話と同じく奇妙で謎めいており、二度目の面会が行われなければ、起こり得ないことのひとつとして処理されていたかもしれない——スミス警部との面会からしばらく経った後、ミスター・ストークスは弁護士の助言に従って二度目の面会を願い出た。

第三の層　盗まれた路地

ミスター・ダーシー・チェリントンには数人の友人がいる。しかし、親友と呼べるような仲ではない。ウィンチンガムの住人は皆、彼のことを知っている。といっても、皆が知っているのは彼の職業と容姿くらいで、彼の本当の姿を知る人はほとんどいない。

ミスター・チェリントンは画家である。映画俳優のモンティ・ウーリーに驚くほど似ているが、彼よりずっと痩せている。天才で変わり者でもある。家はマンダーズ・エンドという冴えない名前に似つかわしいひどく陰気な路地にあった。小さなウィンチ川の一方の側に住宅街が広がり、もう一方の側に伸びるこの路地が川にぶつかるところまで進むと、左側に家が建っている。家は古くて低くてだだっ広かった。薄暗い小さな玄関が路地に面していて、南西を川が蛇行しながら流れている。人はこのような場所にある家を〝川沿いの家〟と呼んだり、ちょっと気取って〝河畔の家〟と呼んだりする。けれどもミスター・チェリントンは違う。〝止まるところ《pull up》〟と冷笑的で少々子供じみた呼び方をする。止まるよう皆に警告しているのだ。なぜ警告するのかと勇気を出して問えば、泳げない者が止まらずに川に入ってしまったら悲惨な結末になるからだという答えが返ってくるだろう。彼はこの呼び名が回文（前から読んでも後ろから読んでも同じ音になる言葉）になるようふたつの単語をくっつけて綴る。それから、自分の洗礼名からアポストロフィーを外した――「ただのダーシーだ。ありがたや。忌々しい飾りがない！」

川を望む二階の大きな部屋がアトリエだ。アトリエには南からの陽光がさしこむ。でも、ミスター・チェリントンは光にこだわらず、すべてを目に映るままに描く。光に無関心だからか、はたまた視力に問題があるからか、彼の描くぽってりした婦人の裸体の色は緑や青だ。風景の色は黒っぽく滲んでいる。素人は彼の作品、とくに裸体画を不気味とは言わないまでも奇妙だと思い、玄人はすばらしいと絶賛する。だから美術商も絶賛する。

ミスター・チェリントンはブリスという名の我慢強い男を使用人として雇っていた。ブガッティ社の古いが速く走る車を所有し、この車をイエフ（イスラエル王国の王。猛然と戦車を走らせたことで知られる）よろしくかっ飛ばす。昼夜を問わず、何かをしている途中でいきなり外に駆け出して車に飛び乗り、濛々たる土埃と青い煙を残して遥かかなたに走り去る。これは彼の奇行のひとつだ。それから、時間に関係なくやりたいことをやりたいようにやる。これも奇行のひとつだが、寛容で理解のある人は、非常識な行動ではなく自然な行動と見なすかもしれない。例えば午後の三時にベッドに入って真夜中に起き、我慢強い使用人に〝朝食〟を用意するよう命じる。その後何時間も無我夢中で絵を描き続ける。ある時は真っ暗な外に飛び出して車に乗り、どこへともなく瞬く間に走り去る。こんなこともあった。極めて有力な老婦人の肖像画を描いていた時、パレットと筆をテーブルに投げつけ、老婦人に向かってこう声を荒らげた。もう少し生き生きと知的に見えるよう努力してください。まるで出来の悪い塩漬け肉のようだ。意気盛んな老婦人は負けじと言い返した。無作法な振る舞いをしてはなりません。あなたは画家として未熟です。するとミスター・チェリントンはこう告げた。僕は見たものを描いた。その見たもののせいで腹が痛くなったから風呂に入る。そして彼は風呂に入った……。

ミスター・ダーシー・チェリントン——まさしく変わり者である。

ミセス・ジョセフィン・プラットリーもまた変わり者だ。そして抜け目がない。けれども、時にとんでもなく愚かなことをする。大の博打好きで、私のようにロンドン中の賭博場から何度も放り出された女はほかにいないと自慢する。もちろんこの話には誇張がある。彼女はどの賭博場からも放り出されたことはない。ただ一度だけ、礼儀正しい警官につき添われて賭博場を後にし、過労気味でむっつりした薄情な治安判事の前に立った。ロンドンのどの有閑夫人よりも闇賭博場に出入りしていることは事実だろう。

ミセス・プラットリーは未亡人だ。髪は金髪だが本物かどうか疑わしい。たいそう裕福で、賭博場ではいつも幸運に恵まれる――幸運に恵まれるのは金持ちばかりだ。たくさんの宝石を所有し、その一部は今は亡きミスター・プラットリーから贈られたもので、残りは博打で大勝ちして儲けたお金で買った。賭博場でテーブルに着いて勝負する際は、宝石を入れた小箱を必ず傍らに置いておく。ミセス・プラットリーは小箱を〝幸運の箱〟と呼んでいる。一度も盗まれたことがなく、こそ泥が盗もうと手を伸ばしたこともない。その名の通り幸運の箱だからかもしれない。

ミセス・プラットリーはこのところ〈ブルー・ムーン〉に通い詰めている。気取りのない小さなナイトクラブで大きな秘密を持っている。一階では客がダンスを楽しみ、バンドが演奏し、ちょっとした〝出し物〟が披露される。二階にはレストランがある。絨毯の敷かれた狭い階段を上っていくと壁に突き当たる――そこを左に曲がってレストランに入る。〈ブルー・ムーン〉はこのような場所だと客の大半は思っているが、特別な常連は秘密を知っている。階段を上った先にある壁はじつは引き戸だ。巧妙な隠し扉で、開けると小さなエレベーターが現れる。〝壁〟が閉まるとエレベーターが上昇して三階の部屋に到着する。この隠された部屋が〈ブルー・ムーン〉に存在価値をもたらしていた。

ここには好機の女神がいた。ルーレットの小さな玉がカラカラと音を立て、艶のある円盤が静かに回る。緑の長いテーブルのまわりに人が集まり、青白い顔をしたディーラーが無表情のまま賭けるよう促し、レーキ（チップを移動させる際に使用する棒状の道具）を休みなく動かす。物腰が柔らかく身だしなみが完璧なホストは客の世話に勤しむ。部屋は暖かく、防音が効いており、煙草の煙が立ちこめている。毎晩、人々はルーレットやバカラ（配られたカードの点数を合計し、点数の下一桁が九に近いほうが勝ちとなる）、それから少々場違いに思えるが、バックギャモン（二人で行う盤上ゲーム。サイコロの出目に従って十五個の持ち駒を先に目的地に集めたほうが勝ちとなる）を楽しむ。ミセス・プラットリーもしばしば楽しんだ。ジョー・プラットリー――四十路の愚かな金髪女は指輪をはめ、ブレスレットをジャラジャラ鳴らし、大きな傘をかぶった照明の下でネックレスを煌めかせる。目の前にはいつも〝幸運の箱〟が置いてある。それを眺めていると心が落ち着き、勇気が湧いてくる……。

二

類は友を呼ぶ……。豊かな言葉で表現された諺は金言であり、真実を言い当てている。

ミセス・プラットリーはメイフェア地区のフラットに住んでいた。そこに続く階段をひとりの男が意気揚々と上っていった。男は長身で痩せており、灰色の口髭と綺麗に先の尖った顎髭をたくわえていた。男は扉をノックしてから開き、顔を突き出して中をのぞいた。人影はなかった。中に入って扉をバタンと閉めると、奥の部屋からミセス・プラットリーが輝く髪を撫でつけながら現れた。

「ダーシー・チェリントン。あなただと思ったわ！　扉をあんな風に乱暴に閉めるのはあなたくらいだもの」

「こんにちは、ジョー！」ダーシー・チェリントンが朗々とした声で挨拶した。「友人の間にある扉にはどんな意味があるんだろう？」

「友人の間にある扉」ミセス・プラットリーは青いスエードを貼った小箱を小さな白いテーブルに置きながら、取り澄ました口調で答えた。「その扉を開くと可能性が大きく広がるのよ。だから丁寧に扱うべきだわ。いったいどうしたの？」ダーシーが生きた蛇でも見るような目で小箱を凝視していた。

「おい、ジョー！」

「レディーに向かっておいだなんて。なあに？」

「あれ」ミスター・チェリントンは小箱を指さした。「それに君はそんなものを着てる」

「言ってることがちんぷんかんぷんだわ。これは新しいイブニングドレスよ。地味すぎるかしら――野暮ったい？」ミセス・プラットリーはゆっくりと回ってみせた。彼女が纏っているのは黒いロングドレスだ。露わになった肩は白く艶やかで、金色の髪に薄いチュール生地でできた小さな飾り――男たちの目には滑稽に映る代物――をつけていた。

ミスター・チェリントンは鼻を鳴らした。「野暮ったいだって？　惚れ惚れするよ、陽気な未亡人さん！」

「あら。そうかしら？」

「うん、すごく素敵だ。目の保養になる」

「じゃあ、何を言いたいの？」

ミスター・チェリントンは黒い目を小さな白いテーブルの上の〝幸運の箱〟に向けた。「今夜はあれは必要ないだろう？　ウィンチンガムの僕の家に行くんだから。ジョー、ウィンチンガムではびっくりするようなことが起こるよ」

これはまだ明かしてはならないことだったが、ミセス・プラットリーは彼に飛びついて訊いた。

「びっくりするようなことって？　何？」

「家に着くまで教えない」

「教えてよ。待てないわ。何なの、ダーシー？」

「待ってくれ」ミスター・チェリントンは唸るように言った。「今教えたらすべて台無しだ。どうかわかってくれ……あれ――あの箱はどうするつもり？」

「ダーシー、ダーシーったら」ミセス・プラットリーはミスター・チェリントンに体を寄せ、彼の上着のボタン穴にほっそりした指をさし入れた。それから甘ったるい声で言った。「〈ブルー・ムーン〉にちょっと寄りたいの。今夜は必ず勝つから。わかるでしょう。ほんの三十分だけ。それで切り上げてあなたの家に行くわ――着替えなくてもいいわよね？　荷物はもう旅行鞄に詰めてあるわ」

「うむ」ミスター・チェリントンは口髭と顎髭を撫で、小首を傾げて彼女を眺めた。「着替える必要はないよ。そのドレスを纏う君はプラクシテレス（古代ギリシアの彫刻家。美しい女神像を制作した）の作品のようだ！　ただ、肩に何か掛けたほうがいいな。〈ブルー・ムーン〉か――三十分で済むかな。あの香気に満ちた地獄に入ったら最後――」

「今夜は大丈夫よ」ミセス・プラットリーは自信満々だった。「済みますとも。ダーシー、車で連れていってくれる？」

「君は強欲者だね、ジョー！」ミスター・チェリントンは豪快に笑った。「僕の車では店にもウィンチンガムにも連れていけない。車軸が壊れて修理に出したから。ジョー、君の車を使うしかないよ」

「あら」ミセス・プラットリーは願いが聞き入れられたので、ほかのことはどうでもよかった。ミスター・チェリントンから体を離し、電気ヒーターの上方の壁に掛けてある丸鏡に自分の姿を映して眺めた。「仕方ないわね、私の車で行きましょう。私が運転するわ」

「えっ！」ミスター・チェリントンは不満そうに叫んだ。「どうして？」

「あなたには運転させない。びゅんびゅん飛ばすから」ミセス・プラットリーは鏡から離れ、紙巻き煙草を持っているかと訊いた。ミスター・チェリントンは彼女のためにちゃんと用意していた。彼は紙巻き煙草を吸わず、たまにパイプを吹かす。ミセス・プラットリーは一本手に取り、黒色の長いホルダーにさしこんだ。紙巻き煙草を吸う女の大半がそうであるように、ミセス・プラットリーは煙草を愛好しているというよりも格好をつけるために吸っているのだった。

「車を回してくれるかしら、ダーシー？　置いてある場所は知ってるでしょう」

「その前に一杯飲まないか？」

「お好きにどうぞ。お酒のありかも知ってるわよね」

　ミスター・チェリントンは酒を飲むと、鍵を持って車を取りに行った。軽快に走る贅沢な作りのダイムラー社の車だが、ミセス・プラットリーはこの車にときめかない。高級なものに慣れすぎているのだ。十分後にミスター・チェリントンが戻った時、ミセス・プラットリーはマントを羽織って座り、足もとに旅行鞄を置き、〝幸運の箱〟を膝の上に載せていた。箱の蓋は開いていて、箱の中身をぼんやり眺めていた。

「ダーシー、宝石は今どうなってるの？」

「いつの世も宝石は愚かさと欲を生み出す。そういう箱の中にただ鎮座するだけの役立たずで、輪をかけて役立たずの金持ち婆さんの太い首を飾り、強欲者を陥れ、悪人を惹きつける。どうして君は——」

「強欲者って言葉を使うのはこれで二度目ね。嫌な言葉だわ。宝石の相場がどうなっているのか知りたいの。上がってるのかしら。それとも下がってる?」

「もちろん上がってるよ。うなぎ上りさ。最近は猫も杓子も宝石にお金をつぎこんでいる。なぜ相場を気にするんだ?」

「なんだか」ミセス・プラットリーは考えた。「今夜、私の宝石が増える予感がするのよ。どんな宝石が仲間入りするかしら」

「この週末、その箱を持ち歩くつもりなら——」

「心配しないで。安全な場所に仕舞うから。〈ブルー・ムーン〉を出る時に旅行鞄に入れて、鍵は誰にも見つからないところに隠すわ」

「そうしてくれ」ミスター・チェリントンは彼女を優しいまなざしで見つめた。「君は夢見がちだね、ジョー」

「そんなことないわ」ミセス・プラットリーは冷静だった。「この歳になると夢を持てなくなる。歳を取ると現実的に考えるようになるのよ」

「ううむ」ミスター・チェリントンは疑わしげな表情で口髭と顎髭を撫でた。

三

ミセス・プラットリーの勘は当たった。その夜、宝石箱の中身は増えなかったものの、苛々《いらいら》しているミスター・チェリントンと〈ブルー・ムーン〉を出る時、化粧道具入れには店に入った時よりもたくさんのお金が詰まっていた。彼女は〝幸運の箱〟を旅行鞄に隠し、鞄と小箱の鍵を自分にしかわからない場所に忍ばせて、ウィンチンガムへ向かった。

車は闇に包まれたイギリス南部の道を疾走した。行く手には謎と信じがたい不思議なことが待ち構えていた。普段はのどかなこの小さな町の住人であるランスロット・カロラス・スミス警部は乱れたベッドの上で寝返りを打ちながら、ひとつの謎——鼠の臭いがする幻の部屋でひとりの男が頭痛に襲われ、一万七千ポンドが消えたことについて考えていた。もうすぐ新たな謎が投げかけられるとは露ほども思っていなかった。ブルックス巡査はまだ起きていた。自宅で数人の友人とポーカーに興じ、すでにいくらか稼いでいた。友人のひとりはブリスである。スノーリー巡査は重い足取りでオールド・チッピング・ロードからマンダーズ・エンドに入った。いつも植物園のあたりを巡回している彼は、どうして担当地区が変わったのだろうと暗い面持ちで考えていた。ミスター・ジミー・メルローズは降霊会の部屋にいた。恍惚とした表情でかしこまっている仲間に囲まれて、フィリップ・ストロングの霊との交信を試みていた。彼の霊が存在するかどうかは不明である……。

道を塞ぐバリケードはなく、車は回り道をせずに進み、うち捨てられた〈ウェルカム・イン〉を通り過ぎた。時刻は午前一時十七分。ウィンチンガムの住人はすでに寝静まっていたが、ダーシー・チエリントンとミセス・プラットリーは眠くなかった。

ミスター・チェリントンは背筋を伸ばして窓の外を見た。「ジョー、そろそろ運転を交代しよう」

「なぜ?」

「ウィンチンガムの道は走りにくいんだ。もうすぐオールド・チッピング・ロードに入るぞ」

「その道に入ったら教えてちょうだい」

「走りにくい道だよ。そこを通って壁の穴に向かう」

「壁の穴?」ミセス・プラットリーは言葉を繰り返し、ぐっと速度を落とした。

「そうだ。僕はそこに住んでる」

「何ですって、ダーシー? 壁の穴に住んでるなんて、蜥蜴みたいね」

ミスター・チェリントンは大笑いした。「蜥蜴! この僕が! こいつは傑作だ! 僕の家はマンダーズ・エンドという忌々しい路地にあって――」

「ダーシー!」

「え?」

「〝忌々しい路地〟だなんて聞き捨てならないわ。家は川のほとりにあるって言ったじゃない」

「そうだよ」ミスター・チェリントンはまた大声で笑った。「路地のことは忘れてくれ。重要なのはどこに住んでいるかじゃない。どんな風に住んでいるかだ。びっくりするようなことが起こると言ったけど、夜中に壁の穴を探すのもびっくりするようなことだね」

ミセス・プラットリーは車を停めた。「私はどこに連れていかれるのかしら。まあ、いいわ。どうやらあなたが運転したほうがよさそうね。でも、いいこと、あなたの車じゃないんだから車軸を壊さないでちょうだい」

「ひどいな」ミスター・チェリントンは憤然と鼻を鳴らした。「君の車を壊したりなどするもんか。僕を信用してないんだね、ジョー」

「ええ」ミセス・プラットリーは簡潔に答えた。

長身のミスター・チェリントンは運転席に窮屈そうに座り、車を発進させた。数分後、ウィンチンガムの外れにさしかかったところで右に曲がり、狭い道を進んだ。いったん町から離れ、しばらくしてから町中に入った。

「これが」ミスター・チェリントンは言った。「オールド・チッピング・ロードだよ。町の低地を通ってスティープル・セルミングに続いてるんだ」

「どうしてオールド・チッピング・ロードと呼ぶの？」

「さあね！　スティープル・セルミングに続く道なのは確かだ。立派な道じゃないけど心配いらないよ」

「心配なんてしてないわ」ミセス・プラットリーは諦めたように呟いた。「スラム街に連れていかれるようだけど」

「スラム街か。はあ！」ミスター・チェリントンは叫んだ。「言い得て妙だな！」それからしばらくして口を開いた。「このあたりが町の中心だ。川が見えるかい？」

右手の建物の間から小川がちらりと見えた。

「あれがかの有名な川なの？」ミセス・プラットリーは嘲るように声を上げた。「小さい川だこと！」

「深さがあるから釣りができるぞ」とミスター・チェリントン。「溺れることだって可能だよ」彼は口を閉じて前方を見据えた。車は川から離れていった。

周囲の様子がにわかに変わった。車は川に続く三、四本の路地――ミセス・プラットリーはやけに狭い道だと思った――を通り過ぎ、さらに一本の路地を通り過ぎた。ミスター・チェリントンは街灯のある曲がり角の数フィート手前で速度を歩く速さくらいに落とし、右に曲がって歩道に乗り上げた。オールド・チッピング・ロードには暗く単調な建物が立ち並んでいたため、ミセス・プラットリーは建物にぶつかると思って恐怖に襲われた。ところが、そこには路地の入口があった。この入口が壁の穴である。車が通れるほどの幅があり、上方を見ると壁が途切れなく続いていた。車が歩道に乗り上げた時、路地の左側にある建物がミセス・プラットリーの目に飛びこんできた。煉瓦造りの二階建ての建物で、長い壁に並ぶ窓は不透明で汚れ、鈍く光っていた。社名を刻んだ細長い木の看板が掲げてあり、人名とジョイナリー・ワークスという文字が見て取れた。四角い入口をくぐり抜けた車は狭い路地――どこに向かうのかわからない裏路地をゆっくり進んだ。

路地の両側に黒っぽい壁が連なっていた。倉庫や小さな工場の裏側の壁だ。ヘッドライトの光が三十から四十ヤードほど先にある川を照らし、ミセス・プラットリーは川に向かって進んでいることを知った。ミスター・チェリントンは泥除けが当たりそうなほど壁ぎりぎりを走り、川の十ヤードほど手前で勢いよく左に曲がり、車を停めた。ヘッドライトのぎらぎらした丸い光が、すぐ前にある黒塗りの重たげな両開きの扉を浮かび上がらせた。建物から張り出した車庫の扉らしかった。建物の単調な煉瓦壁が右手の傾斜する川岸に向かって続いていた。

ミスター・チェリントンはぼんやりした表情でヘッドライトを消した。

「不気味だわ！」ミセス・プラットリーは声を上げた。「ここはどこなの？」

「マンダーズ・エンド」ミスター・チェリントンは短く答えた。彼は口数が少なくなっていた。「ジョー、体の調子はどうだい？」

「体の調子？　悪くないわよ。どうして？」ミセス・プラットリーはすぐに聞き返した。「具合が悪いの？」

「体がだるいんだ。それに眠いし、ちょっと疲れた。いきなりこんな風になってしまった――夜だからかな」ミスター・チェリントンはぶるぶるっと体を震わせた。その姿は大きなむく毛の犬を思わせた。「でも、すぐによくなるよ。一杯飲めば」彼は車の扉を開けて降りると、車の後ろを通って反対側へ行き、ミセス・プラットリーの手を取った。「さあ、降りてご覧あれ」

「ここがマンダーズ・エンドなのね」ミセス・プラットリーは冷ややかに告げた。「とんでもなく魅力的だわ！」

ミセス・プラットリーが車から降りると、ミスター・チェリントンは手を引いて車の後ろへ回り、川に向かって数歩進んだ。高い壁の片側は淡い月の光を受けて青白みを帯び、ふたりがいる側の壁の黒さを際立たせていた。あたりに照明はなく、目の前の小川は微かに音を立てて流れ、水面は淡い光を放つ月の下で黒々と輝いていた。足もとは見えないものの、石畳の上にいることがわかった。ここはミスター・メルローズが住んでいる場所と比べて美しさに欠けている。

「ウィンチ川と月光！」ミスター・チェリントンが手を振り上げながら言った。

「川！」ミセス・プラットリーは鋭い声を放った。「月光！」そして歩きだした。「ひどいところね、ダーシー！　早く家に入れてちょうだい！」

「ひどいだなんて！」ミスター・チェリントンは叫んだ。「これは壮大なる猥雑なんだよ――あそこだ！」

「え？」

「あそこに扉があるんだ」ミスター・チェリントンは川のほうの暗い一角を指さした。「行けばわかるよ。そこから入ってくれ。鍵はかかってないし、ここからは見えないけど中は明かりがついてるよ。僕は車を車庫に入れて、君の荷物を運ぶから。僕もすぐに行くよ。さあ行って」彼は戸惑っているミセス・プラットリーを促した。それからさっと車に乗りこみ、エンジンをかけた。ひとり残されたミセス・プラットリーは肩をすくめ、芸術家とはこういうものだと思いながら、扉を目指して闇の中を進んだ。後方からくぐもったエンジン音が聞こえ、やがて静寂が訪れた。車が車庫に入って停まったのだ。ミセス・プラットリーは慎重な足取りでざらざらした壁を伝っていった。

扉はなかった……。

水際まで進んだが扉はなく、粗い壁には隙間や窓すらなかった。ミセス・プラットリーはどうしたらいいのかわからなくなり、闇の中でミスター・チェリントンを待った。待っているうちに怒りがこみ上げてきた。彼女を存在しない扉のほうに追いやり、こんな風に待たせるダーシー・チェリントンに文句を言ってやろうと思った。けれど、彼は現れなかった。

ミセス・プラットリーは振り返り、闇の中で目を凝らした。路地——いや、通りかもしれないが、とにかく道の先にある粗い煉瓦壁しか見えなかった。物音ひとつせず、静寂が塊となってのしかかってくるようだった。彼女は三十秒間耳を澄ませた——この三十秒がとても長く感じられた。それから車庫の扉まで手探りしながら戻った。「ダーシー！」と呼びかけた。「ダーシー！」返事はなかった。扉の向こうで何かが動くような気配はなく、しんとしていた。誰もおらず、彼女はぽつねんと取り残され、すべてを飲みこむような闇の中でなす術《すべ》もなく途方に暮れた。そして急に寒気を覚え、恐怖に駆られた。

第十章

ミセス・プラットリーは今まで経験したことのない状況に置かれた。都会で虚飾に満ちた贅沢な生活を送り、災難とは無縁だと思っていたけれど、それは勝手な思いこみに過ぎなかった。一転して不穏で危険に満ちた恐ろしい世界に無防備なまま放り出されたのだ。彼女は拳を上げ、扉を無我夢中で叩いた。

「ダーシー！……ダーシー……どこにいるの？」

声は虚しく響き渡り、小川はあたかも嘲笑するかのように音を立てて流れていた。ミセス・プラットリーは拳を上げたままふいに体をこわばらせ、目を見開いて闇を見つめた。

マンダーズ・エンドに誰かいる。こっちに近づいてくる！

人影は見えないものの足音が聞こえた。善人の高らかな足音というようなものではなく、柔らかいが不吉さと邪悪さを感じさせる足音で、どんどん近づいてきた。

ミセス・ジョセフィン・プラットリーは恐慌をきたした。もはやいつもの冷静な世慣れた女ではなく、さながら捕らわれて怯える動物のようだった。叫ぼうとしたが声が出ず、オーク材でできた頑丈な扉をふたたび叩き、体当たりした。すると扉は難なく開いた……。

ミセス・プラットリーは目の前に広がる光景に驚いて息を呑み、その場に立ちすくんだ。恐怖の中で彼女が目にしたのは――車庫でも自分の車でもなく、大きな四角い部屋だった。部屋の壁は白く、床は石張りで、汚れた細い窓は川に面している。窓の下方に素朴で頑丈そうなカウンターがあり、端に大きな樽とくすんだ色合いの白目製のマグが数個載っており、カウンターの脇には樽がふたつ並んでいる。部屋の中央に塗装をしていない平凡な長いテーブルが据えてある。その両側に置かれた背もたれのない長椅子は硬くて座り心地が悪そうだ。テーブルの向こうにとても大きな扉があり、鉄製の蝶番で支えられている。暖炉はなく、窓の反対側の壁の側に古びた火鉢が置かれているが、火は灯っていない。テーブルの向こうの壁から突き出た金具にランタンが吊るされ、部屋をぼんやりと照らしている。カウンターの上を見ると、樽の横にある鉄製トレイに載った蠟燭から煙が立ち昇っている。そして、ランタンの下方に掲げられた看板に古語を交えた言葉が荒っぽく記されていた――ジ・ワイチズ・エールハウス《Ye Wychs Alehouse》。

薄汚くみすぼらしい部屋に三人の人がいた。怯え戸惑うミセス・プラットリーには異世界の人間のように見えた。ひとりの男はどっしりした体つきをしており、灰色のよれよれのシャツに長い革のエプロン、目が粗く皺の寄った長靴下、留め金のついた不格好な靴といういで立ちだ。カウンターに寄りかかり、そわそわした様子で白目製のマグをもてあそんでいた。もうひとりの男は若く端正な顔立ちで、怖いもの知らずな青年といった風情でテーブルに向かって座っていて、黒と銀を纏っていた。ダブレット（十四世紀から十七世紀にかけて男性が着用した胴衣）とホーズ（タイツ状の男性用脚衣）は黒く、ダブレットには銀糸を使って重厚な刺繡が施されており、丈の短いマントも黒く、銀色の裏地がついていた。腰にポーチと銀色の柄のついた短剣が下げてあり、それが黒い革製の鞘に収まっていた。傍らに座っている女は襟ぐりの深いぴったりしたボディス（十五世紀頃に登場した女性用胴衣）と大きく広がったスカートを身に着け、頭にコイフ（白布の頭巾）とベールをかぶっていた。

　ふたりはミセス・プラットリーに背を向けていたので、彼女の姿は見えていなかった。カウンターの側にいる男は尖った頭を持ち、髪を短く刈っていた。男はさっと顔を上げ、一瞬ミセス・プラットリーのほうに目を向け、落ち着かなげに左右に視線を走らせた。扉が突然開いて人が現れたことに気づいていないらしく、ほかのふたりは何事もなかったかのように会話を続けていた。ミセス・プラットリーはひどく動転しながら、戸口に佇んだまま会話を聞いていた。不思議なことに、ふたりは古語を交えて話していた。

「そんなに遠くまで？」奇妙な格好をした女が訊いた。

「ああ《Av》、遠くまで！」黒と銀を纏う男が強い口調で答えた。「遥か彼方まで。いいかいケイト、僕が向かうところに君も向かう。僕は今夜発ち、君は明日発つ。わかったかい、愛しいケイト？」

「そうするしかないのね」ケイトと呼ばれた女は呟いた。

「心配しないで！」男は喜色満面だった。「君の《thy》不愛想で愚かな夫のことなら――」男はふいに言葉を切って座ったまま振り向き、ミセス・プラットリーに目を向けた。彼女は薄暗がりの中で大胆不敵な男の目とおどけるように歪められた口を見つめた。額に垂れかかる茶色の髪が波打っていた。

「中に入れて！」ミセス・プラットリーは金切り声で叫んだものの、扉は大きく開いていたからその必要はなかった。そして叫びながら、背後から聞こえていた足音が止んだことに気づいていた。「あなた！」横柄な口ぶりで訊いた。「あなたは誰？　ここはどこなの？　どうしてそんな格好をしてるの？　ミスター・チェリントンはどこにいるの？」

ミスター・チェリントン――そして車はどこへ消えたのか？　二分前、ダーシー・チェリントンは車を建物の中に入れた。ミセス・プラットリーはそれを見たわけではないが、車を入れる音を聞いた。その後、どういうわけか彼は現れず、ミセス・プラットリーは恐怖の中で扉を押し開けた。すると、十六世紀の薄汚い小さな酒場といった風情の部屋が現れた。そこでは十六世紀の人間を思わせる男女がビールやワインを飲みながら話をしており、ふたりの会話はシェイクスピア劇の台詞のようだった……。

ミセス・プラットリーは三人を見つめた。三人は彼女のほうに視線を向けたが、彼女が存在しないかのように振る舞った。完全に無視していて、まともに見ず、彼女の言葉に反応しなかった。テーブルに向かう女が何気ない様子で振り向いた。ミセス・プラットリーの住む世界でもめったにお目にかかれない美人だった。眉目秀麗な色男はもうひとりの男のほうを向いた。

「あの扉はおかしいぞ！」彼は語気を強めた。「どうして開くんだ？」

「たぶん悪霊が取り憑いているんです。三度開きましたが、戸口には誰もいませんでした」

「ぐずぐず言うな。さっさと閉めろ。それから、もっとサック（スペイン産の白ワイン。十六世紀頃からイギリスで飲まれるようになった）を注いでくれ。君の《thy》脂っぽい顔を笑顔にするために僕らはこの豚小屋にいるんだろう？」

若い男は恋人のほうを向き、酒を注いでいた男は重い足取りで扉へ向かった。ミセス・プラットリーは身振り手振りを使って存在を示そうとしたものの無駄だった。彼女がよけなかったら男とぶつかっていただろう。男はまた彼女に目を向けたが無視し、扉を閉める前に隙間から外をのぞき見た。角張った顔に汗をかいており、恐怖の色が見て取れた。その後、男は不可解な行動を取った。閂をかけるのを途中で止めたのだ。誰かが外から押せば扉が開く状態である。ミセス・プラットリーはますます怖くなり、男の腕に手を置いて引き止めようとした。

ミセス・プラットリーは確かに腕に触った。ところが男はまったく反応せず、彼女の手を振り払うこともなく行ってしまった。ミセス・プラットリーは手を伸ばしたまま立ち尽くした。テーブルのふたりはまだ話しており、言葉遣いは相変わらず奇妙だった。ミセス・プラットリーはもはや我慢の限界だった。目を閉じ、怒りと恐怖の中でとうとう抑えきれずに叫び声を上げ、目を開けると息を殺した。

叫んでも何も変わらなかった。樽の前に立ってマグにサックを注いでいた男は振り返らず、ほかのふたりは顔も上げず、黒と銀を纏う男は自信たっぷりに淀みなく話していた。

「ゆっくりお休み、ケイト。離れるのも今夜までだ。僕は月にかけて誓う――」

女は男の唇を手で塞いだ。「ああ、月に誓わないで。欠けていく不実な月には」

「では何にかけて誓おう?」

「誓わなくていいのよ。あなたが誠実で心変わりしないなら」

「では僕の愛にかけて誓う。僕の愛は海のように限りなく深い。君《thee》に愛を与えれば与えるほど僕は愛を得る。僕たちの愛は無限だ――」

ミセス・プラットリーは頭がおかしくなりそうだった。「ああ、黙って――黙って!」テーブルに駆け寄って懇願した。「私を見て――声を聞いて――」彼女は目に涙を浮かべた。混乱すると同時に腹立たしさを覚えながらテーブルを叩き、揺すった。「聞いてちょうだい!」

誰も答えず、反応しなかった。三人にとってミセス・プラットリーは存在しない女なのか。いや、存在しないのは三人のほうかもしれない。

「僕はもう行くよ。ケイト、きっと来てくれ。この男が案内してくれる――」

扉が勢いよく開き、ミセス・プラットリーは飛び上がった。三人も飛び上がり、エプロン姿の男はカウンターにぴたりと体を寄せた。ひとりの男が戸口に立っていた。エプロン姿の男と同じくらいの年齢で体つきもそっくりだが、社会的地位は彼よりも遥かに高いようだった。黒い髪は薄くて生え際が後退しており、口もとと顎は厳ついものの、茶色の目には温かみがあった。服装はテーブルの男のそれと似ていて、飾り気のない濃い赤紫のダブレットを着こみ、抜き身のレイピア（両刃の細い剣）を右手に持っていた。

二

男はテーブルの罪深きふたりに茶色の目を向けた。戸口に静かに佇むこの男はネメシス（ギリシア神話に登場する女神。驕る者に罰を下す）と化していた。ミセス・プラットリーは男がはいている十六世紀風の靴を見て、石畳の上を歩く足音が柔らかい音だった理由がわかった。男はぞっとするような言葉を放った。

「このならず者！」怒りのこもった声は、衝撃がもたらした静寂を太い剣のように切り裂いた。「浅はかなろくでなし！　貴様《thou》は情欲をほしいままにした。それももう終わりだ。私は妻を取り戻す――そして貴様《thy》の命を奪う」夫はレイピアを振り上げて若い男に向かっていった。

妻は喘ぎ、壁のほうに後ずさりした。悲鳴を上げたりはしなかった。ミセス・プラットリーは悲鳴を上げた。けれども、誰にも聞こえていないようだった。彼女はテーブルから離れ、火鉢にぶつかってよろめきながら、両手で頰を挟んで夫を見つめた。若い男は銀色の柄の短剣を抜いた。勇敢で敏捷な彼にも長いレイピアをかわすのは至難の業だった。闇に紛れて逃げようと、何度も身を翻しながら扉へ向かおうとしたものの、レイピアに阻まれた。その最中に彼はミセス・プラットリーにぶつかり、彼女を突き飛ばした。ミセス・プラットリーはつんのめりそうになったが、彼は衝撃を感じていないように見えた。

革のエプロンを着けた男は逃げ回り、哀れっぽく泣きながら両手を伸ばして懇願した。「ここではおやめください――ここでは。お願いです……」ほんの一瞬、若い男が横目でエプロン姿の男を見た。ミセス・プラットリーはそれを見逃さなかった。裏切り者が誰なのか、若い男は気づいたのだ。

これは不公平な戦いで結末は決まっていた。若い男は容赦なく襲ってくるレイピアをなんとかかわして長椅子を飛び越え、扉を目指して猛然と走った。しかし、勢い余って戸口で体の平衡を失い、よろけた。そして体勢を立て直す間もなく、突進してきた夫に斬りつけられた。

ミセス・プラットリーは慄きながら見つめていた。目を逸らすことができなかった。黒と銀を纏う若い男は戸口にぐったりと横たわっていた。手の指がゆっくりと広がり、銀色の柄のついた剣が床に落ちた。最期の苦しみの中で指はぴんと伸び、それからだらりと垂れて動かなくなった。捻じ曲がった体の下から血が幾筋か流れ、それがゆっくりと集まってできた血だまりが次第に広がっていった。

「死んでしまった！」ミセス・プラットリーは喘いだ。「あなたが殺した――これは殺人よ――」

復讐を果たした夫はレイピアを鞘に収めて顔を上げ、部屋の中をまるで初めて見るかのように見回した。妻は家を捨て、愛人と一緒にこの薄汚れた場所にいたのだ。夫はミセス・プラットリーから妻へと視線を漂わせ、死んだ男の傍らに膝をつき、裏切り者に命じた。「この犬を川に沈めろ。こいつの体と恥ずべき行いは死んだ犬とともに腐っていくのだ」夫は蔑むような表情を浮かべて硬貨を数枚床に投げた。すると裏切り者が汚れた床に這いつくばって硬貨を拾った。夫は妻に向かって唸るように告げた。「来い」

妻は恐ろしそうに夫を見ながら大きく首を振った。「いや——いやです……」

「来るんだ！」夫は声を荒らげ、大股で部屋を横切って妻の手首を摑み、扉へと妻を引っぱっていった。お金を手に入れた裏切り者は死体を引きずりながら川へ向かって石畳を進んでいた。夫も外に出た。裏切り者は死者を、夫は生者を〈ワイチズ・エールハウス〉から引きずり出した。人が殺された汚らわしい部屋にひとり残されたミセス・プラットリーは力を振り絞って外に駆け出した。裏切り者はぶつぶつ呟きながら川べりにたどり着いた。妻は険しい顔をして押し黙る夫から逃れようともがき、夫はオールド・チッピング・ロードに続く四角い入口のほうに妻を連れていこうとした。

妻は叫んだ。「私は行きません……行くものですか！」

夫はまだ黙っていた。

「連れていかれるくらいなら、喜んで死にます。愛する人とあの川《yonder》に沈みます——」

「愛する人！」夫はせせら笑った。

「そうです。私は栄光を受け、あなたは恥辱を受けるのです。この世のすべての人の前で——」

妻はいっそう激しく抵抗した。「愚かな人！　力づくで連れ戻すなんて。私を家に閉じこめるつもりですか？　閉じこめて、それからどうするのですか？　ああ、残忍な人でなし。あの人を殺《あや》めたように私を殺めればいい！」

夫はたちまち自制心を失い、怒りを爆発させた。「おまえの願いを叶えよう！　愛人のもとへ行け、あばずれ女！」夫は妻を突き飛ばしてレイピアを抜き、よろめく妻に一気に斬りつけた。妻は叫び、両手を胸に当て、苦しそうにうめき声を漏らした。そして小さく息を吐き、夫の足もとに倒れた。

開いた扉から漏れる微かな光の中で、妻は石畳の上に静かに横たわっていた。ミセス・プラットリーは壁にぴたりと身を寄せ、信じがたい光景を見つめた。闇の中で川の水が跳ねる音がして、死体を引きずっていった男は力仕事を終えた人が手の汚れを払う時のように、パンパンと両手を叩き合わせた。夫はゆっくりとレイピアを鞘に収めた。怒りは消えており、死体となってもなお美しい妻をしばらく眺めていた。「ケイト」夫は呟いた。「ケイト……」彼は顔を上げ、ミセス・プラットリーのほうを見るともなく見た。

ミセス・プラットリーはもう耐えられなかった。底知れぬ恐怖にとらわれた彼女は長いドレスの裾を両手でつまみ上げ、暗く忌まわしい場所から安全でまともなオールド・チッピング・ロードへと悲鳴を上げながら逃げた。

三

ミセス・プラットリーは通りに出た。右手の数ヤード先に街灯が見えたが、左に駆け出した。少し前にミスター・チェリントンと車で通った道に人影はなかった。ひとつの街灯を通り過ぎると細い路地があり、さっきまでいたおぞましい路地と同様に川に向かって伸びていた。路地を通り過ぎたところで、ふたりの男が歩道を歩いてくるのが見えたので、男たちに走り寄った。いろいろな思いが交錯し、話したいことがたくさんあったけれど、ただひと言告げた。「人が殺された――」

ひとりの男は身長が平均より高く、体が引き締まっていた。砕けた服装で、くたびれたフェルト帽をかぶっていた。もうひとりの男は小柄で小綺麗な身なりだった。山高帽をかぶっているからか、きちんとした雰囲気を漂わせていた。ブルックス巡査がのんびりした気分でブリスを家まで送っているところだった。つまりミスター・ダーシー・チェリントンの家に向かっていた。ブリスはそこで料理人、守衛、使用人として働いていた。

「人が殺された！」ミセス・プラットリーは長身の男の腕を摑み、間の抜けた調子で告げた。「警官を呼んで！」

「私は警官です」ブルックスは明るい声で告げ、取り乱した女を眺めた。「ブルックス巡査です。どこで人が殺されたのですか、マダム？」

「あそこ」ミセス・プラットリーは指さしながら叫んだ。「角を曲がったところよ。急いで。あいつを捕まえられるかもしれない」彼女はブルックスの腕を引っぱった。

「落ち着いてください、マダム」巡査は言った。「行きますから。案内してください」

三人は右手の暗い路地を通り過ぎた。ミセス・プラットリーはまだひどく怯え、興奮していた。警官であるブルックスは自信に満ち、冷静で頼もしかった。ブリスは不安を覚えながら渋々ついていった。三人は左手の街灯を通り過ぎ、ミスター・チェリントンがふざけて壁の穴と呼んだ路地の入口へ向かった。

ところが――路地はなかった！

交差点から交差点まで建物が途切れることなく連なっていた。〈マクダーモット&ブルワリー　アグリカルチュラル・マシーナリー〉、その隣が〈L．A．ソープ　ブックバインダー&プリンター〉、その隣が〈Wm．ホーニブロウ&サン　プラマーズ〉。そして彼らの目の前に〈バーリントンズ・ハイクラス・ファーニチャー&ジョイナリー・ワークス〉が聳《そび》え、建物は交差点まで続いていた。

壁と鍵のかかった扉、汚れた細く小さな窓があるだけで、路地は見当たらなかった。マンダーズ・エンドの影も形もなかった。

ミセス・プラットリーは単調な煉瓦壁と細長い木の看板を見つめ、我が目を疑い、息苦しさを覚えた。手を伸ばし、驚愕した様子で煉瓦に触れた。

「ここにあったのに――ここにあったのに――」ミセス・プラットリーは金切り声を上げた。「私たちはここから路地に入ったのよ。あの看板を見ながら……」

「そうですか、マダム」ブルックスは丁寧な口調で言った。女は正気を失っているのだと確信していた。「それで、誰が殺されたのですか？」

「男の人。それから女の人。なぜか昔の服を着ていたわ。三、四百年前の人が着ていたような服を――」

「ふたつの殺人が行われたのですね」

「ええ、ふたつの殺人……そんな目で見ないで――本当よ。男が剣でふたりを殺したわ」

「殺人者も同様の服を着ていたのですか？」

「ええ。そうよ」

「昔の服を着た者によって殺人が行われた」ブルックスは淡々と言った。「路地で」彼は壁のほうに顎をしゃくった。

「路地で」ミセス・プラットリーはぼんやりと繰り返してから叫んだ。「お願いだから、そんな目で見ないで。私はいかれた女じゃないわ！　なんとかして！」

「なんとかしたくてもできません、マダム」ブルックスはなだめるように告げた。「あなたは私たちに駆け寄り、路地で殺人が行われるのを目撃したとおっしゃった。ところが来てみると路地がない……どうした、ハリー？」

山高帽をかぶった男は興奮していた。「テッド、ご婦人の言う通りだ！　ここには路地があったぞ――ミスター・チェリントンの家の裏手に通じる道だ。足を踏み入れたこともないが」

「それで」ブルックス巡査が分別らしい顔で訊いた。「路地はどこにいったんだ？」

「消えてしまった！」ブリスが素っ頓狂な声を上げた。

「そうかな？　おおかた殺人者が持ち去ったんだろう！」ブルックスはミセス・プラットリーに向き直った。「路地の名前は何ですか？　〝私たち〟は路地に入ったとおっしゃいましたが、誰かと一緒にいたのですか？」

「ワイチ・ストリートだ」ブリスがミセス・プラットリーより先に答えた。

「マンダーズ・エンドよ」ミセス・プラットリーは一瞬遅れて言った。

「え？」とブルックス。「ちょっと待ってください。存在しない路地はマンダーズ・エンドではありませんよ。マンダーズ・エンドはあの街灯の向こう側にある路地で、さっき通り過ぎました」

「そうだ」ブリスが認めた。「でもワイチ・ストリートを存在しない路地などと呼ばないでくれ、テッド。存在するんだから」

「どこに？　この壁を見ろ。〈ホーニブロウ&サン〉の壁は〈バーリントンズ〉の壁と隙間なく接しているじゃないか」

「存在するのに。どうしてなんだ。不可解なことが起こっているな」

「まったくだわ！」ミセス・プラットリーが叫んだ。「あなたは自分の住んでいる町のことを何も知らないようね。路地の名前はマンダーズ・エンドよ」

「いや――」

「そこまでだ、ハリー！」巡査が言った。「落ち着いてくれ、ふたりとも。お願いだ……確かに不可解だ。いったん話を整理しよう。ふたりともここに路地が存在する――存在するはずだと思っている。マダム、あなたはそれをマンダーズ・エンドと呼び、ブリスはワイチ・ストリートと呼ぶ。彼と私は何ヤードか後ろにある路地がマンダーズ・エンドだということを知っている……」

ミセス・プラットリーは苦しそうに目を閉じた。「私に言えるのは」声がひどく震えていた。「これだけよ。私はミスター・チェリントンに招かれた。ここで週末を過ごすことになっていて、ロンドンから私の車で来た。彼が運転して……あなたのお友達はどうしたのかしら？」ブリスが山高帽を両手でぎゅっと握り締め、歩道を行ったり来たりしていた。

「ミスター・チェリントン？　画家のミスター・ダーシー・チェリントンですか？」

「そうよ。よかった。彼を知ってるのね」

ブルックスがミセス・プラットリーに向かってにこっと笑った。「当然知っていますよ、マダム。ブリスは使用人としてミスター・チェリントンに仕えています」

四

「大変だ！」ブリスは狼狽して叫んだ。「ミスター・チェリントンは帰ってきたんですか？」

「今話した通り、マンダーズ・エンドにある家で週末を過ごすために一緒に来たの」ミセス・プラットリーは少々うんざりした口調で答えた。それから堰を切ったようにまくしたてた。「私たちは路地に入った――ここから。その時は壁じゃなくて四角い穴のような入口があったわ。道はすごく暗くて細く、彼はここがマンダーズ・エンドだと言った。川の手前で車から降りると、彼は建て増しした小屋のような車庫に車を入れた。そして消えてしまったのよ。車も消えたわ――まるで魔法をかけられたみたいに。車庫だと思っていた小屋は古い昔の酒場のようなところで、車もミスター・チェリントンの姿もなくて、昔の服を着た人たちがいたの。あの人たちの会話はシェイクスピア劇の台詞のようだったわ。あの人たちは私に気づかなかった。私の姿が見えず、私の声が聞こえないようだった。それから剣を持った男が入ってきて、妻を奪った男を斬り殺した……この目で見たわ、床に横たわる男の体から血が流れ出るのを……剣を持った男は妻を連れて帰ろうとしたけど、拒まれたので妻も殺して、彼女は石畳の上に倒れた。私は走って通りに出て、あなたたちに会って、あなたたちをここに連れてきたら路地が消えていた……」

ミセス・プラットリーは息が続かず言葉を切った。ブルックスは訝《いぶか》るような目つきで彼女を見つめた。「いやはや!」彼は呟いた。「マダム――ひょっとして寝ぼけていたのではありませんか?」

「いいえ!」ミセス・プラットリーは語気を強めてすかさず言い返した。「寝ぼけてなんかないわ! 幻覚を見たわけじゃないわよ」

「そうですか。私もミスター・チェリントンを知ってます。彼はマンダーズ・エンドに住んでますが、マンダーズ・エンドはあっちです!」

「その通りだよ、テッド」ブリスが即座に言った。「マンダーズ・エンドはあっちで、ワイチ・ストリートは昔からここにあった。古くて今や忘れられた道だ。誰も使わず、どこへ続くのかわからない道――」

「おい、ハリー！」ブルックスは珍しく苛立ちを露わにした。「もうやめてくれ、道なんてないじゃないか。あるのは家具工場の煉瓦の壁だけだ。見ろ！　触ってみろ！　ふたりともまともじゃない。わずか三分の間に壁が現れたっていうのか」

「おかしなことだが」友人は断固として主張した。「僕たちはまともだ。僕はこのご婦人のことは何も知らないが。ワイチ・ストリートがここにあったのは確かなんだ」

ブリスは言葉を切った。重々しく静かな足音が近づいてきた。懐中電灯の光が闇を貫いてブリスとミセス・プラットリーを照らし、あまりの眩しさにミセス・プラットリーは立ちすくんだ。「おい！」どら声が響いた。「ここで何をしてるんだ？」

ミセス・プラットリーが叫んだ。「光をこっちに向けないで！」

「なんだと――」

「まあまあ、スノーリー」ブルックスが慌てて言った。「懐中電灯を消せ。私だ、ブルックスだ」

スノーリー巡査は「あ」と声を漏らし、光を一瞬ブルックスの顔に向けて確認した。「ミスター・ブルックス、何かあったのですか？」スノーリーは昔気質な男で、巡回中の巡査が私服警官にいかに振る舞うべきかを心得ていた。

「この地区を担当して何日目だ？」

「三日目です」

「ワイチ・ストリートを知っているか？」

「ワイチ・ストリート？」スノーリーは不思議そうな面持ちだった。「はい。あなたのすぐ後ろにある細い道です。川に続いています——あれ！」スノーリーは懐中電灯で目の前にある壁を照らし、仰天した。「そんな！」

「全員同じ意見のようだな」ブルックスが硬く乾いた声で言った。「君はここにあると言うが、ないぞ。スノーリー、いったいどこにあるんだ？」

「まさか！」スノーリーは語気鋭く叫んだ。大股で前進して煉瓦壁を激しく叩き、懐中電灯の光を上下左右に向け、家具工場の長い看板に沿って動かした。

「嘘だろう。三十分前にはここにあったのに」

「今はない」ブルックスは同じ台詞を繰り返すことに嫌気がさしたような口ぶりだった。「どういうことなんだ……」

ミセス・プラットリーは疲れ果てて静かに泣き始めた。涙がほろほろと頰を流れ落ちた。「ミスター・チェリントンはマンダーズ・エンドだって言ったのに。なぜなの？　彼は消えてしまった——車も、荷物も……寒気がするわ」

「そうだ！」ブリスが叫んだ。「ミスター・チェリントン！　帰らないと。こっぴどく叱られてしまう！」

「帰るって、どこへ？」ブルックスはわざと訊いた。

「家に決まってるじゃないか。ご婦人によると、ミスター・チェリントンは家に戻っている。スコットランド北部で過ごすという話だったけど、こんなことは日常茶飯事さ。いきなり帰ってくるんだ。今頃、物を投げながら僕を罵《ののし》ってるよ」

「でも、彼は消えたぞ」巡査は穏やかに告げた。「ワイチ・ストリートで。そしてふたりの人間が剣で殺された。ワイチ・ストリートで――」スノーリー巡査のもともと飛び出ていた目玉がさらに飛び出た。「――そしてご婦人がワイチ・ストリートから飛び出してきて、道も消えた」

ブリスはどうしたらよいかわからず、帽子を握り締めたままブルックスを見つめた。

「こんなおかしなことってあるか、ハリー？　不可解すぎる。ウィンチンガムで起こった一連の出来事のことだよ。まずフィリップ・ストロングと名乗る男の件。駆け落ち相手の女以外、誰も男を見ていない。男はジミー・メルローズの家の二階に上がって消えた。次に〈ウェルカム・イン〉の部屋の件。そしてこの件。ジミーによると、フィリップ・ストロングは霊だ。物質化した霊。〈ウェルカム・イン〉の部屋も物質化して、三階も物質化した。ということは、霊がワイチ・ストリートを非物質化したのか。つまり消したのか。それとも……？　ウィンチンガムで何が起きているんだ、ハリー？」

「わけがわからない！」スノーリーは荒い息を吐いた。

「嫌な感じだな、テッド」ブリスは表情を曇らせた。

「嫌な感じだ！」ブルックスは煉瓦壁に触れんばかりに顔を寄せ、スノーリー巡査と同様に荒々しく叩いた。「こうなったらスミスィーに連絡するしかない。夜中だから――いや、早朝だから不興を買うだろうが。ミスター・チェリントンの家から電話しよう、ハリー」

「あの」スノーリーが分別らしい態度で訊いた。「私は何をすればよろしいですか？」

「そうだな、君は……よし、スノーリー、マンダーズ・エンドの入口に立っていてくれ。暗がりで見張るんだ」

「何を見張るのですか、ミスター・ブルックス？」

「さあ、何かな。とにかくあそこに立って、マンダーズ・エンドとここの両方に目を光らせていてくれ。私たちはチェリントンの家へ向かう。ミスター・ダーシー・チェリントンが家にいたら、徹底的に話を聞くぞ！　どんな芸術家であろうと、どんな性格であろうと……」

「私も話を聞くわ」ミセス・プラットリーが険しい表情で告げた。「いいでしょう？」

しかしその夜、ふたりともダーシー・チェリントンから話を聞けなかった。彼らはスノーリーを残し、細くて薄汚い本物のマンダーズ・エンドを進み、道の左側の端にある暗い家の中へブリスに促されて入った。そこにダーシー・チェリントンの姿はなかった。

第十一章

第三の層は脆《もろ》かった。この層における企てはあまりにも大がかりで、凝っているものの穴だらけだった。だから儚く崩れ去った。成功が続いたため気の緩みや油断が生じ、大事なことがなおざりにされていた。第三の層はすでに崩れ始めていた。スミス警部も彼の部下もミセス・プラットリーもそれを知らなかったけれど……。

「警官の妻は」ミセス・スミスは諦めたような口調で告げた。ミスター・スミスは電話を切って玄関ホールから戻るや、服を着ながら寝室をうろうろし始めた。「医者の妻より苦労するのよ！」

「んー！」愛する夫は唸るような声を漏らした。まだ眠そうだった。「靴下の片方はどこかな？　ベッドに入る時ははいていたんだ――それは確かなんだが」

「あそこよ。椅子の下……今度は何事？」

「ブルックスの話から判断すると、さらに奇妙なことが起こったようだ。あるご婦人が画家のチェリントンとウィンチンガムにやってきたんだが、チェリントンはオールド・チッピング・ロードからワイチ・ストリートに入って車を車庫に入れた後、車とともに忽然と消えたそうだ。それから、変わった服を着た男女が変わった服を着た男に剣で殺された。ご婦人はワイチ・ストリートから飛び出して、オールド・チッピング・ロードを歩いていたブルックスとチェリントンに仕える使用人のブリスに出くわした。で、婦人がふたりを連れてワイチ・ストリートに戻ると、ワイチ・ストリートがなくなっていたそうだ。チェリントンや車と同じように消えたんだ」

「あなた」ミセス・スミスはきっぱりと言い放った。「ふざけないでちょうだい。そんなこと起こるわけないでしょ！」

「そうだな。ところが起こるわけがないことが起こっているのさ――このズボン吊りはどうなってるんだい？　ひどく窮屈だ」

「一度肩から外して掛け直して。捻じれてるのよ……どのくらい時間がかかるの？」

「さあ。君は寝ていてくれ、メアリー。どうやら幽霊と格闘することになりそうだ。私が呪いをかけられて帰ってきても驚くなよ」ミスター・スミスは浮かない顔でつけ加えた。「もしも三本足のシマウマがパカパカと入ってきて朝ごはんを所望したら、ベーコンと卵を出してくれ。そのシマウマはたぶん私だから！」

ミスター・スミスは妻を残して家を出ると、ひっそりした道を速足で歩いた。半マイルほど進んだところに〈オールナイト・パイ・ショップ〉という小さなカフェがあり、その前に一台のタクシーが停まっていた。ミスター・スミスは立ち止まり、思案顔でタクシーをしばし見つめてから店内に入った。タクシー運転手が唯一の客だった。運転手は背が高く、黒く鋭い目を持つ細面の男でせかせかした様子だった。

「こんばんは」ミスター・スミスは挨拶した。

「おはようございます。もう朝ですよ、警部」タクシー運転手が言った。

「おや！　私を知ってるのか？」

「はい。スミス警部でしょう？　警部も私の名前をご存じだと思います。バート・レヴィツキです」

「ああ、知っている。君がレヴィツキか。夜勤中のようだな。仕事は順調かい？」

「まあまあです。今日の仕事はもう終わりました。ここにはちょっと寄っただけです」レヴィツキは違法駐車をしていることを思い出し、弁解がましくつけ加えた。「家に帰る前にコーヒーを一杯飲もうと思って」

ミスター・スミスは欠伸を嚙み殺した。運転手の違法行為には別段興味がなかった。「帰る前に、仕事をひとつ引き受けてくれるか？」

レヴィツキは立ち上がり、帽子に手を伸ばした。「タクシーがご入り用ですか、警部？」

警部は頷いた。「外に出よう。マンダーズ・エンドに行きたいんだ。そこに画家のミスター・チェリントンの家がある――場所はわかるか？」

「探します。マンダーズ・エンドはオールド・チッピング・ロードから入る路地です」

「そうだ。チェリントンの家はその路地の左側の端にある。さあ行こう」

警部は気遣わしげな表情を浮かべた運転手に促されて車に乗りこみ、出発した。しばらくすると馴染みのない場所にさしかかり、あちこち見回していると、壁に示された通りの名前がちらりと目に入った。オールド・チッピング・ロードだった。警部は窓ガラスを叩きながらレヴィツキに言った。

「道の脇に止めてくれ」

「ここはマンダーズ・エンドではありません！」

「いいから止めてくれ……そうだ、バート！」

「何ですか？」

「ワイチ・ストリートを知っているか？」

「ワイチ・ストリート？」運転手は帽子を脱いで頭を掻いた。「ワイチ・ストリート……さあ、知りません、警部。ウィンチンガムの道を知り尽くしていると自負していましたが」彼は警部にもの問いたげな視線を向けた。「そんな道があるんですか？」

「あるという話だ。君と同じで私もその道を知らない。このあたりはほとんど来たことがなくて不案内なんだ。地図を持っているか？」

「はい。地図というよりは本です。これです――『役立つウィンチンガム案内書』。お客様の前ではできるだけ開きません。タクシー運転手は土地を熟知していなければならない――お客様はそう思っています。信用を失ったら元も子もありません」

「ワイチ・ストリートを探してくれ」

「ええと」レヴィツキは案内書を開いてぱらぱらめくった。「オールド・チッピング・ロードがありました」彼は清潔とは言い難い長い指で指し示した。「私たちは今ここにいます。さて、ワイチ・ストリートはどこかな……」

「ここだ」ミスター・スミスがレヴィツキの肩越しにのぞきこみながら指さした。「わかるか？　マンダーズ・エンドとウェルデン・ストリートの間にある」

「ああ、ありますね。知らなかったな」レヴィツキは一瞬黙り、反対側のページに記された情報と噂話を読み始めた。「この道は使われなくなった袋……袋小路」

「行き止まりの道ということだ」警部はもどかしく思いながら説明した。「確かに、道は川に突き当たる」

「こう書いてあります」タクシー運転手はたどたどしく読み続けた。「何の変哲もない狭い道だが……かつては……何百年もの歴史を持つこの町において……極めて重要な道のひとつだった……なぜなら、ウィンチ川の……もっとも浅い部分に続いているからだ……ウィンチ川に由来する名前を持つこの道には……かつて渡し場があった」

「これはこれは！」ミスター・スミスは声を上げた。彼はつっかえつっかえ読んでいるレヴィツキより早く読み終えた。

「え？」

「ここで殺人が起こったのか！」

「え？　何ですって？　殺人！　だからここに来たんですか、警部？」

ミスター・スミスは妙な返事をした。「そうじゃない……殺人は一五九七年に起こっている。いや、そうとも言える……この本を二日ほど貸してくれないか？　すぐに返すよ」

「お望みならどうぞ、警部」

「よかった。ありがとう……こういうことだよ、バート。ワイチ・ストリートは十六世紀から存在し、昔は渡し場があった。そして目下のところ、この道は存在しない。部下のひとりが電話をかけてきて、道が二十分前に消えたと言ったんだ」

「え？　まさか！」レヴィツキは大声を上げた。「本当ですか？」

「バート、どうしてそんなに驚くんだい？　ついこの間、同じようなことが起こっただろう。君はそれに関わっているじゃないか」

「私が？」

「例のご婦人を駅からミスター・メルローズの家まで乗せただろ」

「はい。あのご婦人は頭がおかしいのですよ」

「そうだろうか、バート、そうだろうか……よし、出発だ。マンダーズ・エンドに行く前にワイチ・ストリートがある場所――いや、あった場所を見てみよう」

運転手はエンジンをかけ、オールド・チッピング・ロードを進んでいった。マンダーズ・エンドと街灯を通り過ぎると、次の街灯の手前で停車した。「地図によると、道の向こう側のあのあたりです――おや！」

「ふむ」警部は呟き、右側のドアを開けて前方を凝視した。「妙だな。何も言うな、バート。ここで待っていてくれ」

警部はタクシーから降りると通りを横切り、スノーリー巡査のほうへ歩いていった。巡査は粘り強く見張りを続けていた。この奇特な警官は古参のひとりだ。二十五年前に初めて巡回任務に就き、定年になる年齢になっても相変わらず巡回任務に従事している。単調で退屈な仕事にも慣れっこになっていて、この時も巡査として与えられた仕事を淡々とこなしていた。

「やあ！」警部は優しく声をかけた。「植物園の声事件からこっち、あまり会わなくなったな」

「はい、そうですね。ミスター・ブルックスからお聞きになりましたか？」

「ああ。チェリントンの家から電話をかけてきた。おかしなことが起こっているな、スノーリー。ブルックスによると、なぜかワイチ・ストリートが消えていて、君もそれを確認したそうだな」

「はい」スノーリー巡査は暗い声で言った。「それから、ないはずの壁がありました」

「ふむ。本当に壁はあったのだろうか。君の見間違いかもしれないぞ」

巡査は大きな頭を振った。「見間違いではありません。ミスター・ブルックスもご婦人も使用人も壁を見ました。私もこの目で見ました」

「どうして私は」ミスター・スミスの声は哀調を帯びていた。「心霊現象に出くわさないんだろう？　話を聞くばかりなんだろう？　霊能力を持っていないのかな。君は霊能力者かい、スノーリー？」

「何とおっしゃいましたか？」

「いいんだ、今の話は忘れてくれ。悪しき霊か四大精霊（四大元素である土、水、風、火に宿る精霊）か超自然的存在がワイチ・ストリートをつまみ取ったのだろうか」

「つまみ取るとはどういうことですか？」

「幽霊が道を盗んだ《The spooks have stolen the street》」警部は頭韻（語頭や句頭の音をそろえる技法）を使って簡潔に答えた。

「そんなの馬鹿げています」

「そうだろうか？　来てくれ。ちょっと見せたいものがある」

警部はダーシー・チェリントンとミセス・プラットリーが右折した場所に巡査を連れていき、懐中電灯をつけた。

スノーリーの目が大きく飛び出し、短い口髭が逆立った。「あれ！」

ワイチ・ストリートが元に戻っていた。

二

左側の壁の上部に取りつけられた細長い木の看板は建物の端近くまで伸びており、バーリントンズ・ハイクラス・ファーニチャー&ジョイナリー・ワークスと記されている。右側には〈Wm. ホーニブロウ&サン〉の工場と店の扉がある。ミスター・バーリントンが所有する建物とミスター・ホーニブロウが所有する建物の煉瓦壁の上部はつながっていて、壁の下部に開いている四角い穴が路地の入口だ。幅が広く、慎重に運転すれば二台の車が並んで通ることができる。入口を入ってすぐのところに琺瑯《ほうろう》の小さな板がひっそりと掲げられており、ワイチ・ストリートと記されていた。

「道がある！」スノーリー巡査は大声を上げた。

「疑う余地はない」ミスター・スミスは呟いた。「そうだろう？」

「十五分前にはなかったのに――嘘ではありません！」

「わかった、わかった。信じるよ。以前なら疑ったかもしれないが、今は――」警部は振り返り、通りの反対側にいる運転手を呼んだ。「バート！」

「何ですか？」

「車用のレンチはあるか？　大きくて頑丈な自在スパナでもいい」

「あります」

「それを持ってきてくれ」

レヴィツキは指示に従い、雄牛を倒せそうなほど立派なスパナを携えて警部のもとへ向かった。

「そいつは便利な道具だな」と警部。「バート、巡査と私はワイチ・ストリートを調べてくる。君は路地の入口に立っていてくれ。怪しい者が現れたら、まず一撃を食らわせろ。それから質問するんだ」

「こいつは大変だ！」運転手は心配そうな表情を浮かべた。

「どうした——怖いのか?」

「怖くはありません、警部。ただ、いつもは警察に睨まれている私が警察のお役に立てるでしょうか」

警部はあえて何も言わず、励ますようににっこり微笑んだ。スノーリーとともにワイチ・ストリートに入ると、石畳と両側の単調な壁を懐中電灯で照らした。

「気持ちのいい道だな、スノーリー。恋人たちの小道だ」

「殺人にもってこいの場所ですね」巡査は言った。

「まったくだな。そうだ、それで思い出した。死体がひとつかふたつ転がっているはずだが——何か見えるか?」

「いいえ」

「ううむ……」

短いワイチ・ストリートが川に突き当たるところまで進んだものの死体はなく、人影も見えなかった。ミスター・スミスは懐中電灯であたりを照らした。

「たぶん、あれが車庫だ」

「車庫ですか?」

「そう聞いている。あの中に車が入って消えた。扉が開くかどうか確認してくれ」

スノーリーは扉に近づいて力いっぱい押した。しかし、鍵がかかっているらしく開かなかった。

「この建物は何だい?」警部が訊いた。

「倉庫です。ジョンソンの話によるとこっちは裏側で倉庫は空っぽです——何か月も前から」

警部は懐中電灯の光を扉周辺の石畳に向けた。「車がここに入った形跡はないな。皆無だ」彼は扉を押し、しばし考えた。「さて、どうしたものか……スノーリー、君はここに残ってくれ」

「わかりました」スノーリーに動じる様子はなかった。

「君をひとり残すのは気がひけるが、扉を見張る必要がある。後で扉を開けさせるよ――権限があろうとなかろうと。巡回の次の当番は誰かな？」

「ジョンソンです。私のことならご心配なく。大丈夫です」

「そうか。ジョンソンを路地の入口に立たせよう。幽霊がまた路地を盗まないように。私はチェリントンの家に行ってみる。君は次の指示があるまで張りついていてくれ」

警部は足早に引き返した。警部が入口に到着すると、バート・レヴィツキは心底ほっとした。

「よくぞ戻ってきてくれましたね、警部！　ここは気味が悪い！」

「申し訳ないことをしたな」警部はぼんやり呟き、手帳に何やら走り書きした。それからページを破り取り、運転手の手に握らせた。「バート、また君のタクシーの出番だぞ。巡回を担当する巡査が近くにいるはずだ。巡査をタクシーに乗せて連れてきてくれ。それから巡査にそのメモを渡してほしい」

「了解しました、警部。あったんですか――死体は？」

「いいや、死体はなかったよ、グール（アラブの伝説に登場する魔物。人間の屍肉を食べる）殿！　早く巡査を連れてきてくれ」

運転手はおどけるように目玉をくるりと動かした。「我はバート・レヴィツキ！　警察の友である！」

運転手は出発した。彼がいなくなると、スミス警部はワイチ・ストリートの入口の両側を懐中電灯で照らして眺めた。そして何かを発見し、興味深そうに目を輝かせた。

「おやおや」警部は呟いた。「おやおや……」

三

スノーリー巡査はワイチ・ストリートの一方の端でありふれた両開きの扉を見張りながら、その奥に隠されたものについて考えを巡らせた。ジョンソン巡査はもう一方の端で警部の真夜中の行動に不可解さを覚えつつ、暗い入口を見つめていた。スミス警部はふたりを残してタクシーに飛び乗った。タクシーは角を曲がってダーシー・チェリントンの家に到着した。

「私はどうすればいいですか？」運転手が訊いた。

「待機してくれ、バート。まだ君の助けが必要だから」

「了解しました。ところで、お代はいただけますか？」

「もちろんだよ。この馬鹿者め！　タクシーに乗ったらお金を払うのはあたりまえだろう」警部はつけ加えた。「私じゃなくて州が払うかもしれないが。ここにいてくれよ」

ミスター・レヴィツキは持てる忍耐力を総動員し、微かに光る黒い川を眺めるともなく眺めた。警部はタクシーを降りると、陰気な雰囲気の漂う小さな玄関扉の前に立った。ブリスが現れて警部を招き入れ、ミスター・チェリントンが居間と呼ぶ部屋に案内した。警部は戸口で立ち止まった。艶のあるテーブルにトレイが載っていた。客を癒やすためにブリスがお茶を淹れたのだ。ブルックスはテーブルにもたれ、ミセス・プラットリーは座り心地のよさそうな大きな椅子に座っていた。大胆で色鮮やかな柄の入った古風なショールで白い腕と肩を覆っていた。

「やあ！」警部はにこやかに声をかけた。

ブルックスは背筋を伸ばした。「こんばんは」彼は戸惑い気味に挨拶した。「こんな時間にご足労をおかけして申し訳ありません。こちらがミセス・プラットリーです。ミセス・プラットリー、こちらがスミス警部です」

「姓に〝i〟が入っています。スミス《smith》家の一員です」警部は中に入って扉を閉めた。「遅くなってすまない。ワイチ・ストリートに寄ってきたんだ」

「寄ったのですか」ブルックスが慎重な口調で訊いた。

「そうだよ、ブルックス」警部は優しく答えた。「ワイチ・ストリートに寄った――ワイチ・ストリートを通ったよ」

ブリスがお茶の入ったカップを取り落とした。警部のために用意したお茶だった。

「落ち着け、落ち着いてくれ……君たちが行った時、ワイチ・ストリートは存在しなかった。私は君たちをこれっぽっちも疑ってないし、四人の一致した証言に反論するつもりも毛頭ない。うん、スノーリー巡査に会ったよ。彼をワイチ・ストリートに連れていった。あの路地を目の前にした時の彼の顔は見物《みもの》だったぞ」

「警部！」ミセス・プラットリーが叫んだ。「私の車は――ミスター・チェリントンは――？」

「マダム、残念ながら車はなくて、ミスター・チェリントンはいませんでした……少し話をしましょう」警部は椅子の前に立った。「座ってもよろしいですか？」

「もちろん」ミセス・プラットリーは恐怖を克服したものの、まだ混乱していた。「今、ブリスがお茶を淹れてるわ」

ミスター・スミスは腰を下ろし、使用人からカップを受け取った。「ありがとう、ブリス。さて、最初に申し上げておきますが、私はあなたの話を信じています。ワイチ・ストリートの件は後ほど説明しましょう。ブルックスから電話で聞いたことをこれから話します。間違いがあったら訂正してください。まず、あなたとミスター・チェリントンはワイチ・ストリートに入った。そこで、何かおかしなことが起こりましたか？」

「いいえ」

「ミスター・チェリントンは車でロンドンからやってきた。一時間ほど前のことで、ミスター・チェリントンはワイチ・ストリートの突き当たりまで進んで車を停め、あなたが車から降りると車を車庫に入れた。それからあなたは彼が現れるのを待った。どのくらい待ちましたか？」

「二、三分。そのくらいよ。そして何かおかしいと思ったの」

「そうでしょうとも。あなたは戻り、扉を開けて中を見ると、そこは車庫ではなくて十六世紀の酒場だった。中がどんな様子だったか教えてくれますか？」

「あそこは十六世紀の酒場なの？」

警部は質問にこう答えた。「あなたの話を聞けばはっきりします」

「大きな四角い部屋で汚かったわ。壁は白い煉瓦壁で床は石張り。カウンターに樽とマグが載っていて、隅に樽がふたつ並んでいた。暖炉はなくて、入口の反対側に古めかしい大きな扉と看板が見えた。看板は壁に釘で留めるか掛けるかしてあって、ジ・ワイチズ・エールハウスと書いてありました」

「ジ・ワイチズ・エールハウスか！」ブルックスが言った。「魔女《ウィッチズ》の酒場という意味かな」

「君は早とちりしているぞ、ブルックス」警部は言った。「〝ジ《Ye》〟は〝ザ《The》〟の古い綴りで、〝ワイチズ〟は〝ワイチ・ストリート〟を縮めた言葉だ。とんがり帽子をかぶって箒に乗る萎びた怪しい婆さんを意味するものじゃない。続けてください、ミセス・プラットリー。〈ワイチ・ストリート・エールハウス〉について話してください」

「人が三人いたのよ。ひとりは髪の短い粗野な感じの男で、袖幅の広い灰色の開襟シャツと長い革のエプロンを着けていた。その男についてわかるのはそれくらい。そうだ！　留め金がついた靴と毛織りの分厚くて長い靴下をはいてたわ。たぶんバーテンダーか店主よ。男はもうひとりいた。美形で若くて、身に着けているものが全部黒色と銀色だった。銀の刺繍が入った黒の上着に変なズボン――ニッカボッカ（膝下まで丈のある半ズボン）のようなもの――黒の長い靴下――」

「ダブレットとホーズだ」と警部。「きっとそうだ！」

「それに丈の短い黒のマント。裏地は銀だった。短剣を腰に下げていて、暖炉の前にある簡素な木のテーブルに向かって長椅子に座り、お酒を飲んでいた。男はお酒をサックと呼んだ……もうひとりは女だった。濃い青の長いスカートとボディスを着て、頭巾のようなものとベールで髪を覆っていた。稀に見る美人だったわ……警部、扉を開けた時、私は怯えきっていたの。ミスター・チェリントンが現れなくて、真っ暗な路地に取り残されたんですもの。扉は簡単に開いたわ。鍵がかかっていなかったから」

「そうですか」警部は同情しながら呟いた。

「三人は私に気づかなかったわ。三人に話しかけても呼びかけても叫んでも。革のエプロンを着けた男の腕を摑んでも。誰も私の声に反応しないし私を見ないのよ。私に触られても何も感じないようだった。誰も私の存在に気づかなかった――あの人たちにとって、私は存在しない人間だったのよ」

「続けてください」

「三人はおかしな言葉遣いをしていた――私は気づいてもらおうと必死だった――しばらくすると扉が開いて男が現れたの。テーブルにいた若い男と同じような服装をしていたけど地味で、上着――ダブレットは赤紫だった。剣を構えて、若い男の命を奪って妻を取り戻すと言って――」

警部が言葉を引き取った。「それから斬り合いが始まり、黒づくめの男が殺された。殺人者は妻を連れて帰ろうとしたが、妻は抵抗して彼女もまた殺された」

ミセス・プラットリーは頷いた。その時の光景が瞼にまざまざと浮かんだ。

「あなたはワイチ・ストリートから逃げて巡査たちを見つけ、彼らを連れて引き返してみるとワイチ・ストリートが消えていた」

ミセス・プラットリーはふたたび頷き、ブルックスがその通りですと呟いた。

スミス警部がにやりとした。「ミセス・プラットリー、あなたは霊能力者ですか?」

「私が何ですって?」

「霊能力者。言葉の意味はご存じでしょう。最近、ウィンチンガムではこの言葉が飛び交っています」警部は思いを巡らせながら言った。

「霊能力者なんかじゃないわ!」ミセス・プラットリーは断言した。「馬鹿げてるわよ。霊を信じるなんて!」

「では」警部は手を伸ばし、トレイにカップを置いた。「どこかに赤い光はありましたか?」

「いいえ。酒場の看板の上にランタンが吊るしてあって、カウンターに短くて太い蠟燭があったけど」

「酒場の中にはなかったわけですね。酒場の外や路地はどうですか。赤い光です」

「なかったわ。ワイチ・ストリートは真っ暗だったもの」

「あの路地は壊されて川に捨てられたに違いない！」ブルックスが唸るように言った。

「路地を壊すだと？」とミスター・スミス。「路地を壊しても建物の間の空間は残るぞ。それにこの国では伝統的に道を壊さない。ただ朽ちるに任せるんだ……次の話題に移ろう。ミセス・プラットリー、ワイチ・ストリートに入った時、どんな気分でしたか？　眠気や倦怠感や妙な疲れを覚えましたか？」

「いいえ。気分はよかった。警部、なぜそんなことを訊くの。ミスター・チェリントンも路地に入った時、同じことを訊いたわ。彼はだるさと眠気と疲れを感じたのよ。突然に」

「なんともはや」警部は意味ありげな顔をした。「またもや同じことが起こった！」

「もう何が何だかわからない」ミセス・プラットリーは眉根を寄せた。

ミスター・スミスはまたにやりと笑い、ポケットから本を引っぱり出した。「説明を聞けばおわかりになりますよ。これは、私をここに連れてきてくれたタクシー運転手から借りた本です。『役立つウィンチンガム案内書』。ウィンチンガムのことを詳しく教えてくれます。ワイチ・ストリートについてこう書いてあります――。


……何の変哲もない狭い路地だが、かつては、何百年もの歴史を持つこの町において極めて重要な道のひとつだった。というのも、渡し場があったからだ。ウィンチ川に由来する名前を持つこの道は、川のもっとも浅い部分に続いている。十六世紀から十七世紀頃、小商人や二流の職人が拠点を置いていた。一五九七年、川のほとりに立つみすぼらしい小さな酒場が衝撃的な悲劇の舞台となった。放埓《ほうらつ》な美しい青年マーク・ファーンゲイトが年嵩の男バウチャーの麗しい若妻をそそのかし、酒場に呼び出した。駆け落ちの計画について話をするためだ。しかし、罪深きふたりは酒場の主人の裏切りによってバウチャーに居場所を知られた。怒り狂った夫はファーンゲイトに剣を振り下ろし、たちまちのうちに殺し、無辜《むこ》の者を殺したと責めながら激しく抵抗する妻にも厳しい仕打ちを与えた……。

「つまり」ミスター・スミスは案内書を閉じ、ミセス・プラットリーに真剣なまなざしを向けた。「あなたが三、四十分前に目撃したふたつの殺人は一五九七年に起こったものだったのです……」

四

ミセス・プラットリーはぽかんと口を開けて警部を見つめた。「そんな——まさか——おお!」彼女は青ざめ、椅子にもたれかかった。「おお! 私は幽霊を見たの?」

「四人の幽霊です」ミスター・スミスは重い口調で説明し始めた。「降霊術に傾倒する友人ミスター・ジミー・メルローズならこう言うでしょう。極度の緊張状態に陥った四人の霊が自然の記憶を通して悲劇を再現したものをあなたは見たと。幽界に存在する力によって激情を抱く四人の霊が固化したのだと。霊というものは固化し、しばらく存在し続けます。固化した霊は物体が投げかける影のようなもので、物質的世界において目に見えます。悲劇が起こった場所などで幽霊を目にするのはそのためです。

霊は〝固化〟すると物体として見えるようになります。霊が物質化するのです。もちろん、物質化した霊は儚い存在で、長くは留まりません。私たちとは違って、現れてからしばらくさまよったら消えてしまいます。物質化するには霊媒師の力が必要です。霊媒師は力を吸い取られます。すると、当然ながら、ぐったりして元気がなくなります」

「私は元気なままだったわ」ミセス・プラットリーが言葉を挟んだ。「私は悲劇を見ただけよ！」

「いかにも。あなたは見ただけです。霊の物質化を目にしただけで、物質化するための力を与えたわけではない。力を与えたのは、物質化が始まろうとしていた時に体がだるくて疲れたと訴えた人物――」

「ミスター・チェリントン！」

「そうです。ミスター・チェリントンは自覚のない霊媒師であり、必要とされる不思議な力を持っている。だから」警部は話を締めくくった。「あなたは悲劇を目の当たりにするに至ったのです」

しばしの沈黙の後、ブルックスが好奇心を露わにして訊いた。「それが真相だと思いますか？」

「君ならどう説明する？」

「私には説明できません……ワイチ・ストリートについてはどう思いますか？　私たちが知らない事実を摑んでいるのでしょう」

「ああ。私は君の一歩先を行ってるよ」

「ミスター・チェリントンが依然として消えたままなのはどうしてですか？」

「それに私の車！」ミセス・プラットリーが叫んだ。「どこへ消えてしまったの？」

「それは」警部は考えこむような表情を浮かべた。「謎です。まったくの謎……ミセス・プラットリー！」

「何？」

「彼ら――ええと、幽霊たちはどんな容姿でしたか？」

「容姿？　さっき話したでしょう」ミセス・プラットリーはきつい口調で言い返した。「時間の無駄だわ、警部！」

「いいえ、無駄ではない。考えなしに訊いているのではありません。失礼ながら、あなたが話したのは彼らの服装です。容姿ではなく」

「あら、そうかしら……殺された男はあなたと同じくらい背が高くてすらりとしていた。髪は茶色。少し乱れていて、額にかかる髪が波打っていたわ。髭は生えていなかった。店主らしき男はそれほど背が高くなくてがっしりしていた。動きが鈍く、粗野で無骨な感じ。三人目の男、つまり夫は店主と体格は似ているけど雰囲気はまるで違う。おでこが禿げ上がっていて髪は薄く、黒かった。目は茶色――茶色の目はほかの色の目よりも目立つような気がするわ。女は飛びきりの美人よ。背は中くらい。肌は白くて滑らかだった。髪を帽子で覆っていて、不格好なドレスを着ていた……わかるのはこれくらいよ。あの時は気が動転していたから」

「ふむ――では、この人たちはどんなことを話していましたか？　三人目の男が現れる前に」

「どんなことだったかしら。この国の言葉だったけど、妙な言葉遣いをしてたわ。聞こえたのは会話の一部よ。扉を開けた時、若い男が女にこう言っていた――」ミセス・プラットリーは目を閉じた。

「〝ああ、遠くまで！　遥か彼方まで。いいかいケイト、僕が向かうところに君も向かう〟。それから、僕は今夜発って君は明日発つとか何とか。若い男が振り向いて私のほうに視線を向けたけど、彼が見たのは私じゃなくて開いた扉だった――〝あの扉はおかしいぞ！　どうして開くんだ？〟」

「それから？」

「もうひとりの男が扉を閉めた――私は扉に向かう男をよけたわ。若い男は女に向かって話し続けていた」ミセス・プラットリーはふたたび目を閉じた。「〝ゆっくりお休み、ケイト。離れるのも今夜までだ。僕は月にかけて誓う〟。ここで女が男の言葉を遮った。〝月に誓わないで。欠けていく〟何とかの月には。そして男が〝では何にかけて誓おう？〟と訊いて、女が〝誓わなくていいのよ〟と答え、忘れたけどもうひと言つけ加えると、男が僕の愛にかけて誓うと言った。後は、僕の愛は海のように深いとか、君に愛を与えれば与えるほど僕は愛を得るとか……」ミセス・プラットリーは目を開けた。

「まだ聞きたい？」

ミセス・プラットリーは警部に不思議そうな目を向けた。「どうかしたの？」

ミスター・スミスは整った顔に名状しがたい表情を浮かべていた。彼はミセス・プラットリーを興味深そうに見返し、額を手で叩いた。何かを思い出そうとしているようだった。やがて静かに口を開いた。

「果樹の梢を白銀色に輝かせる月にかけて誓う――

ああ、月に誓わないでください。不実な月には

日ごと姿を変える月のように、あなたの愛が変わってしまいます

では何にかけて誓おう？
誓わなくともよいのです

誓うなら、慈しみ深いあなた自身にかけて誓ってください
私の心は海のように広く
私の愛は海のように深い
あなたに愛を与えれば与えるほど私は愛を得る。私たちの愛は無限だ」

「まるで」ミセス・プラットリーは考え深げに「詩のようね」と言い、言葉を継いだ。「私が聞いた会話にそっくり！　彼らの会話を知っていたの？　聞いてないのに。聞いたはずがないのに……これは誰かの悪だくみなの？」彼女は鋭い口調で訊いた。

「これが何の一節かわかりますか？」警部は微笑した。「どうですか？　わからないようですね。君はどうだい、ブルックス。高いお金を払って古典を学んだだろう――わからないか？」

「ええと――あの」ブルックスは頼りない声を出した。「シェイクスピアの作品の一節でしょうか」

「シェイクスピアの『ロミオとジュリエット』の一節だ。この部分しか覚えてないが――〝あなたはなぜロミオなの？〟云々はもちろん覚えてるぞ――紛れもなく、かの文豪の作品の一節だ」警部はミセス・プラットリーに目くばせした。「あの幽霊たちは怪しいと思いませんか？」

「思います！」ブルックスが語勢を強めた。「胡散臭《うさんくさ》い連中ですね」

「ええ、胡散臭いわ！」ミセス・プラットリーは怒気を帯びた声で吐き捨てた。「もう、頭がすっかりこんがらかってる。よくそんなに悠長に構えていられるわね。ミスター・チェリントンと私の車はどこに消えたの？」

「もうひとつ謎があります」ミスター・スミスは考えこむような表情をしていた。「ミスター・チェリントンはこのあたりを熟知しているはずなのに、なぜワイチ・ストリートをマンダーズ・エンドと呼んだのか？」

「ええ、そうね。なぜかしら？」

警部は答えず、やにわに立ち上がった。「ちょっと失礼。ブリスと少し話したい」

警部は使用人を促して部屋から出て、扉を閉めた。三、四分後に戻ってくると、ミセス・プラットリーを見下ろして優しく告げた。「あなたはさっき、〝これは悪だくみなの？〟と尋ねましたね。答えは、はい、です。ちょっと外へ出ましょう」

ミスター・チェリントンの家の玄関は川に面していて人目につかない。彼は路地に面する側にブガッティ社の車を入れる車庫を作った。家から突き出た形になっていて不格好だ。コンクリートで舗装された短い道が塀に設けられた鉄門から車庫まで続いている。

ミスター・スミスは小さな一団を見栄えの悪い車庫まで連れていった。ブリスが両開きの扉の片方を開くと、警部は懐中電灯で中を照らした。一台の車が収まっていた。それはブガッティ社の車ではなく、ミセス・プラットリーのダイムラー社の車だった。

ミセス・プラットリーは息を呑んだ。それから狂喜の声を上げて車に駆け寄り、扉を開けた。車内は荒らされておらず、元通りだった。彼女は古風なショールを外してブリスに投げて渡し、白いマントを羽織った。長く車に揺られている間に脱ぎ捨てたものだ。それから旅行鞄を引っぱり出し、目を輝かせながら警部を見た。

「これよ！　私の車！　それに私の――どうしてここにあるとわかったの？」

「どうしてでしょう。車庫には家に入る時に気づいていました。そして、さきほど、はたと思ったんです。ワイチ・ストリートにある車庫とそっくりだと……これでもうひとつの謎が解けるかもしれません」

「でも、なぜ？」

「その言葉が私の頭の中を駆け巡っています――なぜか？　何かなくなっていませんか？」

「そうだ！」ミセス・プラットリーはまわりの目を少し気にしながら振り返り、屈んで旅行鞄を手に取ってふたたび振り返り、鍵を開けて鞄を開いた。中を手探りすると、滑らかでしっかりした〝幸運の箱〟に指が触れた。彼女はほっとした。「なくなってない。それにしても」ミセス・プラットリーは眉根を寄せ、警部に視線を戻した。「どうして車がここにあるのかしら？　この車庫に？　ミスター・チェリントンは確かにワイチ・ストリートの車庫に入れたのに」

「ここに動かしたんですよ」ミスター・スミスはぞっとするような声で囁いた。「幽霊が！」それから表情を一変させ、怯え戸惑うミセス・プラットリーに元気づけるように微笑みかけ、いつもの明るく気安い口調で告げた。「これは悪だくみです。間違いない。そして、この悪だくみはどこかで狂い始めた……」

合間の出来事

第十二章

「ついに！」次の日の朝、スミス警部が警察署に入るや、ポインター巡査部長が叫んだ。

「ついに何だ？」

ポインターの陰気な顔に恐ろしい笑みが浮かんだ。「ついに昨夜、幽霊に会いましたね！　あなたの番が来たんだ」

「いいや、ビル、会ってないよ。ブルックスとスノーリーは心霊現象に遭遇したが……今朝は私宛てに何か届いているかい？」

「手紙が一通と電報が一通。机に置いてあります」

警部は自分の部屋に入り、扉の後ろにあるフックに帽子を掛けると、電報を手に取って封を切った。

「やはりそうか！」彼は穏やかに言った。「ビル！」

「はい？」

「ダーシー・チェリントンはどこにいると思う？」

「ダーシー・チェリントンはちょっとした変人のようですね。いったいどこにいるのやら」

「ブリスの言う通りだったよ。スコットランドのバリー・ナ・フェチャンにいる」

「どこですって？」

「バリー・ナ・フェチャン。このひと月、そこで過ごしていたそうだ」

「へえ。ロンドンであの華やかなミセス・プラットリーを口説いていたわけじゃないのか。この件についてどう思いますか、警部？」

「面白いな」

「え？」

「君も考えてみろ。警視はもういらしてるかな？」

「はい、二階に。お待ちになってます」

「よし！」ミスター・スミスは二階にあるブラックラー警視の部屋に向かった。その間に手紙を開封してさっと目を通した。

ブラックラー警視はひとりではなく、ミセス・プラットリーがいた。身に纏う錆色の服が蜂蜜色の髪によく合っていて、ふたりの間にある机には青色のスエードを貼った小箱が載っていた。

「おはよう、スミスィー！　今までどこにいたんだ？」スミス警部の人となりを知っている警視は責めるわけでもなく、ただ訊いた。

「おはようございます、警視！　おはようございます、ミセス・プラットリー。まさかここであなたにお会いするとは……遅れてすみません、警視。仲介人のバントリングと例の空っぽの倉庫へ行ってきました。あの倉庫は正面がウェルデン・ストリートに面しています。倒産したブラシ製造会社が所有していたもので、ワイチ・ストリート側にある車庫のような部分は増築された物置でした」

「そうか」ブラックラー警視は重い口調で言った。「ミセス・プラットリーからワイチ・ストリートに関する信じがたい話を聞いたよ」

ミセス・プラットリーが言い返した。「警察は眉唾物だと思うかもしれないけど──」危うい方向に向かいそうだったのでスミス警部が話を遮った。

「警視は嘘だと思っているわけではありません。ただ、この手の話を朝や昼に聞くと嘘のように思えるものです……昨夜は大変でした。また同じようなことが起こってしまいました。警視、あなたのようながちがちの唯物論者には恨めしい事態でしょう」

「ふんっ！　大きなお世話だ！」警視は唸るように言った。「ワイチ・ストリート沿いの物置には何があったんだ？」

「何もありませんでした」

「何も？　そんなことはないだろう」

「確かに、おっしゃる通りです。当然ながら空気がありました。あとは埃と床と壁」

「指紋は？」

「昨夜、ミセス・プラットリーが押し開けた扉の内側と外側を調べました。指紋はひとつも残っていません。門にも取っ手にも、そのほかの場所にも。不思議なことに古い指紋も皆無でした。そういえば、床には埃が溜まっていませんでした。そして、とても重要なものが残っていました」

「どこぞのまぬけの足跡か？　煙草の灰か？」

「血痕かしら？」ミセス・プラットリーが熱心な口調で訊いた。

スミス警部はにっこり笑った。「いいえ。幽霊は血を流しませんよ、ミセス・プラットリー。それに箒《ほうき》を使わない──たぶん。警視、床に残っていたのは箒で掃いた跡です。ごく最近、誰かが箒で掃いたんです。見た限りでは、綺麗にするためではなく、何かの痕跡を消すために掃いたようです」

「ほほう！　スミスィー、君の幽霊話はそれで終わりか」

「ええ」スミスィーは穏やかに答えた。「私は幽霊を見ていません」

「ワイチ・ストリートについてはどう思う？　どうして消えたんだろう？」

「消えていません」

警部が告げると、ミセス・プラットリーの表情が険しくなった。

「あの路地は」警部は真剣な口調で続けた。「消えていません。隠されていただけで、ずっと存在していたのです。警視、物置の中にもうひとつ重要なものがありました。煉瓦のかけらです！」

ブラックラー警視は渋面を作った。「それがどうして重要なのか、いずれ説明してくれるんだろうな。いったいどんなからくりなんだ？　謎はまだ残ってるぞ。ダーシー・チェリントンはどこにいる？」

「スコットランドです」ミスター・スミスは心ここにあらずといった表情で答えた。

「スコットランドだと？」

「はい。バリー・ナ・フェチャンというスコットランドの最北端の地にいます。調べまして、たった今確証を得ました。これで謎がひとつ解けましたね。私が疑問に思っているのは、なぜミセス・プラットリーが標的にされたのかということです」

警視は口もとにうっすらと微笑を浮かべた。「ミセス・プラットリーがその疑問に答えてくれるだろう。彼に話してください」

「何を？」ミセス・プラットリーは当惑した。

警視は机の上にある〝幸運の箱〟を指さした。「これについて」

「ああ、このこと……たぶんあなたに愚か者だと思われるわ、警部。昨日の夜、何かなくなってませんかと私に訊いたわよね？」

「チェリントンの家の車庫で？　訊きました」

「車が見つかったから私は舞い上がっていたのよ——旅行鞄を開けて中を手探りしたのを見たでしょう？」

警部は頷いた。

「これ——宝石箱を探していたの。入れた場所に入ってたから問題ないと思ったのだけど。今朝、ホテルで箱の中を見たら——」

「なんてことだ！」ミスター・スミスは小箱を見ながら叫んだ。

「そう、宝石が消えた」警視が渇いた声で告げた。「今は小石が詰まってる」

「石！」ミセス・プラットリーは唇を引き結んだ。「昨夜、ロンドンを出発してから今朝箱の中を見るまでの間に、二万五千ポンドの価値のある宝石が盗まれてしまった。宝石を取り返さないと！」

ミスター・スミスはじっと座ったまま、荒らされた箱をぼんやりと見つめた。「つまり」彼は呟いた。「すべては宝石を盗むためだったのか……それにしても変わった盗み方だ。なぜなんだ？　手のこんだ複雑な演出、幽霊、心霊現象——」彼は急に黙りこみ、立ち上がって部屋の中をぐるぐる歩き回り始め、しばらくするとまたぶつぶつ呟いた。「心霊現象——まやかし、魔術、謎——ミセス・プラットリーは二万五千ポンドの価値のある宝石を失った。まやかし、魔術——ミスター・シャーマン・ストークスは国外に持ち出そうとした一万七千ポンドを失った——」

「ストークス？」警視が訊いた。「横領を働いた男か？」

「はい。〈ウェルカム・イン〉にいた男です」落ち着きのない虎のように歩き回っていたミスター・スミスは机に歩み寄り、さっき受け取った手紙を取り出して警視に渡した。「ストークスの弁護士からの手紙です。ストークスが私に会いたいそうです。何を話すつもりなんでしょう？」

「うむ、それを知る方法はひとつ」

「会うしかない」

「宝石はどうなるの？」ミセス・プラットリーが金切り声を上げた。

「マダム」警視が手紙から顔を上げて淡々と告げた。「泥棒が何人いようと、あらゆる手を使って探し出して宝石を取り戻します。盗まれた物の詳細なリストを作ってもらえれば――」

「ミセス・プラットリー」警部が訊いた。「ミスター・チェリントンと出会ったのはいつですか？」

「一か月くらい前よ。それがどうかしたの？」

「つまり、彼がスコットランドに発つ頃に出会ったということですね」

「私にはわからないわ」

「そうですか。ブリスの話からすると、その頃に出会ったことになります。昨夜はどうしてあなたの車を使ったのですか？」

「ミスター・チェリントンの車は車軸が壊れていて修理中だったから」

「彼がそう言ったのですか？」

「ええ、そうよ」

「そうか。つまり……」

「スミスィー！」

「何ですか、警視？」

「今回のことと〈ウェルカム・イン〉で起こったこと。このふたつは似ているな」

「いかにも！　似ています。もうひとつの件――ミス・ジャネット・ソームズと存在しないフィリップ・ストロングの件も似ています」

警視は慎重な姿勢を見せた。「その件は真実だろうか。ミス・ジャネット・ソームズの主張を裏付ける証拠はない」

「はい、ありません。でも似ています。ミセス・プラットリーの主張はブルックスとブリスとスノーリーの証言によって裏付けられた。だから彼女の主張を信じるのですか？」

「ううむ……」

「だから信じるのでしょう。警視、ミス・ソームズをとりあえず信じてみたらどうですか」

「それはできん！　ジミー・メルローズに仕える執事とタクシー運転手の証言を無視していいのか？　それにミス・ソームズは何も失ってないだろう？　正気を失ったが、それは別問題だ」

警視の机の上にある電話がけたたましく鳴った。彼はミセス・プラットリーにちょっと失礼と言って受話器を取った。その途端、微かながら短く鋭い怒鳴り声がほかのふたりの耳に届いた。ミスター・スミスは忍び笑いを漏らした。ブラックラー警視は適当な間隔で「はい」と「いいえ」を挟みながら話を聞いた。やがて怒鳴り声は止み、警視は受話器を置いた。「本部長だ」

「そうだと思った」ミスター・スミスは呟いた。

「誰かわかったのか？　じゃあ、本部長が何とおっしゃったか当ててみろ」

「本腰を入れろとおっしゃった。昨夜のことを耳にして、本気で取り組むべきだと思われたのかもしれません」

「いや」と警視。「本部長は昨夜の件はまだご存じない。でも、君の言う通り、本腰を入れるべきだと思っていらっしゃる」

「私、警察に協力するわ！」ミセス・プラットリーが鋭い口調で言った。「だから助けて！」

警視はミセス・プラットリーに助けますと言った。「警部もそのつもりです。スミスィー、本部長から面白い情報を聞いたぞ。まさに時宜を得た情報だ。私たちの会話が本部長に聞こえていたのではないかと思わせるほどだよ。本部長のもとにドクター・ソームズからまた手紙が届いたんだ」

「へえ！　あのお兄さん。筆まめな紳士ですね」

「ドクター・ソームズは捜査が遅々として進まないことを憂いているそうだ。彼は妹からある事実を聞いた。妹は今も精神科医の世話になっていて、その事実を警察にも兄にも隠していたらしい。件《くだん》の夜、妹は全財産のおよそ千二百ポンドを持ってフィリップ・ストロングと駆け落ちした。このお金を列車の中でフィリップ・ストロングに渡したそうだ」

ミスター・スミスは言葉を発しなかった。ただ叫び声を上げた――犬が体を踏まれた時に上げる鳴き声のようだった。

「君の言葉を借りるなら、まやかし、魔術――ジャネット・ソームズは千二百ポンドを失った！」

ミスター・スミスは意味不明なことを呟き始めた。「そうだったのか！　連中はとんでもなく愚かなことを続けるだろう……それはつまり……たとえ……いや、わからない……」

ふたたび電話が大きく鳴り響いた。警視は受話器を取って耳を傾け、「よし、すぐに行く」と応えて受話器を置いた。「ポインターからだ」彼は脚を組んで椅子の背もたれに体を預け、興味深げに警部を見た。警部は椅子にドスンと座った。「昨夜、君が一緒にいたタクシー運転手の名前は？」

「バート・レヴィツキです。どうかしたのですか？」

「レヴィツキが消えた」

「え？」

「レヴィツキが消えたんだ。夜明け前に君を家まで送った後、レヴィツキはミセス・マレンの家に戻った。そこに住んでいるそうだ。ミセス・マレンは彼がタクシーを停める音を聞き、そして家に入って、部屋を歩き回ってから外に出る音も聞いた。その後レヴィツキは戻ってこなかったが、ミセス・マレンは気にせずに眠り、日が昇ってから起きて外を見ると、家の前にタクシーが停まっていた。けれどレヴィツキの姿はなかったそうだ。彼は消えた……なぜだ？」スミス警部は黙っていた。

「レヴィツキ！」警部はしばらく経ってから呟いた。「警視、どうして消えたのでしょうか？　今回の悪だくみの一環なのか？　それとも新たな悪だくみが実行に移されたのか？　嫌な感じだ。レヴィツキはジャネット・ソームズをジミー・メルローズの家まで送ったタクシー運転手……ちょっと待ってください」

警視は辛抱強く待ち、ミセス・プラットリーは興味深そうな表情を浮かべて待った。

「流れる血にシェイクスピアの作品の一節！　そうだ……当然だ！　不要なことかもしれないが。不自然じゃない。筋が通る……もしも彼がやったのなら……うん、それでいいじゃないか。これが答えだ。そうに違いない……でも、そうだとしても、やっぱりわからない」

「いったい何を言ってるんだ？」警視は訊いた。

ミスター・スミスは顔を上げ、うつろな目を上司に向けた。「警視」彼はおもむろに口を開いた。

「数日休みを取ります。これから時間と労力をつぎこまなければなりません。ちょっとした裏工作が必要です。ウィンチンガムを中心にして数々の騒動を繰り広げた面々に会ってきます。それから〈ウェルカム・イン〉を徹底的に調べます。あり得ないことが起こったあの場所が頭から離れない！　ジミー・メルローズの家も調べます。あと、バート・レヴィツキを探します。そうだ、ストークスの車を修理した男にも話を聞こう。ストークスにも会わなければ。もし可能なら、ビル・ポインターを連れていきたいのですが」

「どういうことだ、スミスィー？」警視は興味津々といった様子だった。「真相が見えてきたのか？」

「まだ曖昧模糊としています。ただ」警部はよく聞く言い回しを少し変えて言った。「私は鼠が空中に浮いているのを見れば、それが鼠だとわかる。では、悪の芽を摘むことはできるのか――芽のうちに摘むことはできずとも、実を結ぶ前に摘むことはできるかもしれない」

「盗まれた宝石は」ミセス・プラットリーがまたぞろ語気鋭く訊いた。「どうなるの？」

「取り戻します」ミスター・スミスは答えた。

二

ミスター・ストークスの目的は、思い出したふたつの事実を警部に伝えることだった。

「警部、私はどうしようもない愚か者だった。人は時にとても愚かなことをする。それに気づく者はほんのひと握りだ。私は秘書のラナ・ブースのことをずっと考えていた。彼女は私を口説き、一緒に連れて行くよう迫ってきた。もちろんお金が目当てだったんだ。で、お金が消えた」

「それで？」ミスター・スミスはただこう訊いた。

「思い出したことがある。宿の手前で脇道に入った時、彼女がここはどこなのと訊いたので、地図によるとウィンチンガムという町の近くだと答えた。聞いたことのない名前で、私はウィンチンガムと言ったが、彼女はウィンチャムと呼んだ。君もそう呼ぶ」

「ほう！」警部は背筋を伸ばした。「面白い。彼女も名前を聞いたことがなかったのにですか？」

「ああ。彼女はそう言った。おかしいだろう」

「ええ。おかしいし極めて示唆的です。ミスター・ストークス、私はあなたが〈ウェルカム・イン〉に向かうよう仕向けられたのだと思ってます。どうやら彼女はそれに一枚嚙んでるようだ」

「そうだろうか」ミスター・ストークスは確信が持てないようだった。「消えた部屋のことはどう考えればいいんだろう。部屋は存在したし、私は中に入った。半分眠ったような状態だったが、本当に入ったんだ。私は——罠に引っかかったのだろうか。そういえば、宿には君の部下もいた」

「私の部下……警官……おお《Gadzooks》！」ミスター・スミスはこの手の古臭い感嘆詞をしばしば口にする。彼は例によってぶつぶつ呟き始めた。「そうだ、あいつがいた……あの夜、ジミー・メルローズの家には巡査部長がいた……ワイチ・ストリートの件には巡査たちが絡んでいる……ううむ」

「ワイチ・ストリートの件？」

「それについてはひとまず置いておきましょう。あなたは関わらなくていい。ほかに何かありますか？」

「ある。この話を君はどう思うかな——どう解釈するかな」

「話してください。どんなに小さなことでもいいから全部。一見何でもないようなことに真実が隠れているものです」

「エレベーターで一階に戻った時、私は朦朧としていた。エレベーターに乗っている間は意識を失っていたんだ」

「あなたは」警部は穏やかに告げた。「薬を飲まされたのです」

「薬？」ミスター・ストークスには思いもよらないことだった。

「巧妙な方法で。充分な量の薬を」

「ええ！　考えもしなかったな。君はそう思うのか？」

「確信しています。ある目的のために薬を飲まされ、朦朧とした状態に陥り、鞄のことが念頭から消えた。その隙に悪事が行われました。鞄を奪うことを目的とする悪だくみです」

「悪だくみ？　薬？」ミスター・ストークスは間の抜けた声で繰り返した。「誰が私に薬を飲ませたんだろう？　どうやって？　そうか！」

スミス警部は励ますように微笑みかけた。「だんだんわかってきたようですね。悪だくみなんですよ。その全貌は不明ですが。では、話を続けてください」

「ああ、そうだな。エレベーターの腰掛けに座っていた私をミス・ブースが揺さぶって起こそうとした。君は――何と言ったらいいのか――夢うつつに人の声を聞いたことがあるか？」

「はい。あります」

「よかった！　それなら話が早い。私は夢うつつに誰かが口笛を吹くのを聞いたんだ。そして別の誰かが慌てた様子で〝口笛を吹くな！〟と言った。これにどんな意味があるのかわからないが、先日ふと思い出して、それ以来ずっと頭から離れない。知っているメロディーだった。あのメロディーを口笛で吹くなんて珍しい。だから思い出したのかもしれない……誰が口笛を吹いたのかはわからない。ミス・ブースは目を覚ますよう私を揺さぶり、記者のブライアントはとりとめもなく話していた。ふたりは私と一緒にエレベーターの中にいて、宿の主人ウィルソンはコーヒーポットを持ってエレベーターの中をのぞいていた。そして私が半覚半睡の時に誰かがチャイコフスキーの美しいアンダンテ・カンタービレを口笛で吹き、別の誰かが口笛を吹くなと言った」

ミスター・スミスはミスター・ストークスをきょとんと見つめた。しばらくすると彼の目が輝き出し、顔が明るくなった。「チャイコフスキー！」彼は呟いた。「チャイコフスキー……これは……じつに面白い！」

ミスター・ストークスは驚くとともに満足を覚えた。「そうか？　面白いか？」

「ええ、ミスター・ストークス」警部は慎重な口ぶりだった。「あなたの話は手がかりになります。ある出来事の全貌がおぼろげながら見えてきました。それはあなたが巻きこまれた騒動とつながっています……ほかにありますか？　思い出したことが？　私が聞きたいのはあなたが想像したことではなく事実です」

ミスター・ストークスはもの思わしげな表情を浮かべ、硬い白襟の内側に指を入れてぐるりと動かした。「ある――ふたつある！　今、思い出したぞ、つまらないことだが」

「話してください！」

「うん……私は帽子をカウンターに置いた。そしてエレベーターに乗り、例の部屋に入った。それから、部屋が存在しないことを知って、宿の中をひと回りしてバーに戻り、帽子を手に取った。その時、帽子が濡れていた」

「濡れていた?」

「いや、ちょっと違うな。濡れていたというより湿っていた。そうは見えないが湿っていた。どういう状態かわかるか?」

ミスター・スミスはぼんやりした表情で頷いた。「わかります。どうして湿っていたんだろう。外に出ましたか?」

「一度も出てない。ミス・ブースと車から宿まで移動する間に雨がぽつぽつ落ちてきて、革のスーツケースにわずかに雨粒の跡が残っていた。帽子にはそういう跡はなかったし、湿ってもいなかったのに、カウンターから取り上げた時は間違いなく湿っていた」

警部は顔をしかめた。「あの夜のことは覚えてます。雲行きが怪しくて、誰もがひと雨来ると思っていたが、おっしゃるように、ぽつぽつ降っただけだった。答えはどこかにある。どんな不可解な謎にも答えはある。どういうことだろう……誰かが持ち出したのでしょうか?」

「持ち出した? 誰が? 何のために?」

「見当もつきません!」警部はため息を吐いた。「この件については後で考えましょう。心に留めておきます。思い出したことがもうひとつあるんでしょう?」

「ある」ミスター・ストークスはためらいがちに告げた。「些細な取るに足りないことだが、どういうわけか思い出した。君が聞きたいなら――」

「聞かせてください」

「壁に掛けてあった肖像画が床に落ちたんだが」

「ああ、そのことは知ってます」警部は皮肉っぽい口調になった。「ポルターガイストですね。ミス・ブースに幽霊を信じさせるために起こったのでしょうか」

「そうかもしれない。彼女は幽霊を信じていなかったよ。三階の部屋が存在しないことを知るまでは……肖像画が落ちると、それまでカウンターの中に静かに立っていたウィルソンが出てきて肖像画を見て回り、警官が彼に従った。その警官——名前を忘れてしまった——がラジオの側に落ちていた小さな木片をつまみ上げて暖炉に投げ入れたんだ」

「どうして?」

「さあ。几帳面な性格なのかな。たわいない出来事で、あの時は気にも留めなかった。ほかのことに意識が向いていたから。ところが脳裏によみがえったんだ。警官が楔形の小さな木片をつまみ上げて、しばらく眺めてから暖炉に投げ入れる姿が……」

「楔形の小さな木片」ミスター・スミスはぼんやりと遠くを見やった。

「何か意味があるんだろうか?」

「どうだろう……わかりません。ただ、あなたの話は謎を解明できる可能性を大いに広げました。帽子の件は興味深い。それに木片。どうしてケニーはひと言も触れなかったんだろう?」

「木片について?　やはり意味があるのか?」

「わかりません」ミスター・スミスは繰り返した。「でも、どうも引っかかる……ミスター・ストークス、もう一度〈ウェルカム・イン〉に行きましょう。あの宿であなたの身に起こったことを順を追って再現してください」

三層の崩壊

第十三章

スミス警部は数日休む許可と全面的な協力を得た。これは警部を心から信頼する警視の尽力によるところが大きい。ただ、最後の幽霊を退散させて最後の謎を解くまでに、数日どころかひと月近くを要した。その間、ミスター・スミスは饒舌になったかと思えば急に黙りこんだり、すこぶる張りきって精力的に動いていたかと思えば塞ぎこんだり不機嫌になったりした。ポインター巡査部長によると、警部は巡査部長を駆けずり回らせ、ミセス・スミスによると、たまに癇癪を起こした。そしてある日、ウィンチンガム警察署の二階の部屋に入り、話し合いをしている本部長と警視に向かい、ついに三つの謎が解けましたと告げた。警察をとことん悩ませ、霊能力者をおおいに興奮させ、世間の耳目を集めた謎である。

ミスター・スミスは劇的な展開を好む。彼は詳細な報告書を提出せず、一連の出来事の全容を自分のやり方で説明したいと懇願した。通常の進め方——警察の進め方から逸脱しているため、本部長は少々腹を立て、寛容で大らかな警視も渋い顔をして疑問を呈した。けれど、意見の応酬の末、ミスター・スミスは独自のやり方で説明することを許された。

ミスター・スミスはある日の深夜十一時半、警視の部屋で少数の選ばれた人物たちに向かって話をすることになった。聞き手は本部長、ミセス・ジョセフィン・プラットリー、ミスター・ジミー・メルローズ、それにミスター・ダーシー・チェリントンに仕える使用人ミスター・ハリー・ブリスである――ブリスを呼ぶことは後で決まった。チェリントンはまだスコットランドに滞在していた。ブラックラー警視とポインター巡査部長は聞き手というよりも警部の協力者としてその場にいた。

「私は」ミスター・スミスは前置きを省いて話し始めた。「寛大な本部長の許しを得て、普通の方法ではなく少し変わった方法を用います。まずは、今ここで断言します。この一、二か月の間に私たちがウィンチンガムで遭遇した一連の出来事はペテンです！　そして犯罪であり、すべてつながっています。このペテンは独創的で芸術的で美しい！　暴くのが惜しいほどです」ゴームズビー大佐が警部をじろりと睨んだ。警部ははっと我に返り、まだ明かしていないペテン師たちを褒め称《たた》えるのを控え、急いで言葉を継いだ。

「犯人はいくつかの罪に問われると思いますが、彼らの目的はひとつ――盗むことでした。第一の事件では、奇妙で不可解な状況のもとで、ミス・ジャネット・ソームズが千二百ポンドを強奪されました。いや、奪われました。強奪という言い方は強すぎるかもしれません。第二の事件では、奇妙で不可解な状況のもとで、ミスター・シャーマン・ストークスが横領した一万七千ポンドの入った鞄とコートとスーツケースを奪われました。ちなみに、帽子は無事でした。これは小さな偶然の賜物であり、問題を解決する大きな助けになりました。第三の事件では、これまた奇妙で不可解な状況のもとで、ミセス・プラットリーが二万五千ポンドの価値のある宝石を奪われました。

このペテンは一見無関係に見える三つの事件で構成されています。三層のまやかし。こう呼んでもいいでしょう。欲にまみれたおぞましい目的を覆い隠すために一層ずつ重ねられ、三層のまやかしになりました。第一の層は構図が単純で予行演習のようなものです。第二の層は性質は同じですが複雑で、それ相応の演技力を必要としました。第三の層はさらに複雑でかなりの演技力を要しました。また、少々お粗末で、嘘くささを漂わせるものでした。層がさらに重ねられ、ペテンが無限に続く可能性もありました。ところが第三の層が不安定で、そこへ持ってきて油断が生じました。第三の層は不安定だから、ほんの少し押しただけでぐらつき、崩れます。残りの二層も第三の層もろとも崩れるでしょう。

今は国中で降霊術が流行っていて、猫も杓子も心霊現象を信じています。犯人はそれを利用しました。犯行は続けざまに成功しますが――そのう――尊敬すべき大切な友人ミスター・メルローズが語った心霊現象に関する話が私たちの目を曇らせ、それが成功に少なからず貢献しました」警部はミスター・メルローズを見ながらおどけたように片眉を上げ、急いでつけ加えた。「あなたを責めているわけでも弁明しているわけでもありません。本当のことを言っているだけです。犯人は偽の心霊現象を作り出して犯行をごまかしましたが、それが暴かれ、犯人は明らかになります」

スミス警部はミスター・メルローズに発言を促すかのように言葉を切った。ミスター・メルローズは真剣な面持ちだった。とても落ち着いていて、怒っているようには見えなかった。

「警部、この世では詐欺や嘘が横行している。それは誰もが認めるところだ。ペテン師はいつも近くに潜んでいる。でも、ペテンは事実に勝てない。ペテン師は真実を変えることはできないし、何をしようと真実は揺るがない。ペテン師は一歩一歩真実に向かって手探りで進む者を惑わせ混乱させるが、真実はひとつしかない。私は」ミスター・メルローズは堂々とした態度で言った。「ペテン師ではない。降霊会の部屋で起こったことは――」彼は一瞬黙り、鋭い声で繰り返した。「降霊会の部屋で起こったことは――?」

「そうです」警部は静かに告げた。「あの夜、降霊会の部屋で起こったことは第一の層を構成する大きな要素です。とても重要な役割を果たしました！　根っから疑り深いポインター巡査部長を間違った方向に向かわせた。単純な事実から離れるように導いたのです。彼は——私たちも——混乱し、釈然としない思いにとらわれました」

「証拠！」ポインターが唸るように呟いた。彼は第一の層が形成されつつあった夜、ミスター・メルローズの家へ向かいながら交わした議論を思い出した。「自分の目が見た証拠！　証拠に対する自分の解釈！　私は責められて当然です」

「そんなことはないよ、ビル。そんなことはない。犯人は賢い。連中の悪だくみを暴いたとしても見くびるのはまだ早い」

本部長はしびれを切らした。「もう充分だ、警部。熱弁を振るうのもおおいに結構だが、そろそろ事件のからくりについて聞きたいものだ」

「今からからくりをお見せします」ミスター・スミスは淡々と答えた。「文字通り。今日、この時間に集まっていただいたのはそのためです。ミセス・プラットリーにはどうしてもお越しいただく必要がありました。彼女は第三の層における犠牲者であり、理由はそのうちわかりますが、この層を最初に崩します。完全に崩すには再現しなければなりません。今夜は第三の層を再現します。この層では、盗まれた路地の話が展開します……」

二

ブルックスはオールド・チッピング・ロードの一角に警察の車を停めた。マンダーズ・エンドからそう遠くない場所である。午前零時を過ぎており、人影はなかった。再現を試みるミスター・スミスにとってもってこいの状況だ。ブルックスの隣に座っていた警部は後部座席へ振り向き、ミセス・プラットリーに話しかけた。彼女の両側にゴームズビー大佐とミスター・メルローズが座っていた。ブラックラー警視とポインター巡査部長はそれぞれ舞台監督助手と道具係として奔走し、ブリスはマンダーズ・エンドの入口に立ってスノーリー巡査と話していたが、この有能な巡査は寡黙なので会話は弾まなかった。

「では」舞台監督のミスター・スミスは告げた。「ここから始めます。あの夜に起こったことを完璧とまではいきませんが再現します。ミスター・チェリントンはここを進んでワイチ・ストリートに入りました。彼はいくつかの理由から、その路地をマンダーズ・エンドと呼びました。今からブルックス巡査が車を路地に入れます。よろしいですか?」

「ええ」ミセス・プラットリーが答えた。

ブルックスは車を発進させ、ミスター・チェリントンと同様にマンダーズ・エンドと街灯をゆっくり通り過ぎると、歩道に乗り上げてワイチ・ストリートに入った。暗く狭い路地を歩く速度くらいで進み、ミスター・チェリントンと同様に勢いよく左に曲がり、〝車庫〟の両開きの黒い扉にヘッドライトが触れる寸前で車を停めた。

「ここで」警部は言った。「ミスター・チェリントンは体がだるいなどと訴えましたが、じつは霊媒師に現れる体調の変化を真似たのです。そして車から降りました。私たちも降ります」彼は真っ先に外に出て、ミセス・プラットリーのために扉を開けた。「ブルックスにはこのまま車の中にいてもらいます。私たちは川のほうに進み、自然の美を愛《め》でましょう」

「自然の美！」ミセス・プラットリーは鼻先で笑い、それから体を震わせた。長く続いた小春日和はすでに懐かしい思い出となり、ウィンチンガムには冬の寒さが到来していた。川は霧に包まれていた。ミセス・プラットリーは豪華な毛皮のコートに身を包み、男たちも皆、コートを着こんでいた。本部長は襟巻で首もとを覆い、派手な格子柄の縁なし帽をかぶっていて、さながらスポーツ好きの大地主といった風情だった。彼とミスター・メルローズはしかつめらしい顔をして押し黙っていた。

　ブルックスがヘッドライトを消し、ミセス・プラットリーのまわりは真っ暗になった。両側の壁はそれほど高くないものの、頭上まで聳《そび》えているように見え、病んだ陽光とでも言おうか、月の青白い光に川側の壁の四分の三ほどが浮かび上がっていた。壁は禍々《まがまが》しい灰色で、ミセス・プラットリーとまわりにあるものすべてを取り巻く闇を際立たせていた。しかし、三人の逞しい男がいるから彼女は怖くなく、強い好奇心に駆られていた。後方で車の発進する音が聞こえ、振り返ると、赤いテールライトが建物の中に入っていくのが見えた。

　ミスター・スミスは腕時計を目に近づけて発光する文字盤を見た。「ミセス・プラットリー、あの夜、チェリントンは車から降りてあなたを川のほうに連れていき、でたらめを言いました。その理由が今ならおわかりでしょう。あの扉には内側から閂がかかっていて、中にいる誰かがチェリントンのために扉を開けました。あなたはここにいらっしゃったからそれが見えなかった。この時すでに第三の層に最初の亀裂が入っていました……それにしても、ここは気持ちのいい場所ではありませんね」「ミスター・チェリントンに言ってやったわ」ミセス・プラットリーは嫌悪感を露わにした。「ひどいところだって」

「確かにひどいところだ。こんなところに居《きょ》を構えるなんて、チェリントンも変わっている」警部は闇の中で遠くを指さした。「あそこ——壁の向こうの端。あそこに扉がなく、あなたは怖くなった。それでは、今から車に続いて中に入り、真相を確かめましょう。さあ、あの夜と同じように扉を押してください」

ミセス・プラットリーは謎の扉を押し開けた。すると、またしても車と運転手が消えていた。そこは例の薄汚い小さな酒場だったが、〝風変わりな服〟を纏った幽霊たちはいなかった。

「ワイチズ・エールハウスへようこそ！」警部は陽気な声を上げた。「サックを一杯いかがですか？」彼は考え、観察し、仮説を立て、検証した日々がようやく終わって晴れ晴れとした気分だったし、ちょっと浮かれてもいた。

「ふざけるのはやめたまえ！」本部長が怒鳴った。「車はどこへいったんだ？」

ランスロット・カロラス・スミスが浮かれ気分になると、もう誰も手がつけられなかった。「あ！」彼は満足そうに叫んだ。「本部長、あなたは洞察力を持っていらっしゃるから、おわかりになるでしょう。車はどこへいったのでしょう？」彼は答えを知っているのに尋ね、不思議そうにまわりを見た。

ミセス・プラットリーがほかのふたりよりも早く気づき、反対側の壁に設けられた扉を指さした。

「あの扉から出ていったのね！」

「ご明察」警部はミセス・プラットリーに向かってにやりとした。「単純でしょう？　そういうことです。ダーシー・チェリントンと名乗る男はここにいた仲間が扉を開けると、直進して倉庫に続く扉を通り抜けた。その後、一味はテーブルと長椅子を並べて舞台を整えた。それにかかった時間はせいぜい一分半ほどでしょう。あなたは中の大きな扉に気づいたものの、車がそこから出たとは思わなかった。ここにいたのは十六世紀の人間の幽霊ではありません。一味の芝居によってあなたは混乱し、意識が車から逸れた。一味はあなたを煙に巻いたのです。

ブルックスは車を扉の向こうに停めています。しばらくそのまま待機させましょう。そうすれば、あの夜と同じ状況になります。一味は遠い昔に起こった悲劇を演じました。それによってあなたの意識が消えた車から逸れ、さらに、あなたは戸惑い、狼狽し、恐怖に陥り、ここに釘付けになったのです。その隙にダーシー・チェリントンと名乗る男は空っぽの倉庫を横切り、主要搬出口からウェルデン・ストリートに出ると、ぐるりと回ってマンダーズ・エンドに入り、チェリントンの家の車庫に車を入れた。だから巡回中のスノーリーにも姿を見られずに済みました。そして宝石箱をまんまと盗み、自分に戻りました」

「自分に戻った？」ミセス・プラットリーが怪訝な面持ちで繰り返した。

「そうです。あなたに少々衝撃的な事実を告げなければなりません。じつは、極めて狡猾で大胆不敵な悪党がダーシー・チェリントンになりすましていたのです。私はわりと早い段階でそれに気づきました」警部は表面の粗いカウンターにひょいと腰掛け、白目製のマグをもてあそんだ。「そして四人の人物――四人の生者がひと芝居打った。四人はシェイクスピア劇の台詞を真似して話しました。酒場の主人役の男は扉を閉めたが閂をかけなかった」

「あの男は」ミセス・プラットリーが割って入った。「心底怖がってたわ！　顔がてかるほど汗をかいてた！」

「ミセス・プラットリー、あなたは真に迫った演技を見たのです。男の顔が明かりのもとでてかっていたのは冷や汗をかいていたからではなくクリームを塗っていたからです！　〝夫〟役の男が現れるとちゃんばらが始まり、夫が妻の愛人を殺した」

「本当に殺したのよ！　血を見たもの！」

「そう思いこんでいるだけです。あなたが見たのは赤い液体。おそらく簡単に洗い流せるものです。あなたは殺された男の右手を見ました。では左手は？　見ていないでしょう。左手は体の下にあり、男は左手を使って〝血〟を流したんです。男は死んでなどいない。まだ生きています。三層のまやかしの全容を解明するために、後ほど男の顔を確認してもらいます。

続けましょう。〝夫〟は〝妻〟を連れて帰ろうとしたが、抵抗されて〝殺した〟。でも剣は妻の体を貫いていません。妻は死んだのではなく、単に石畳の上に倒れたんです。酒場の主人はもうひとつの〝死体〟を川まで引きずっていきました。あなたは水の跳ねる音を聞き、何が行われたか想像した。役者たちの名演技によって想像を掻き立てられ、耐えきれなくなって駆け出し、ワイチ・ストリートからオールド・チッピング・ロードに出ました。そして、そこにいた男たちを引き止めて剣で人が殺されたことを告げ、男たちを連れてワイチ・ストリートの入口まで戻ると、ワイチ・ストリートは消えていたのです」

「この時から」ミスター・スミスはマグを置き、両手を膝の下にさし入れた。「悪だくみが破綻をきたし始めます。私はそれを確信するに至りました。それまでは驚くほどうまくいっていたのに綻びが生じたのです」

「綻びが生じただと！」本部長が叫んだ。「絶頂を迎えたように見えるが。成功の真っただ中にあるように」

「そう見えますが」と警部。「そうではないんです。あの夜、チェリントンの家でミセス・プラットリーから話を聞いた後、私はこう思いました。マンダーズ・エンドに住むチェリントンがワイチ・ストリートを頑なにマンダーズ・エンドと呼んだのはなぜか？　この謎が解ければいろいろ見えてきます。綻びが生じた主な理由は、ミセス・プラットリーがウィンチンガムのほかのどの住人でもなく、あのふたりに出くわしたことです。チェリントンに仕える使用人ブリスと警官のブルックスに……第三の層において、一味は運に頼り過ぎました。すでに申し上げたように一味は油断し、そして運に頼り過ぎた」

警部はカウンターからするりと下り、虚ろな表情でコートの後ろについた埃を払った。「先へ進みます。ここまでは理解できたでしょうから、さらにミセス・プラットリーの体験をたどっていきます。のんびりやりましょう。時間はたっぷりありますから――いったんオールド・チッピング・ロードに戻り、一味がワイチ・ストリートを盗んだ方法を明らかにします。ちょっと待ってください、ブルックスを連れてきます」

警部は部屋を横切って幅広の扉を開けた。彼の言葉通り、警察の車が停まっていた。ヘッドライトの光が空っぽの大きな倉庫を明々と照らし、車の傍らでブルックスがにやにやしていた。

三

警部はミセス・プラットリーと一緒に〝ワイチズ・エールハウス〟から出た。ゴームズビー大佐、ミスター・メルローズ、ブルックスがその後に続き、一同はオールド・チッピング・ロードにゆっくりと向かった。ある理由から警部が懐中電灯をつけないよう求めたのでワイチ・ストリートは真っ暗だった。

「覚えておいてください」警部は告げた。「あの夜、ミセス・プラットリーは路地を走って逃げながら、こう思っていました。ふたりの人間が死に、生きているのは残りの得体の知れないふたりだけだと。でも、実際には誰も死んでいません。ミセス・プラットリーがすっかり怯えて気が動転していたことも頭に入れておいてください」

一同は四角い入口にたどり着き、オールド・チッピング・ロードに出た。そこでスノーリーとブリスが待っていた。

「それでは始めます」ミスター・スミスはきびきびした口調で告げた。「〝チェリントン〟がミセス・プラットリーの車に乗って倉庫から出た後、スノーリーはウェルデン・ストリートが川に突き当たるあたりまでやってきました。スノーリー、君はそこへ行ってくれ！　いや、遠いからあそこの角で出番が来るまで待ちたまえ。ブルックスとブリスはマンダーズ・エンドの近くを歩いていました。君たちふたりはミセス・プラットリーと出会った場所に戻って口笛で合図してくれ。ほかに人がいないのは好都合だ！」

ブルックスとブリスは素早い足取りで向かっていった。マンダーズ・エンドの側にある街灯が丸い光を投げかけていた。残りの者が見守る中、ふたりはその光を通り過ぎて闇の中に消えた。それから口笛が小さく聞こえた。

「次は私たちです！」と警部。「同じところへ向かいます。でも、その前にワイチ・ストリートが存在するかどうか確認しましょう。見てください。ここにちゃんとあります。異変は見当たりません。では行きます」

通りを一分ほど進み、ブルックスとブリスの姿が見えると、警部はその夜初めて会ったかのように驚いてみせた。それから腕時計を見ながら声をかけた。

「やあ！　今夜はふたりで楽しんだようだな」

「はい」ブルックスが警部に調子を合わせた。「家でポーカーをしたんです。友人のブリスにやり方を教えました」

「ブリスが負けたな！　だから歩いて帰っているんだろう」

「いいえ、違います。タクシーで帰るつもりでしたが、タクシーに乗れなかったんです」

「もういいだろう」ミスター・スミスは張りのある声で告げて腕を下ろし、会話を黙って聞いていた面々に向き直った。「この事実を覚えておいてください！　ブリスはタクシーに乗れなかったという事実を、ミセス・プラットリー！　では戻りましょう。あなたが先頭に立ってください」

ミセス・プラットリーは先頭に立った。重い足取りで進み、三、四分前に離れた場所に戻ると――ワイチ・ストリートが消えていた！

四

皆、言葉を失った。さしもの本部長も絶句した。彼は白髪交じりの眉を寄せ、目の前にある単調な壁を端から端まで凝視した。ミスター・メルローズは上品な眼鏡の奥からじっと見つめ、壁に歩み寄って恐る恐る触った。それから振り返り、奇妙な笑みを浮かべて警部に訊いた。「これは霊の仕業ではないのだね、警部?」

ミスター・スミスは微笑みながら答えた。「霊の仕業ではありません、ミスター・メルローズ」

本部長は途切れることなくつながる建物の扉や窓や細長い木の看板に記された名前を読んだ。看板は一階の高さの半分ほどの位置に掲げられていて、その端はウェルデン・ストリートの入口近くまで伸びていた。そこで待機していたスノーリー巡査がちょうどやってくるところだった。「バーリントンズ——ホーニブロウ——ソープ……まさかこんなことがあるなんて!」

「まったくです」警部はすんなり同意した。「あの夜のミセス・プラットリーたちの気持ちを想像できますか?」

「あの看板!」ブリスがいきなり大声を出し、〝バーリントンズ〟という名前が記された木の看板を指さした。「いつもと何か違う!」

皆が一斉に顔を上げた。スミス警部はポケットに手を突っこんで壁にもたれかかり、上を向いた面々の表情をおかしそうに眺めた。

「事情通の話によると」警部は言った。「ある奇術師は同じ仕掛けを二度と使いません。もしも皆さんが同じ仕掛けを用いた奇術をやってほしいと頼んだら、うまくはぐらかして新しい仕掛けを用いた奇術を披露するでしょう。なぜなら、二度目は皆さんが何かに気づくおそれがあるからです。皆さんが何ひとつ見逃すまいと目を凝らし、からくりを見破るかもしれません。今回は同じ仕掛けが二度使われ、二度見た人のうちのひとりが何かに気づきました。本部長とミスター・メルローズは一度しかご覧になっていませんが、本部長ならものの数秒で看破なさるでしょう。

答えは単純です。拍子抜けするくらい単純です。ミセス・プラットリーたちは――そのう――騙されました。でも、何度も申しますが、彼女たちがどういう状態にあったかを忘れてはいけません。本部長とミスター・メルローズは驚きつつも、冷静に興味深く観察してからくりを探っています。ミセス・プラットリーはあの夜、衝撃を受けて動転し、頭が真っ白になっていました。ブルックスは悲しいかな、私と同様にワイチ・ストリートが存在することを知らず、興奮状態にあるミセス・プラットリーが妄想にとらわれているだけだと思いました。そう思うのも無理はありません。ブリスは夜中に外出している時に主人が町に戻っていることを知り、うろたえていました。

私の知る限り、私たちの中でブリスだけがあの看板に馴染みがあり、ミセス・プラットリーが気づかなかったことに気づきました。ブルックスとスノーリーはもうからくりを知っています。だから黙っているのです」警部は使用人に向き直った。「さて、ブリス。看板について気づいたことは何ですか？」

「いつもと違う場所に看板がかかっています。看板は動かされています！」

「ふん！」本部長が鼻を鳴らした。「懐中電灯を貸してくれ、警部」

ミスター・スミスが懐中電灯を素直に渡すと、ゴームズビー大佐は身を屈め、壁が歩道と接する部分を照らした。「んー……」彼は低い声を漏らし、背筋を伸ばした。「看板が動かされたのか。警部、もはやおまえの独擅場だな。次は〝開けゴマ〟と唱えるのか！」

スミス警部はにんまりと笑い、スノーリーから借りた警棒で壁を強く叩いた。まず早い調子で三回叩き、次に五回、最後に二回叩いた。

「それは何だ？」本部長が訊いた。「勝利の合図か？」

「三─五─二」と警部。「警視の自宅の番地です。警視に合図を送りました。皆さんは壁を叩かないでください」

一同が見守る中、壁が振動し、一階の高さまで割れ目が現れた。それから何かを引きずるような小さな音が聞こえ、割れ目は広がり、頑丈そうな壁の一部がまるで扉が開くようにぐらつきながら向こう側に動いた。幅は九から十フィートほどで、奥の暗闇に人がふたり立っているのがぼんやりと見えた。ふたりは動いた壁に大きな手を当て、ワイチ・ストリートの四角い入口から伸びる壁にぴたりとつくまで押した。かくしてワイチ・ストリートが姿を現し、〝バーリントンズ〟の看板が二フィートほど路地に突き出た格好になった。ワイチ・ストリートにはブラックラー警視とポインター巡査部長、それにふたりの私服警官がいた。

「明かりを！」ミスター・スミスが叫んだ。「懐中電灯をつけてください！」

六つの懐中電灯が闇を照らし、警部が説明し始めた。

「一味はバルブス（紀元前一世紀のローマの政治家）のように壁を作りました。そして壁を鉄枠にはめこんだ。ほら、鉄枠が見えるでしょう？　壁は煉瓦を漆喰でくっつけて作ったもので、鉄枠にはめれば崩れにくい。それに、鉄枠にはめれば扉のように動かせます。ミセス・プラットリー、あの夜、あなたがワイチ・ストリートから飛び出すと、一味は入口に壁を押しこんで路地を塞ぎました。このように極めて単純な方法でワイチ・ストリートを盗みました。

もちろん、あなたがブルックスとブリスを連れて戻ってくるまでの三分間で壁を作ったわけではありません。慎重かつ正確に時間をかけて作りました。偽のダーシー・チェリントンは一か月かけてあの手この手であなたに近づいた。その間に、喜劇『ワイチズ・エールハウス』を演じた空っぽの倉庫で壁作りを進め、一日か二日ほど前、このようにバーリントンズの建物の壁にぴったりくっつけて置きました。じっくり見なければ誰もこの壁に気づかないでしょう。私のようにあなたから話を聞かなければ注意を向けません。通りすがりの人にはバーリントンズの建物の壁に見えます。

繰り返しますが、一味は入口を完全に塞ぐべく慎重に壁を作りました。でも壁は完璧ではなかった。この世に完璧なものなどありませんから。入口に壁を押しこむと、周りの壁とつながっているように見えるものの、左上の角の部分にわずかな隙間があった。そこで応急措置として、バーリントンズの看板を数フィート動かして隙間を隠し、それによって看板の端とホーニブロウ&サンの扉の間の距離が短くなりました。

あの夜、ミセス・プラットリーが逃げた時にここで起こったことをお見せします。ブラックラー警視と彼の助手が再現します。ここにいる四人が件の四人の役を務めます。もうおわかりだと思いますが、路地を出るまで懐中電灯をつけなかったのは、一味の役を務める警視たちが暗闇に潜んでいたからです。では、まずは看板を元の位置に戻します」

ミスター・スミスは言葉を切り、警視たちを歩道に出るよう促した。それからふたりの私服警官が長椅子を路地から運び出した。ミセス・プラットリーが〝エールハウス〟で目にした長椅子のひとつだ。警官たちはバーリントンズの看板の下に長椅子を置くと、それに乗って看板をふたつのフックから外し、向こう側にある同様のふたつのフックに掛けた。

「簡単なことです」と警部。「じっくり見なければ、こっち側にあるフックに誰も気づかないでしょう。気づいたとしても、おそらく誰も疑問も持ちません」

ふたりの警官は長椅子をワイチ・ストリートに戻した。

「これで」警部は告げた。「舞台が整いました。ミセス・プラットリーは路地から飛び出すと、ブルックスとブリスがいるほうへ駆けていきました。件の四人は闇に紛れて長椅子をここまで運び、入口にはすでに作った壁が置いてあった。ここからは警視と陽気な仲間たちの出番です」

ふたりの警官が再度長椅子を路地から運び出し、それに乗って看板を移動させ、長椅子を路地に戻した。看板は入口の上部から突き出した格好になった。次に四人が壁を手で押した。壁はじりじり動いて入口にはまった。この間わずか二分であり、ワイチ・ストリートはその歴史において三度目の消失を遂げた。

「ほらね？」とミスター・スミス。「あっというまに消えました。しばらくすると、ワイチ・ストリートは同じようにあっという間に現れます。三度目の出現です。あの夜、ミセス・プラットリーとブルックスとブリスは混乱したままチェリントンの家に向かいました。スノーリーはマンダーズ・エンドの入口に立っていました。私たちもそこに立ってみましょう。私たちが移動したら、ブルックスがここで〝開けゴマ〟と唱えます」

一同は警部に従ってマンダーズ・エンドのほうへ歩いていった。スノーリーはあの忌まわしい夜と同じように入口に立ち、残りの者もそれに倣った。そしてブルックスが壁を叩いた。

「あそこで行われていることが」と警部。「ここから見えるでしょうか」

ミセス・プラットリーが壁にぴたりと身を寄せ、目に手をかざした。彼女と本部長が同時に口を開いた。

「見えないわ」ミセス・プラットリーは呟いた。

「街灯の光が邪魔だ！」本部長は大声を上げた。

「街灯の光の中に入れば」ミスター・スミスは満足そうに顔をほころばせた。「見えます。何でもないことです。でも、この暗い場所からは見えません。光に遮られるのです。それであの夜スノーリーにも見えなかった」警部は急いで続けた。「一味にとって思いがけない幸運でした。スノーリーがあの時ここに――この近くにいたことは一味にとって歓迎できない予想外のことだったわけですから。でも、申し上げたように、悪だくみはすでに破綻をきたし始めていました……戻りましょう。警視が待っています」

ワイチ・ストリートに戻ると、すべてが元通りになっていた。ポインターが真面目くさった顔つきで長椅子に座り、紙巻き煙草を作っていた。

本部長が咳払いをした。「警部。からくりはわかったが、理由がわからない。どうして偽物の壁を使って大芝居を打ったんだ？　悪だくみに綻びが生じたのはなぜだ。説明してくれ」

ミスター・スミスは穏やかに微笑んだ。「ここより暖かく安全なエールハウスに戻りましょう。そこで私たちは大団円を迎えます」

五

スミス警部は〝エールハウス〟のカウンターに座り、頭には帽子を載せて、白目製のマグをもてあそんでいた。

「一味がここで昔起こった悲劇を演じたので、捜査官――つまり私たちが扱う事件は奇々怪々な様相を呈することになりました。ミセス・プラットリーがここで怯《おび》え当惑している間にチェリントンになりすました男は車を移動させて宝石を盗んだ。悲劇を演じたのは時間稼ぎをするためです。ワイチ・ストリートの入口を隠した目的も時間稼ぎ。舞台道具をすべて部屋から運び出すための時間を作ったのです」警部はマグを持った手を大きく振った。「一味は道具を運び出し、部屋を元の状態に戻しました。空っぽのひっそりした倉庫の中にある空っぽのひっそりした部屋に戻したのです。目的を果たすと偽の壁を外してバーリントンズの看板を移動させ、姿をくらましました。

しかし、一味の思惑通りに事が運んだわけではありません。当然のなりゆきとして、ある事が起こりました。ミセス・プラットリーがワイチ・ストリートから出て助けを求めたのです。これは必然の帰結です。ミセス・プラットリーは恐怖やら何やらでほとんど無意識のうちに逃げ出した。恐慌状態にあったのですが、それは仕方のないことです。私たちだってそのような状態に陥ってしまうでしょう。ミセス・プラットリーはここから逃げ出すと、最初に出会った人間を引き止めて状況を説明した。問題となるのは誰に出会ったかということです。出会ったのがスノーリーだったら、一味はさほど困らなかったでしょう。スノーリーは冷静沈着な男です。そして心霊現象について知識がなく、その類いをまったく信じていません。だからミセス・プラットリーの話も信じなかったのではないか。彼だけではなく、ほとんどの人が信じなかったのではないか？　考えてみてください」

ミスター・スミスはマグを置いて両手を膝の下にさし入れ、熱心に聞き入る面々に真剣なまなざしを向けた。

「ウィンチンガムではダーシー・チェリントンは有名人です。住人の大半は彼がどこに住んでいるか知っています。マンダーズ・エンドで不可解なことが起こったというミセス・プラットリーの話を聞いていたら、おそらく住人の多くがこう判断したでしょう。このあたりに不案内な女が暗闇の中で勘違いしていると。そして壁の穴についての説明を聞き流す。ワイチ・ストリートは忘れられた路地で、その存在を知る人は少なく、あの時点で壁の穴は存在していません。住人は壁の穴を探そうともせずにマンダーズ・エンドへ向かい、ここと外観がそっくりなチェリントンの家の車庫に入り、ミセス・プラットリーの車を発見する。それから玄関の呼び鈴を鳴らし、普段なら、夜のあの時間はブリスが出てきます。そしてこの時点でチェリントンが家にいないことが判明する。その後は――何でも起こり得ます。チェリントンにとって厄介な事態になるかもしれない。しかし、ワイチ・ストリートのことが住人の念頭から消えるなら、一味は余裕を持って動くことができるでしょう。

そのように展開したなら、一味にとって好都合でした。ところが、不運にもミセス・プラットリーが出会ったのはブリスとブルックスだった。ブリスはチェリントンに仕える使用人で、ワイチ・ストリートのことを知る人物です。ブルックスは警官であり、自然な流れとして警察による捜査が始まりました。一味が思っていたよりもずっと早い段階で始まったのです。ワイチ・ストリートはなぜか消えているが、確かに存在する。こうブリスが断言し、ミセス・プラットリーの話の信憑性が高まりました。彼女の話は最近ウィンチンガムで起こった一連の出来事を想起させるものでした。そしてブルックスが取るべき行動を取りました」ミスター・スミスは控えめな口調で続けた。「賢明にも――私に電話をかけたのです」

警部はカウンターから下り、少し前に警察の車が通り抜けた扉に歩み寄った。

「第三の層は皆さんの足もとに崩れ落ちました。ミスター・メルローズ、第三の層には超自然的な要素はありません。幽霊は現れていないし、心霊現象は起こっていない。ただ狡賢い悪党一味がちょっとした仕掛けを講じただけです。そして、一味は成功に酔いしれて油断しました。さて、まだ大きな謎がふたつ残っています。ダーシー・チェリントンになりすました男は誰か？　ミセス・プラットリーの宝石はどこにあるのか？」

ミセス・プラットリーが顔を上げた。彼女はテーブルの長椅子に座っていて、本部長がその隣にいた。「宝石探しを優先してちょうだい、警部！」

警部は愉快そうににやりと笑った。「ああ、どちらかを優先させるつもりはありません。でも、とりあえず謎の男の正体を明らかにします。〝チェリントン〟の顔を覚えていますか？」

「もちろん覚えてるわ！」

ミスター・スミスは扉を開いた。「君たち」彼は静かに告げた。「男を中に入れてくれ」

ミスター・ダーシー・チェリントンがふたりの筋骨たくましい警官に伴われて部屋に入ってきた。

六

腰掛けていた面々——ミセス・プラットリーとゴームズビー大佐とミスター・メルローズが一斉に立ち上がり、男を見つめた。

「ダーシー！」ミセス・プラットリーが叫んだ。

〝ダーシー〟は無言だった。ミスター・スミスも黙っていた。泰然自若とした警視と陰気な面構えのポインター巡査部長はどこか冷めた様子だった。

「ダーシー！」ミセス・プラットリーがまた叫んだ。「今までどこにいたの？　いったいどういうことなの？　お願いだから何か言って！」

ダーシーはふたりの警官の間でうちしおれ、ミセス・プラットリーの咎めるような視線から目を逸らした。ひどくばつの悪そうな顔をしていた。

「返事がない。人違いかな」警部は呟いた。「確かめよう」彼は一歩前に進んで両手を伸ばし、ダーシーの頭から乱れた灰色のかつらをはぎ取った。さらに彼の顔から灰色の小さな顎髭と口髭、ふさふさした眉をはぎ取った。ミセス・プラットリーは仰天した。彼女の視線の先にいたのはタクシー運転手のバート・レヴィツキだった。

「誰——この人は誰？」ミセス・プラットリーは囁くような声で訊いた。声に戸惑いが滲み出ていた。ミスター・スミスは楽しげだった。「誰でしょう？　見覚えありませんか？　あの夜、私と一緒にいた運転手。あなたをホテルまで送った男。バート・レヴィツキです。この男が」警部は告げた。

「宝石を盗みました。そうそう、宝石は無事に戻って、今は警察署の金庫に収まっていますよ。警視が管理しています」

「取り返してくれたのね！」ミセス・プラットリーは歓喜した。

ブラックラー警視が頷いた。「スコットランド・ヤードのおかげです。これ以上ないほどの迅速さでレヴィッツキを見つけてくれました」

ミセス・プラットリーは運転手を胡乱な目で見た。「信じられないわ！　一緒に過ごし、言葉を交わしたチェリントンがこの男だったなんて」

「こいつが」本部長が口を開いた。「読み書きもままならない無学な運転手が一か月間ずっと有名なダーシー・チェリントンになりすます。そんなことが可能か？」

「ダーシー・チェリントンという風変わりな男は」警部が答えた。「有名な画家ですが、人々は画家ということ以外、彼のことをほとんど何も知りません。だからレヴィッツキは、さすがにブリスは騙せないものの、大半の人を騙せたはずです。とはいえ、一か月の間ずっとチェリントンになりすます必要はありません。ミセス・プラットリーに会う時だけ化ければよかったのです。それから、レヴィッキを侮《あなど》ってはいけません。考えてみてください。彼にはダーシー・チェリントンに化ける能力がありますの。読み書きもままならない無学な運転手に化ける――そういう人物を作り出すことなんて朝飯前でしょう！」

「何だって？　待てよ……おお！……ふん！　どうしてこの男の正体に気づいたんだ？」

「覚えていますか？　あの夜、ブリスはタクシーに乗れませんでした。ブリスとブルックスが待機所に電話した時、レヴィッツキがいなかったからです。彼は一晩中不在でした！　ほかの誰かをタクシーに乗せていたわけではありません。ちなみに、ここは小さな町で、夜のあの時間に営業しているのはレヴィッキだけです。私が小さなカフェで会った時、彼は夜勤を終えて家に帰るところだと嘘を吐《つ》きました。そして『役立つウィンチンガム案内書』を引っぱり出し、私が〝ワイチ・ストリート・エールハウス〟で起こった悲劇を知るよう仕向け、第三の層が崩壊し始めたとみるや逃げ出した。彼はほかの層でも登場します」

「そうだ」ミスター・メルローズが興奮した様子で声を上げた。「あの夜、私の家に来た運転手だ」

「いかにも。その事実によっていろいろな可能性が見えてくるでしょう？　では、第三の層が崩れましたので、第一の層に戻るとしましょう」

第十四章

　二日後の夜の九時頃、スミス警部はミスター・ジミー・メルローズの家で第一の層を崩した。彼は居間に佇み、例によって語り続けた。そこに集まったのは本部長、警視、ポインター巡査部長、優秀なブルックス、それにミセス・プラットリー、ミスター・メルローズ、第一の層における犠牲者ミス・ジャネット・ソームズである。この一か月の間、警部はもどかしさを抱えながら捜査を進めた。ある日、フリーティングにあるジャネットの兄の家に赴き、ジャネットから話を聞いた。彼女の精神状態は大きく改善されたものの、心の傷は癒えることなく一生残るだろうと思われた。ドクター・エドワード・J・ソームズは再現の場に立ち会うことを望んだが、ミスター・スミスは頑として聞き入れなかった。そればかりか苦言を呈し、痛快な気分に浸った。彼はそういう人間である。

　この夜、ミスター・メルローズの家の居間には重要な人物の姿がなかった。ポーターだ。ミスター・メルローズに数年仕えて去っていったのだ。後任は年嵩の男で、態度も言葉遣いも申し分なかった。まるで上流社会を描いたハリウッド映画から抜け出してきたような男だとミスター・メルローズは時折思った。この紳士はほかの使用人とともに台所に控えていた。

「三つの層を」ミスター・スミスが口を開いた。彼は本部長のほうを向いていた。「全部再現する必要があります。第三の層の再現によって五人の悪党――四人の男とひとりの女――が炙り出されました。そのうちのひとりがレヴィツキです。ミセス・プラットリーは彼とダーシー・チェリントンが同一人物であることを確認しました。私たちはレヴィツキの正体を暴きました。今度は第一の層を再現し、ふたり目の悪党の正体を暴きます。第一の層についてちょっと考えれば、ふたり目の正体はわかります。この人物は別の層にも登場します。そして、さらに三人目の正体も明らかになるでしょう」

「おお！」ミスター・メルローズが悲痛な叫び声を上げた。「あいつなのか！」

「はい」ミスター・スミスは同情した。「とりあえず始めましょう。ある日の午後、小道を歩いていたミス・ソームズの前にフィリップ・ストロングと名乗る男が現れました。この時、第一の層の幕が上がりました。不思議なことに彼はいつも忽然と現れ、忽然と消えました。じつは、彼はいつもミス・ソームズを待ち伏せし、彼女と別れるとすぐに生垣などに隠れていたのです。もちろんフリーティングに行く時も帰る時も車を使いました。仲間が運転手を務め、こっそり移動した。最初の段階から心霊現象を演出したのです。目的を果たすべく、煙幕を——」これは警部のお気に入りの言葉だった。「心霊現象という煙幕を張りました。彼の目的は、ミス・ソームズが貯めた少なからぬ額のお金を手に入れることです。ミス・ソームズは列車の中でお金を彼に渡しました。その時渡さなかったなら、一味はさらにあの手この手でお金を奪おうとしたでしょう。

　ミス・ソームズはこの悪だくみにおいて標的になりました。彼女を標的として選んだフィリップ・ストロングは、フリーティングやその住人のこと、ミス・ソームズの独特の性格などをよく知った上でミス・ソームズに——そのう——求愛しました。気まずくなりますので、それについての詳細は省きます。ミス・ソームズはすでにひとつの事実を知っています。フィリップ・ストロングが存在しないという事実です。第一の層で展開するのは、存在しない男の話です」

そう、ジャネットはこの事実を知っていた。それを知ると、ますます口数が減り、誰とも会わなくなった。内にこもり、身勝手で尊大な兄にも心を閉ざした。夢は儚く消え、悪しき思い出だけが残った。

二

ミスター・メルローズが本部長に紙巻き煙草を勧めた。皆の関心をジャネットから逸らそうとしたのだろう。

「おやおや、ジミー」本部長が一本手に取った。「おとなしい者には真似できないような驚くべきことをするな。どこでこの煙草を手に入れた?」

「さあ」ミスター・メルローズはそっけなく答えた。「私は煙草を吸わない。ポーターが調達したんだよ」

「ふん!」ブラックラー警視はひと声発し、別に驚くべきことじゃないだの闇市場で仕入れただけだのと呟いた。

スミス警部はまた語りだした。「ミス・ソームズとフィリップ・ストロングと名乗る男が列車から降りたところから始めましょう。ふたりはウィンチンガムの駅のプラットフォームに降り立ちました。するとふたりの前にタクシー運転手が現れた。そうです! レヴィッキが現れたのです。彼はすぐにふたりをタクシーに乗せてこの家まで連れてきた。そしてミス・ソームズのお相手はまるで存在しないかのように扱われた。自分はひとりきりで、男の幻を見ているのだと彼女に思わせるようすべてが仕組まれていたのです。やがて話は山場を迎えます。ミスター・メルローズの友人だというフィリップ・ストロングは七年前に亡くなったとポーターがミス・ソームズに告げたのです！

バート・レヴィツキの証言はポーターの主張を裏付けるものでしたが、レヴィツキが悪党のひとりであり、ダーシー・チェリントンになりすましていたことが判明した今、彼の証言は信用できません。では、ここで執事ポーターの言動を思い出してみましょう！　そうすれば答えがおのずと見えてくるはずです。あの夜、ミスター・メルローズがロンドンにいること、深夜まで帰宅しないことをポーターは知っていました。ミスター・メルローズが帰宅する時間を把握していて、それを計算に入れてこの家で喜劇を演じました――ある人にとっては悲劇ですが。

さらに順を追って見ていきます。ミス・ソームズとフィリップ・ストロングと名乗る男はここに到着すると、ポーターに促されて中に入りました。それから男――とりあえずストロングと呼びます――が玄関ホールにある帽子掛けに帽子とコートを掛け、ポーターがミス・ソームズを部屋に案内し、ストロングも自分の部屋に入りました。ちなみに彼の部屋はどれでもよかった。

これを覚えておいてください。ストロングが帽子掛けに掛けた帽子とコート、それに運び入れたスーツケースは別として――この三つはストロングとともに消えました――家の中で彼が触った物はふたつだけ。彼が入った二階の部屋の扉の取っ手とあのサイドボードの中にある小さなカップボードの扉の取っ手です。ストロングはできるだけ物に触らないよう気をつけました。そしてポーターが後から部屋の扉の取っ手とカップボードの扉の小さな取っ手を拭いた。だからポインター巡査部長がどんなに調べても、この家の主人と使用人とミス・ソームズ以外の人間の指紋は見つからなかったのです」

「待ってくれ、警部」ミスター・メルローズが話を遮った。「部屋の扉の取っ手についた指紋を拭き取る機会はあっただろう。でも、カップボードのそれを拭き取る機会はあっただろうか？」

「ポインターに指示されてミス・ソームズに飲ませるブランデーを取りにきた時に拭き取りました。ポインターが図らずも絶好の機会を与えたのです！」

「ああ、なるほど。そうか。今のは愚問だったな……巡査部長がその機会を与えなかったら？」

「自分で機会を作ったでしょう。例えば、ストロングは扉を開けたままにしていました。それを閉める時に拭けばいい。扉を閉めるのは執事として至極当然のことです。では」ミスター・スミスの口調は熱を帯びていた。「次に進みます。ミス・ソームズが部屋から出ると、ストロングが階段の下り口で待っていました。その時、彼はチャイコフスキーのワルツ『眠れる森の美女』を口笛で吹いてました。この事実をしっかり覚えておいてください。ストロングはチャイコフスキーの曲を口笛で吹き、チャイコフスキーは最高の作曲家だよとミス・ソームズに言った。それから、ミス・ソームズが階段の軋む段に注意を向けるよう仕組んでいました。これは重要な点です。

　ふたりは居間に戻りました。ミス・ソームズはひとり分の席しか用意されていなかったので動揺し、腹を立て、もうひとり分用意するよう求めました。ポーターはその求めに応じ、居間から出て扉を閉めた。その後、コーヒーを淹れるために台所に戻ったかと思いきや、抜き足差し足で廊下を抜けて、ストロングの帽子とコートを帽子掛けから外した！　一方、カップボードの中をのぞいていたストロングは——触ったのは取っ手だけです——ハンカチを忘れたから二階に戻って取ってくると言いました」

「さて」ミスター・スミスは咳払いをして、髪を撫でた。「ここからはブルックスがフィリップ・ストロングを演じます。ブルックスはストロングと同様に二階に向かいます。そして、消えます。居間の扉は大きく開いていました。だからストロングが二階に向かう姿がミス・ソームズに見えた。それはストロングにとって望ましいことでした。彼が消えるという事実が際立ちますから。ミス・ソームズ、あなたはどこにいましたか？」

ブルックスが扉を限界まで開けて脇に立った。ジャネットが位置を示すと、ミセス・プラットリー、ミスター・メルローズ、本部長がそこへ移動した。

「そこから」と警部。「ミス・ソームズは階段を見ていました。よし、ブルックス、階段を上ってくれ。ストロングと同じように口笛を吹きながら——ところで、口笛を吹けるか？」

「『眠れる森の美女』は吹けません」ブルックスは申し訳なさそうに答えた。「『虹を追って』（作曲家フレデリック・ショパンの『幻想即興曲』を編曲した作品）なら吹けます」

ミスター・スミスは鼻を鳴らした。「ショパンだな！　大衆音楽業界は名曲をむやみにいじってしまう！　ショパンとチャイコフスキーか。まあどちらでもいいだろう。とにかくやるべきことをやってくれ」

ブルックスは口笛で名曲を吹きながら、のんびりした足取りで部屋から出た。再度居間にいる一団の視界に入ると、ストロングの真似をして手を振った。ジャネットにとって愉快なことではなく、彼女の喉は乾き、鼓動が激しくなった。

ブルックスが一団の視界から消えた。すると、まるでナイフで断ち切られたかのように口笛が止み、ふいに静寂が訪れた。階段——踊り場から二つ下の段が軋む音はしなかった。その代わり、居間で耳を澄ましていた一団は重く深いため息を聞いた。そして家がまたしんとなった。

ジャネットはいたたまれなくなって廊下へ飛び出し、ミセス・プラットリーが後を追った。男たちはふたりの女にゆっくりと続いた。ブルックスはいなくなっていた。フィリップ・ストロングと同様にため息を吐いて、消えたのだ。

「でも――でも――」ミセス・プラットリーはつっかえつっかえ言った。「彼は二階に上がっていない。どこへ行ってしまったの？」

「ひょっとしたら」ミスター・メルローズが声を上げた。「壁のどこかが隠し扉なのかもしれない！」

「私も」警部はにやりとした。「そう考えました。でも話はもっと単純です。ああ、行かないで！」

彼は階段を上ろうとしたジャネットの腕を摑んだ。「ここで十秒ほど待ってください」

一団は待ち、三十七秒後に大きな玄関の扉が開き、ブルックスが平然とした顔で入ってきた。

「ドクター・キルデア（アメリカの医療ドラマ『ドクター・キルデア』の主人公）のご帰還だ！」ミスター・スミスはまだにやついていた。

三

驚愕の色を帯びた四対の目がブルックス巡査をじっと見つめた。やがて三対の目は暗い二階を見上げたが、一対の目――本部長の鋭い灰色の目は廊下のほうを向いた。本部長は緑の毛織物で覆われ、真鍮の飾り釘が施された扉を考えこんだ様子で見つめた。

「二階に上がったのよ。そうに決まってるわ！」ミセス・プラットリーは断固たる口調で言った。

「真っ暗な中？　そして窓から――あの高さから痕跡も残さずに飛び降りたのですか？」警部が訊いた。「ブルックスならどうするかではなく、ストロングならどうするかと考えてください」

「ストロングならどうするか？」とミスター・メルローズ。

「あと」スミス警部はつけ加えた。「ミス・ソームズの気持ちを想像してください。あの夜に起こったことを話しても信じてもらえなかった気持ちを」彼は真剣な顔から一転して釣りこまれるような笑顔になった。「かの名探偵は言いました――単純なことだよ、ワトスン君、単純なことだ。私はシャーロック・ホームズになった気分です。からくりは単純極まりない。不可解な事件のごく単純なからくりをホームズが説明すると、ワトスンは苦々しい顔をします。皆さんもたぶん同じです……ブルックス！」

「何ですか？」

「紳士淑女からのアンコールだ。もう一度演じてくれるか？　私たちはここで見ている」

ブルックスは居間に入り、口笛を吹きながら出てきた。

「さあ皆さん！」と警部。「今度は仲間が登場します。ポーターです！」

ブルックスは口笛を吹きながら階段を五段上った。そこで素早く手袋をはめて、さらに二段上った。そして口笛を吹くのを止め、手袋をした両手で輝く手すりを握ると、それを乗り越えて分厚い絨毯の上に音もなくひらりと飛び降りた。そこから二ヤード離れたところにある緑の扉は開いていた。扉を開けたのは金髪の警官で、ミスター・メルローズにはそれがキーズ巡査だとわかった。ブルックスは足早に扉から中に入り、扉は柔らかな音を立てて閉まった。その音は深く短いため息のように聞こえた。

「ポーターが扉を開けました」ミスター・スミスは静かに説明した。「ストロングはポーターから帽子とコートとスーツケースを受け取ると台所を通り抜け、通用門からホーソーン通りに出ました。これがからくりです。残念ながら。単純すぎるでしょう?」

「いやはや!」ミスター・メルローズが叫んだ。「まいった! それが真相かい? どうして――?」

彼はふいに口をつぐんだ。

警部が言葉を引き取った。

「どうして今まで気づかなかったのか? 心霊現象という煙幕のせいです。ポーターとレヴィツキというふたりの利口な役者のせいです。ミス・ソームズがお金を盗られたことをつい最近まで私たちが知らなかったせいです。そしてミスター・ジミー・メルローズにおおいに責任があります」

ミスター・メルローズは返す言葉が見つからず、黙るしかなかった。

「彼は私に俳優だと言ったわ」ジャネットが悲しそうに呟いた。

「滑稽な話です」と警部。「彼は俳優ではなく、俳優を演じていた。それだけのことです……さて、存在しないフィリップ・ストロングが消えたからくりを暴きました。次はミスター・メルローズの降霊会の部屋で起こった出来事の真相を解き明かします。ミスター・メルローズの許しを得て、状況を再現しました。あの扉を開けると、ミスター・メルローズたちが目にした光景を私たちも見ることができます」

警部は一同の先頭に立って玄関ホールを横切り、降霊会の部屋の扉を開けた。しかし中には入らなかった。

「ちょっと待って。私のやり方で進めます。まずは見てください。同じ状況です。向こうのテーブルの上で照明が赤い光を放ち、こっちのテーブルに菊の茎が特別な形に並んでいる。絵は裏返しになり、ラジオ・グラモフォンの扉は開き、レコードは床に散乱している。電気ヒーターは炉棚の上のほうに掛けてあり、十字架がその陰に隠れ、黒いカーテンは結び合わされ、床の中央に椅子が逆さまに置いてある。すべては霊の仕業だと思われました。ミスター・メルローズが扉の鍵を持っていて、ほかの人は入れないからです」警部は言葉を切ってまわりを見た。「それとも誰か入れますか？」

ミセス・プラットリーがこの問いに強い口調で答えた。「ポーター！　そうだわ、ポーターがやったのよ。ミスター・メルローズが出かけてからミス・ソームズが到着するまでの間に。時間は充分あったし、たぶん合鍵を持っていたんだわ」

「ミセス・プラットリー、正解です。ポーターが舞台を整えました。そこに立っていたキーズ巡査が鍵穴から漏れる赤い光に気づかなかったら、巡査の注意が光に向くようポーターが仕向けたでしょう。部屋はこのような状態でした。赤い光が輝き、玄関ホールの光が扉から流れこんでいた。では、ミスター・メルローズとミス・ソームズが部屋に入ってから起こったことを再現します」警部は本部長に言った。「ミセス・プラットリー、ミス・ソームズ、ミスター・メルローズと一緒に椅子の山の向こう側に立ってください」

ミスター・メルローズはためらった。「私は嫌だよ、警部」彼は不安げだった。「この部屋で起こったことは、やはり悪い霊の所業じゃないかな。私が十字架の力で追い払ったのだ。ポインター巡査部長はそれを見ているぞ！」

「ミスター・メルローズ、残念ながら」警部は穏やかな口調で告げた。「この部屋で起こったことはひとりの悪党の仕業です。からくりが仕掛けられていたのです。お見せしましょう。至って単純なからくりですが」

ミスター・メルローズはしぶしぶ部屋に入り、すでに指示された場所に立っている三人に加わった。

「あの夜、部屋に入ったのは五人です」警部は続けた。「ミス・ソームズ、ミスター・メルローズ、ポインター巡査部長、ブルックス、そして私。警視をふたりと見なすなら――警視は体が大きいですから――五人です。私はポーターを演じ、残りはそれぞれ好きな役を演じます。では始めましょう！」

警部は扉を閉じた。扉はすぐに開いて四人の男が部屋に入り、驚いたような顔をして立ち止まった。警部は三人の後方の少し左側に立ち、皆が結び合わされた黒いカーテンを見つめた。

「神よ！」ポーター役のミスター・スミスが呟いた。

「ここには邪悪なものがいる！」ミスター・メルローズ役の警視がぎこちない口調で叫んだ。

椅子の山の向こう側にいる一団もカーテンを見た。カーテンは微かに動き、霊媒師用の天幕の中から誰かが押しているように見えた。ジャネットは震えていた。あの夜のことがありありと思い出されたからだ。ミセス・プラットリーはジャネットをいたわるように抱き寄せた。カーテンがまた動くと、ミセス・プラットリーが小さな叫び声を上げ、ミスター・メルローズはぐっと息を吸って前に歩み出た。すると本部長が彼の腕を掴んで引き戻した。「落ち着け、ジミー。これは警部たちの芝居だ」

ブラックラー警視は腕を上げ、カーテンを指さして叫んだ。「去れ！」

カーテンが高く上がり、空っぽの天幕の中が見えた。カーテンはバサッともとに戻り、それと同時に炉棚の上方にある電気ヒーター――この不運な物体は壁から外れて床に落ちた。驚きのあまり言葉を失った一団は、警部が嬉しそうな声で呟くのを聞いた。「やった、うまくいったぞ！」

ブルックスが明かりをつけると、警部は声を張り上げた。「私はポーターです！　いいですか、ポーターです！　私の手を見てください。さあ！　見てください。私の手を――あの夜は誰にもこれが見えなかったのです」

警部は握り締めた左手を体から少し離した。当惑した表情で見つめていた一団は、「こっちに来てください」と警部が促すと、移動して警部の前に立った。すると糸が見えた。太く長いクリーム色の糸で、警部の手から霊媒師用の天幕のほうに向かい、カーテンの後ろを通って電気ヒーターまで伸びていたが、クリーム色の壁に紛れて目立たなかった。警部は糸を手繰り寄せた。糸の一方の端は楔形の小さな木片に結びつけてあった。

「丈夫な糸があればこんなことができるのです。素晴らしい」警部はひとり悦に入った。「もうおわかりですね？　あの夜、糸の一方の端は戸口脇の柱にピンで留めてありました。皆が部屋に入ると、後ろにいたポーターが糸を手に取って引きました。虫眼鏡を使えば柱に開いた小さな穴が見えます。ポーターはまずカーテンの後ろを通る糸を軽く引いてカーテンを少し動かし、皆の視線がカーテンに集まると糸を強く引いた。カーテンは翻り、そして――そして――」警部は口ごもり、ミスター・メルローズを盗み見た。「ポーターはさらに強く引き、糸はカーテンの先にある木片までぴんと張った。すると十字架とヒーターの間にあるフックに押しこまれていた木片がフックから外れ、それによってヒーターもフックから外れた。ポーターは皆が動揺している隙に糸を木片もろとも手繰り寄せ、ポケットに入れました。誰もポーターの行動を見ていませんでした。ポーターのことなど頭になかったのです」

「おい！」本部長が叫んだ。

「何ですか？」

「どうしてポーターの仕業だとわかったんだ？　ただの当てずっぽうか？」

「第二の層で同じ仕掛けが使われました。〈ウェルカム・イン〉のバーの床に同様の楔形の木片が落ちていた。ケニーが木片を見つけましたが、彼はそれが何なのかわからず投げ捨てた。第二の層では糸が切れたのです。ケニーが木片を見つけたことをストークスが覚えていて、その話を聞いた私はからくりを見破り、この部屋で木片を探しました。楔はありませんでしたが、柱に小さな穴が開いているのに気づきました。からくりを仕掛けたのはポーターです！　ポーターはミスター・メルローズが降霊術に傾倒していることも降霊会の部屋で行われていることも知っていて、機に乗じて心霊現象を難なく作り出しました」

ミスター・メルローズは深く息を吸い、口を開いた。声が震えていた。「ポーター。今までずっと……霊を信じる私を物笑いの種にして嘲っていたのだな……」

「ミスター・メルローズ」警部は静かに言った。「覚えていますか。二日前の夜、あなたは真実に触れることができないとおっしゃった。邪悪なものが真実を求める者を混乱させ、誤った方向に導くとも。では、あの夜、邪悪なものは存在したのでしょうか？　存在するはずがありません。ポーターという悪賢い男が存在するかのように見せかけたのです。第十の戒め（モーセの十戒の十番目の戒め）では、見せかけることが禁じられています」

「おい！」本部長がまたぞろ叫んだ。「十番目の戒め？　この件と関係があるのか？」

「あります。どの件にも。汝、欲するなかれ」ミスター・スミスは厳かな表情でミスター・メルローズを見つめた。「汝、隣人のものを欲するなかれ。盗むなかれ……」

四

ミセス・プラットリーはポインターに倣って屈み、壁際の小さなテーブルに置かれた菊の茎に目を凝らした。「文字になっているのがわかりますか? Fortis。意味はストロング《強い》」

「え? ああ、わかるわ。例の男の名前。手がかりが残されていたのね」

「はい。これはいわば署名です。署名をして、ストロングの霊の仕業だと思わせようとしたのです」

「肉体から離れた霊」警部が後ろからふたりに近づいた。「ミスター・メルローズの言葉を借りれば、霊が物質化したのです」

「それは」ミセス・プラットリーが微笑んだ。「霊が固化したとも言えるのね。それにしても、どうしてラテン語を使ったのかしら?」

「さあ。難解な署名にするためかな。ミスター・メルローズのためかもしれない。彼のラテン語の素養を活かせますから……居間に戻りましょう。もうこの部屋に用はありません」警部は一同を引き連れて玄関ホールの先にある大きな居間に入り、皆が椅子にゆったりと座るのを見届けた。彼は立ったままだった。

「さて。ポーターとレヴィツキ、そしてフィリップ・ストロングと名乗る男が犯人であることが判明しました。レヴィツキが誰を演じたかも明らかになりました。では、ポーターは誰を演じたのでしょうか」

警部は壁の電気式ボタンを押して台所のベルを鳴らした。ややあって居間の扉が開き、三人の男が入ってきた。まずキーズ巡査、次に警官。三人目はポーターだった。

「ひとり目の幽霊のお出ましだ」ミスター・スミスは呟いた。

「ポーター！」ミスター・メルローズが責めるような口調で叫んだ。「いったいどうしてそんな格好をしているんだ？」元執事は黒の長いホーズと赤紫のダブレットを着こんでいた。

ミセス・プラットリーが椅子から飛び上がり、激昂した様子でポーターを指さしながら、乱暴な物言いをした。「こいつよ！　ワイチ・ストリートのあの場所に現れた奴――剣を持った男」

「いかにも！　その通りです、ミセス・プラットリー。我らの友ポーターは第三の層でその男の役を務めました。これで悪党一味のひとりが誰を演じたか確認できました」

「なぜポーターがその男と同一人物だと気づいたんだい？」

「容姿です」警部は明々白々だと思っているようだった。「レヴィツキは第三の層で登場します。ちなみに、彼は後に姿をくらまします。そして第一の層にも登場する。だから、ポーターが第一の層だけではなく別の層にも登場すると考えるのはもっともなことです。ミセス・プラットリーによると、第三の層において現れた剣を持つ男はがっしりした体格で背が高く、おでこが禿げており、茶色の瞳が目を引いた」警部は肩をすくめた。「わかり始めたら、後は芋づる式です。よし、キーズ。ポーターを退場させてくれ」

ポーターが連れ出され、扉が閉まった。ミスター・スミスは部屋の中央に立って考え深げに頭を掻いた。「第一の層を崩すために、第三の層でふたり目の幽霊を演じた悪党をここに連れてきます。この悪党は第一の層で件の男を演じました。それが誰なのかは、第二の層を再現すれば、つまり三つの層をすべて再現すればはっきりします」

ジャネットがまた激しく震え出した。苦悩の色が見て取れたので警部は申し訳なく思った。「すみません、ミス・ソームズ。明らかにしなければならないのです。あなたが確認してください」

警部はベルを鳴らした。すると扉が開き、また三人の男が入ってきた。そのうちのふたりは先ほどと同じ警官だった。もうひとりはすらりとした長身の若い男で肌は白く、髪は薄茶色で波打っていた。黒いホーズと銀糸で刺繍が施された黒いダブレットを着こみ、銀の裏地がついた黒いマントを肩に掛けていた。自信に満ち溢れていた男はもはや見る影もなく、居間にいる一団から目を逸らし、ふてくされた顔で床を見つめていた。

「まずはあなたが確認してください！」ミスター・スミスはジャネットを見やった。「この男ですか？」

ジャネットは頷き、無言のまま目に涙を浮かべた。

「フィリップ・ストロングと名乗り、あなたに――ええと――交際を求め、あなたが列車の中でお金を渡した男ですか？」

「はい」ジャネットは囁くように答え、男から顔を背《そむ》けた。

「ありがとうございます」ミスター・スミスは優しい口調で告げた。「ミセス・プラットリー、次はあなたが確認してください」

「こいつよ」淑女は満足げだった。「女と一緒にテーブルに向かって座ってた男。さっき出ていった奴に殺された男」

「ありがとうございます。お約束通り、泥棒を探し出しました。ご覧のように、かつての威勢はどこへやら。本部長、何かおっしゃりたいようですね」

「ふん！　あいつなのか」ゴームズビー大佐は目を細めて男を見た。

「そうです」警部は微笑した。「前にお会いになっています」

警部はためらいながら言った。「こうなったら、ついでに正体を明かそうかな。よし、明かしてしまおう……あの、眼鏡をちょっと拝借できますか？」

「え？　ああ」本部長は訝しげに胸ポケットから太い角縁眼鏡を取り出した。ミスター・スミスはそれを受け取ると、居間に入る際に椅子の背もたれに無造作に掛けたコートを手に取り、黒と銀を纏った男の前に立った。ふたりの警官が男にコートを羽織らせ、スミス警部が素早い手つきで男の茶色い髪を少し乱し、眼鏡を鼻梁に乗せた。

「ほうら！」本部長は叫んだ。「あのジャーナリストだ！　やはりな！」

「ミスター・ブライアント！」ミスター・メルローズは仰天した。

「いかにも」ミスター・スミスは告げた。「かの有名なドン・ブライアントです。彼が私たちを最後に残った層に導きます」

「ううむ――第二の層」スミス警部は頭のてっぺんを人さし指で掻き、考え深げに告げた。「この層は」彼の口調は熱を帯びていた。「宝石です！　尊く甘美なものです！　私は途方に暮れていました。本部長の小型映画撮影機が故障しなかったなら、ポインターがそれを修理しなかったなら、今も途方に暮れていたでしょう。私たちは幻の部屋に続く道を発見しましたが、それはここにいる男前の同僚ビル・ポインターのおかげです！」

「私は」ポインター巡査部長は冷静だった。「男前ではありません――それに私のおかげだなんて大げさです。警部が帽子に注目しなかったら、まだ五里霧中をさまよっていましたよ」

「おい」本部長が訊いた。「どういうことだ？　映画撮影機？　それがこの件と関係があるのか？」

「ポインターは映画撮影機を修理する過程で」警部は答えた。「撮影機の仕組みを知り、それによってエレベーターにまつわるからくりに気づきました。それをきっかけに、真相が次々と明らかになったのです」

ゴームズビー大佐は濃い眉をひそめた。「ほほう。私はおつむの弱いほうではないが、てんでわからん。映画撮影機を修理して、からくりに気づいたのか――おおかた月並みなからくりだろう。それなのにおまえの長広舌を聞かされるのか。どんなからくりだ？　エレベーターは三人の人間を運んだ。

一階から――ああ忌々しい！――存在しない階まで。そして三人は――」

「エレベーターは止まっていました」警部が穏やかに告げた。

「そんなことは知っている。エレベーターは止まった！　それから昇って三人は部屋に入った。屋根のあたりに浮いていた目に見えない不気味な部屋に」

ミスター・スミスは笑った。ポインターは陰気な顔に微笑を浮かべていた。「ある意味、あなたは正しい。三人は目に見えない部屋あるいは存在しない部屋に入りました。これからその部屋をお見せします。幻の部屋を再現します。ここで肝心なのは、エレベーターが止まっていたということです。止まったのではなく、止まっていた」

大佐は力なく両手を振った。「降参だ。続けたまえ、魔術師殿！」

ミスター・スミスが第一の層を崩してから数日後のことである。時刻は夜の十時。どんより曇っていて今にも雨が降り出しそうだった。警部は再現するに当たり、こんな空模様の夜を待っていた。場所はミスター・ストークスが訪れた〈ウェルカム・イン〉のバーで、集まったのは本部長、警視、ポインター巡査部長、ブルックス、第二の層における一番の被害者ミスター・シャーマン・ストークス、もうひとりの被害者ケニー巡査、そしてミセス・プラットリーである。彼女にはある役目があった。そのほか数名が〈ウェルカム・イン〉の外で控えていた。

ミスター・メルローズの姿はなかった。彼は招かれたものの辞退した。「ありがとう、マーヴィン」彼は本部長に告げた。「でも遠慮するよ。警部はもうひとつのからくりを明らかにしようとしているが、私はもうお腹いっぱい。うんざりだ。ペテン師たちのことなどどうでもいい」本部長はこう返した。「残念だよ、ジミー。私は種明かしを結構楽しんでるぞ。スミスィーは警官にしてはやることがちょっと大げさすぎるが。まあ、君は好きにしたらいい」

　警部は少しがっかりした。「今回、ミスター・メルローズは不参加です。本部長を通して招待したのですが。ミセス・プラットリーはある人物を特定するために参加されます。少なからぬ時間を割いていただき感謝します」

「いいのよ、警部」ミセス・プラットリーは宝石を取り戻したので上機嫌だった。「それにしても、ぞくぞくするような展開だわ！　あなたは驚くべき人ね！」

　ミスター・スミスはにやりとした。「もう一度、大きな声でおっしゃってください。本部長に聞こえるように……あと、当然ながらミスター・ストークスをお招きしました。彼にもある人物の特定を行なってもらいます」

　警部は拘束下に置かれているミスター・ストークスを招いた。大柄な警官が本部長の要請に従ってミスター・ストークスをウィンチンガムまで連行し、ブラックラー警視に引き渡し、それを証明する書類を受け取った。

「さて」警部は朗々とした口調で告げた。「第二の層を再現する前に、お話ししておきたいことがあります」

「警部」ゴームズビー大佐が割って入った。「おまえはよく舌の回る男だな」

「申し訳ありませんが、話す必要があるのです……私たちは第一の層と第三の層を崩し、これから第二の層を再現します。今までにわかっているのは、四人の男とひとりの女から成る悪党一味が存在すること。そして、三人の構成員がポーターとレヴィッキとブライアントであることです。ブライアントは記者だと名乗りましたが、それは嘘ではありません。ただ、三流記者であることは想像に難くないでしょう。ふたりの構成員の正体は不明です。ふたりは何者なのか。この残りの悪党は第三の層でも登場したひとりの男とひとりの女です。ミセス・プラットリーにふたりについて説明していただきました。簡単な説明ですが、それで充分です。男は——ワイチ・ストリートの酒場の主人あるいは酒を注ぐ男はどっしりした体つきをしています。ポーターと同様です。髪を短く刈っていますが、この点は無視してもかまいません。女は中背で細く、若く、美しい。ミセス・プラットリーの目から見ても類《たぐい》まれなる美人です……誰か思い浮かびませんか、ミスター・ストークス？　これらの特徴に当てはまるふたりの人物が？」

「思い浮かぶぞ！」ミスター・ストークスが叫んだ。

「誰ですか？」

「その女の髪は何色だ？」

「それはわかりません。ミセス・プラットリーが見た時、女の髪はかぶり物で覆われていました」

「思い浮かぶぞ！」ミスター・ストークスは繰り返した。「その特徴はラナ・ブースに当てはまる！」

「そうです。では、男は誰ですか？」

「さあ、わからない」

「わかるはずです。その男こそがあなたを騙してここへ誘いこみ、策を弄してお金を奪った悪党一味のひとりです」

「ウィルソン！　ウィルソン。宿の主人か！」

「その通り。これで全員を炙《あぶ》り出しました！　私たちは複数の一致する特徴から推理しました。それらは際立った特徴だったので目を引いたのです」

「ほかのふたつの層と同様に」ミスター・スミスは講義口調で続けた。「第二の層でも一味はいつどこで誰を狙うか決めていました。難しいことではありません。ラナ・ブースはミスター・ストークスの秘書を務めていて、彼の計画をかぎつけると彼を見張った。もちろん仲間もミスター・ストークスを見張った。あの夜、ミスター・ストークスはラナ・ブースが計画について詳しく知っていたので心底驚きました。記者のブライアントは作家のドクター・ソームズのこと、ドクターの妹のこと、妹が特異な性格の持ち主であることを知っていました。第一の層で主導役を務めたのはおそらくブライアントで、一味は手始めに第一の層を築きました。手に入れたお金はわずかです。第三の層ではウィルソンを演じた男が――無名の俳優です――賭博場に出入りしてミセス・プラットリーに会い、目をつけた可能性があります」

「会った覚えがないわ」とミセス・プラットリー。

「それはそうでしょう！　彼はあなたが出会ったあまたの男の中のひとりに過ぎません。覚えていたとしても、印象が薄かったはずです。でも、ダーシー・チェリントンのような変わり者は強い印象を残します。彼を演じたレヴィツキはそれを知っていました！　レヴィツキたちは計画を実行に移しますが、当然ながら、ポーターは一味の知恵袋として役目を果たしました」

「警部、おまえは〝当然ながら〟と言うが」本部長が横槍を入れた。「私はそんなことは知らない。そもそもポーターはどういう経緯で悪党たち――俳優や記者、魅惑的な娘、偽のタクシー運転手たちの仲間になったんだ？　一味の知恵袋を務めることになったのはなぜだ？　ポーターが――ジミー・メルローズの執事が深みにはまったのはなぜなんだ」

「そう焦らないでください。後から説明します。とりあえず第二の層を再現し、幻の部屋を見つけましょう」

二

「第一の層では」ミスター・スミスが言った。「ポインター巡査部長が現れた時、喜劇は終わっていました。第三の層では、一味は現れた警官──スノーリーを避けることができました。ところが第二の層ではケニー巡査を避けることができなかった。そこで一味はこう考えました。避けることが不可能なら、巡査を利用しようと。ミスター・ストークスと〝不運〟な宿の主人、〝何も知らない〟宿の客の証言の信憑性を高めるために利用することにしたのです。ケニー巡査はペテンにかけられました。まんまと騙されました。でも私は彼を責めません。皆、騙されたのですから。私も……。

第二の層を構成する出来事のひとつは、西に向かう主要道路がバリケードで塞がれていて、ミスター・ストークスが〈ウェルカム・イン〉に続く脇道に入ったことです。ミスター・ストークスはバリケードの前で車を停めて、三、四分間地図を見ていた。その間にふたりの悪党が闇に紛れて後ろから忍び寄り、ガソリンタンクに穴を開けました！　ウィンチンガムの整備工場で穴の修理を担当した工員と話した後、この結論にたどり着きました。

ミスター・ストークスを誘惑する役だったラナ・ブースは車に乗っており、ウィルソンとブライアントはここでポルターガイストに関する作り話をケニーに披露していた。だからバリケードを置いてタンクに穴を開けたのはポーターとレヴィツキに違いありません。おそらくレヴィツキがタクシーではなくウィルソンの車で──タクシーは目立つので──ポーターを宿に連れてきた。フィリップ・ストロングに変身したブライアントをフリーティングまで送迎する際もウィルソンの車を使ったのでしょう。ミスター・ストークスとラナ・ブースは宿にやってきました。もしもガソリンがちょうどいい場所でなくならなかったら、一味はほかの方法で車を止めたはずです。

役者は揃いました。ケニーは巡回に戻り、ブライアントとラナ・ブースはそれぞれ役を演じました。ブライアントはおどけ役だった。ウィルソンがミスター・ストークスのブランデーに薬を混ぜ、その後客がエレベーターに乗った。ここで注目したいのは、主人が客に対してそっけない態度をとって客の体験に関心を示さなかったことと、ブライアントが皆にちょっかいを出したことです」ミスター・スミスは思案顔で頭を掻いた。「これから再現します。あのエレベーターに五人乗らないといけませんね」彼はエレベーターに近づいて中をのぞいた。「なんとかなるでしょう」

警部は振り返り、本部長に告げた。「乗ってください。ミセス・プラットリーとミスター・ストークスと一緒に。お三方は腰掛けに座ってください。ブルックスと私が幻の部屋にお連れします」

「ふん！」と本部長。「ジミー・メルローズの降霊会の部屋よりましだろう。ミセス・プラットリー、乗りますか？」

「乗りますとも！」ミセス・プラットリーはうっとりした表情になった。「いよいよ謎の部屋と対面するのね。これまでの私の冒険が――ううん、大佐、どう表現したらいいのかしら――霞んでしまいそうだわ」

三人は詰め物入りの腰掛けに窮屈そうに座った。「一列に並んだ三羽の小鳥」本部長がおどけた口調で言った。色っぽいミセス・プラットリーの香水を纏った体に触れて、まんざらでもない様子だった。

三人に続いて警部とブルックスが乗りこんだ。「これから私はブライアントを、ブルックスは美しいミス・ブースを演じます。多芸多才なブルックス！」冷静沈着な芸達者は無言のままにやりと笑った。「悪党一味のうち、ふたりがエレベーターの中にいて、三人は別の場所にいます。この三人のことを忘れないように！　最後にバーのほうを見てください。カウンターに帽子が載っています。あの場所にミスター・ストークスは帽子を置き忘れました。ウィルソンは――彼を演じるのは警視です――これからハムと卵の調理にとりかかります。ああ！　これも言っておかないと。エレベーターは少し揺れます。でも心配ご無用、エレベーターは安全です。さて、準備はいいですか？　それでは出発します！」

警部は外扉を閉めた。次に警部は格子扉を閉めた。扉の内側に金で〝一階〟と記してあり、ミスター・ストークスは文字をじっと見つめた。

その直後、あの夜と同様にエレベーターが激しく揺れ、座っている三人は一瞬肝を冷やした。それから三人の目の前にある扉が滑り落ちるように消え、灰色の粗い漆喰壁が現れた。

「これからブルックスと私は会話を再現します」警部は早口で告げ、驚いた表情を作った。「ちょっと！　誰がボタンを押したんだい？」

「私じゃないわ」ラナ・ブース役のブルックスが応じた。「私はボタンから離れてる。押したのはあなたでしょ」

「僕は押してないぞ。ウォルターかな？」

〝1〟と記された扉がゆっくり通り過ぎ、灰色の漆喰壁と次の扉の底が現れた。

「ふん！」本部長が思わず声を上げた。「まさか！　あり得ない！」

それと同時にエレベーターがガタガタと揺れて、天井の照明が消えた。

「まあ、まあ！」警部が叫んだ。「ふたりとも慌てないで！」

「慌てるですって？」ブルックスが言い返した。彼と警部は明らかに楽しんでいた。「どうして止まったのか知りたいだけよ」

「それよりも、誰がボタンを押したのかな？」

「もう、またボタンの話！　無駄口叩いてないで、どうにかしてよ！」

「でも――ああ！　ちょっと待って。ボタンに問題があるのかな。ボタンはどこだ？」

ミスター・ストークスは冷たくて滑らかな円筒形のものを手に握らされ、警部の大きな声を聞いた。「懐中電灯をつけてください。あの夜と同じように」ミスター・ストークスは懐中電灯を持ち直し、スイッチを押した。すると炎のように赤々とした光が暗闇を照らした。

「赤い光」スミス警部は呟いた。「見てください。三つのボタンがあります。〝G〟、〝1〟、〝2〟のボタン。〝1〟を通り過ぎたので〝2〟のボタンを押してみます」警部はボタンを押した。エレベーターは動かなかった。ほかのボタンを押しても動かず、天井の照明は消えたままだった。格子扉は開けようとしても微動だにしなかった。「閉じこめられた！」

「そのようね！」ブルックスは皮肉めいた言い方をした――警部はミスター・ストークスに会話を思い出してもらい、それをブルックスに覚えさせたのだ。「とんだ夜だわ！　汚らわしい小さなエレベーターに閉じこめられるなんて！」

一瞬沈黙が訪れ、警部がミスター・ストークスを促した。「あなたの番です。いったいどういうこ

「よし」ミスター・スミスは静かに言うと、ブライアントと同様に四つん這いになり、顔を格子扉のとなんだと尋ねてください」

「叫びたいのよ」ブルックスはにやにやしながら続けた。「あなたたちも叫んだら？　捕らわれた二匹の鼠さん。さあ！　ウィルソンに向かって叫びなさい。エレベーターを動かしてもらいましょう」

ミスター・ストークスがまた台詞を言うのを忘れてしんとなったが、ミセス・プラットリーがすぐに静寂を破った。「あの娘、たいした玉だわ」

「くだらない話はよしてちょうだい！」ブルックスの台詞回しには熱がこもっていた。「私が叫んでみようかしら」

「あなたはこのエレベーターのことを知らないだろう。このエレベーターはひとりでに動くんだ」

「私も知りたい！」本部長が密やかに呟いた。

「わかってますよ」とミスター・スミス。「あなたはエレベーターが止まった理由を知りたがっている。それは僕も同じだけど、誰もボタンを押してないのにエレベーターがいきなり昇り始めた理由も知りたいんだ」

「叫んでみたら！」とブルックス。

「彼が？　彼は一階にいる。ボタンを押してもエレベーターが一階にある場合は動かない。エレベーターが上の階にある場合は動くけど」

「ひょっとすると、下にいる誰か――ウィルソンが押したのかもしれない」

「はてさて！　まるでわからない。誰もボタンを押してないのにエレベーターは上昇した」

「そうだったな」ミスター・ストークスは好意的な態度を見せた。「いったいどういうことなんだ？」

底に近づけて叫んだ。「おーい！　ミスター・ウィルソン……おーい！」

　返事はなかった。「帰ってくるのはこだまだけ」ミスター・スミスはせつなげに呟き、また叫んだ。

「どこにいるのかしら？」ブルックスが訊いた。

　ミスター・スミスはブライアントの返事をぞんざいに口にした。

「たぶん厨房だよ。フライパンで……ブルックス、君は見事に演じているな。台詞を一言一句違わず覚えている。役者を目指したらどうだ？　きっと売れっ子になるぞ！」

「ありがとうございます。ええと、あなたはもう一度叫ばないといけません」

「そうだな。でも、もう嫌というほど叫んだよ。次は君が口笛を吹く場面だ」

　ブルックスは口笛を吹いた。音が小さく、それを聞いた警部はまた脱線した。鼓膜が破れてしまったよという台詞を驚きながら言う代わりに、咎めるような表情でブルックスを見上げた。「夕暮れ時の鳥のさえずりのようだ！　ラナ・ブースの警笛さながらの指笛には遠く及ばないな。『虹を追って』は上出来だったのに……さて、警視の出番が来ました。私はまた叫びます」

　警部は叫んだ。すると、それに応えるブラックラー警視の声が微かに聞こえた。

「助かった！」ミスター・スミスはふざけた口調で言った。「おーい！」

「おーい！　いったいどうしたんですか？」

「エレベーターが止まってしまったんだ」

「なんですって？」

「エレベーターがいかれてしまった」

「原因は何ですか？」

「まあ呆れた！」頼もしきブルックスが文句を垂れた。「彼ったら私たちに訊いてるわ」

「僕たちにわかるわけないだろう」理由は不明だが、警部はスタンリー・ホロウェイ（イギリスの喜劇俳優）の声音を真似た。「確かなのはエレベーターが止まって照明が消え、アルバートがライオンに食べられた（諧謔的な物語詩『The Lion and Albert』の中で少年アルバートが動物園でライオンに食べられてしまう。スタンリー・ホロウェイがこの詩を朗読した）ということだ」

「何とおっしゃいましたか？」警視が訊いた。彼は自然に演じていた。

「エレベーターが止まった」ミスター・スミスは大声で答えた。「照明が消えた」

下のほうからふたたび微かな声が聞こえた。「ヒューズを確認して」

「何だって？」

「ヒューズを確認して！」

「どこにあるんだろう」警部はブルックスに向かって言った。

「訊いたらいいでしょ」とブルックス。「これ以上の面倒はご免だわ」

「ちょっと！」警部は声を張り上げた。「ヒューズはどこにあるんだ？」

「天井裏です」警視は答えた。これで彼の出番は終わった。

「さて、本部長！」ミスター・スミスは立ち上がって膝についた埃を払い、興味津々の顔つきで並んでいる三人の観客に向き直った。「これからヒューズを調べます。厄介な作業を終わらせましょう――どうして笑っているのですか？」彼はミセス・プラットリーに訊いた。

「楽しいからよ」淑女は答えた。「ふたりとも愉快だわ。それに警部、あなたってすてきね。ところで、いつ上に昇るの？ いつ謎の部屋を見られるの？」

「もうすぐです。忠実に再現しなければなりません。そろそろブランデーに混ぜた薬が効き始め、ミスター・ストークスが眠気を催します。ミスター・ストークスの記憶が曖昧なので、どのくらいの時間止まっていたのかはわかりません。再現を続けましょう。私は腰掛けに乗ります。ミスター・ストークス、立ってください」

ミスター・ストークスが立ち上がって場所を空けると、警部はそこに乗り、小さな扉の裏側にあるヒューズを調べた。その間、彼はのべつまくなしに喋り続けた。

「ブライアントが赤い光を放つ懐中電灯について質問したのはこの時ですね？　彼は赤い光の中でラナ・ブースを見るとぞっとすると言った。確かにその通りだ。皆さんを見るとぞっとします。赤い光のせいでミセス・プラットリーの髪も本部長の帽子も色が変わり、輝きを失っている。こう申してはなんですが、目も当てられません。ビル・ポインターの顔をここで見ないで済んだのは幸いでした。きっと、見ればぞっとしますよ！……ヒューズに問題はあるのか。私は本当にヒューズを調べているのか？　警視がボタンを押しただけなのか……」

三人の観客には警部の最後の言葉の意味がわからなかった。三、四分後、警部は腕時計にちらりと目をやって腰掛けから降り、座るようミスター・ストークスを身振りで促した。「次は警視を呼ぶ場面です。では、呼びます」

警部は四つん這いになり、昇降路に向かって叫んだ。「おーい！　ミスター・ウィルソン……」

突然照明がつき、エレベーターがガタガタと揺れた。それから格子扉の向こうの粗い漆喰壁が下方へ消え、警部とほかの四人の目の前に〝2〟と記された扉が現れた。

「到着！」警部はぱっと立ち上がった。「紳士淑女の皆様、もう秘密はありません。これで終わりです。巧みな技が目をくらませたのです」彼は格子扉を開け、外扉に手を掛けると声をひそめた。「期待せずに入ってください！」

警部は扉を引き開けた。

すると幻の部屋が現れた……。

三

「おお！」ミスター・ストークスは息を呑み、呆然とした様子でエレベーターから出た。

あの部屋だった。あの夜、ミスター・ストークスは薬を盛られたので体がだるく、ただただ眠かった。そんな状態だったが、部屋のことはよく覚えていた。金が散りばめられた黄緑の色あせた壁紙。同じように色あせた赤い絨毯。正面の壁の側に置かれた巨大なベッドと彫刻が施された高さのあるヘッドボード。その上方の壁に金と白の模様があしらわれたタペストリーが掛かっている。古びているが深紅と金で彩られた豪華なベッドカバー。炉棚の上方にある楕円形の鏡と古風な金の枠。暖炉とクッション付きの炉格子。フランス窓と繊細なレースのカーテン。窓の両側に引き寄せられた重厚な赤いカーテン。薔薇色の傘をかぶった電球。書き物机とソファーとどっしりした大きな家具。書き物机には便箋、羽根ペン、小さな真鍮製の太った仏像が載っている。ベッド脇のテーブルに置いてあった聖書は見当たらないものの、スミス警部は見事に再現している。エレベーターの側にある背の高い箪笥。カーテンで仕切られた部屋の隅の凹んだ空間。その間の壁にチベットの悪魔の仮面が飾ってある――湾曲した長い角のひとつが折れている。

「凄い部屋！」ミセス・プラットリーが叫んだ。「なんて綺麗なベッドカバーなの！」

ミスター・スミスはしばらくにやにや笑っていた。「ラナ・ブースがまったく同じ言葉を口にしました」

ミスター・ストークスは部屋の中央に立ち、戸惑いながらまわりを見回した。本部長はぶつぶつ呟きながら歩き回った。「幻じゃない……本物だ……信じられない。あそこには何があるんだろう？」

本部長は凹んだ空間に近づいてのぞきこんだ。そこはこぢんまりしたバスルームである。ミスター・スミスは書き物机に腰を下ろし、本部長を愉快そうに眺めた。ミセス・プラットリーは衣装簞笥と鏡台の扉や抽斗を開けて中をのぞいていた。ふいにミスター・ストークスが仮面を指さした。

「あの仮面！　角が折れてるぞ！」

「ええ」警部は平然と答えた。「不注意で折れてしまいました。でも支障はありません。仮面はちゃんと役目を果たしています」

「不気味な仮面だ」と本部長。「ご婦人方は間違いなく怖がるな」彼は小さな白い口髭を引っぱり、ふっと笑みを漏らした。「警部、いったいどういうからくりなのかな。正直――さっぱりわからない。私たちはどこにいるんだ？　この部屋はどこにあるんだ？　どうやってここまで上がったんだ？」

「エレベーターで上がりました」

「おい、からかうな！　エレベーターは二階までしか上がらない。三階は存在しないのだから。そうだろう。それなのに――」

ミスター・スミスはのけぞって笑った。「セイウチは言いました。いよいよ話す時が来た。船のこと、靴のこと、封蠟のこと――それから幻の部屋のこと（『鏡の国のアリス』に登場する物語詩「セイウチと大工」の一節をもじった言葉）……人はあまり天井のほうに目を向けません」三対の目がぱっと天井のほうを向いた。「私たちは重要な点を見落としていました。エレベーターの扉は戸袋に入りますが、どういうわけか、戸袋の上のほうの壁にかなり大きな空間があります。戸袋の下のほうの壁にも。今は見えませんが……皆さんがワトスンの有名な台詞をおっしゃる番ですよ」

「ワトスンの台詞？」ミセス・プラットリーは好奇心に輝く目で警部を見つめた。「〝驚いたよ、ホームズ！〟。これかしら。すでに言った台詞だけど」

「いいえ、それではなくて、この台詞です。〝簡単なことだな、ホームズ。ばかばかしいほど簡単なことだ〟……ミスター・ストークス！」警部ははっきりした声で言った。

「何だい、警部？」

「確か、ブライアントはこう言いましたよね。ここは最初の所有者の部屋かもしれない、窓からの眺めがよさそうだ」

「ああ。そんな風に言ったが、私は聞き流した」

「どんな眺めなのか確かめましょう」

ミスター・ストークスはきょとんとした。「外は暗いぞ。何も見えないだろう」

「見えますよ。さあ、確かめましょう。さあ、窓を開けてください」

ミスター・ストークスは怪訝そうに警部を一瞥し、ためらいつつフランス窓に近づくと、止め具をぐいと引いた。ミセス・プラットリーが駆け寄って手を貸し、本部長は静かに歩み寄ってふたりの肩越しにのぞいた。ミスター・ストークスは次に金属製の小さな取っ手を回し、窓の片側を開けた。その瞬間、雷に打たれたかのように激しく震えた。両目は飛び出さんばかりに見開かれていた……。

ミスター・ストークスはウェルカム・インの外に広がる芝生に歩み出た。

四

私は指揮官だ。本部長は常々こう言っている。指揮官の右腕としてブラックラー警視がウィンチンガム警察署の活動全般を取り仕切り、スミス警部が部下とともに捜査にあたる。本部長は捜査に関わらず、捜査報告書を読んだり捜査結果を聞いたりする。本部長は決して無能ではなく、彼の名誉のためにつけ加えると、彼は幻の部屋のからくりをたちまちのうちに理解した。ところが、ミスター・ストークスはにわかには理解できなかった。彼は気も狂わんばかりで、フランス窓の側に佇んだまま、信じられないといった風にあたりを見つめた。芝生は濡れていて寒々しかった。ブラックラー警視とケニー巡査、それに若干名の警官がL字型のカウンターにもたれていた。カウンターはバーに置いてあったもので、帽子がまだ載っていた。彼はくるりと後ろを向き、幻の部屋の中に駆け戻った。

彼はベッドに近づいて、金と白の模様があしらわれたタペストリーを広いヘッドボードの上方から引きずり下ろした。ミスター・スミスは書き物机に腰掛けたまま、ミスター・ストークスの滑稽な姿を辛抱強く見守った。タペストリーが外れると、金が散りばめられた黄緑の壁紙が現れた。ミスター・ストークスは短い爪を噛み、反対側の壁に突進し、エレベーターと背の高い箪笥《たんす》の間の壁を引っ掻いた。

「黒い男」警部は憐れむような表情を浮かべた。「仮面を外してみてください」

ミスター・ストークスは背の高い箪笥《たんす》を回りこみ、背伸びをして虚ろな木彫りの仮面を何かから外した。その何かはフックや釘ではなく、壁から数インチ突き出した電球の受け口だった。ミスター・

ストークスはからくりを理解し始めた。ミセス・プラットリーも理解し始めた。彼女は部屋の隅の凹んだ空間に駆け寄り、深紅と金で彩られたカーテンをはね上げて入口の両側を凝視した。

「ここには扉があったのね！」ミセス・プラットリーは声を上げた。「ここに蝶番が取りつけられていたわけね。ねじ穴がある――扉は外されたんだわ」

ゴームズビー大佐がくすくす笑いだした。「外された扉は〝関係者以外立入禁止〟と記された扉だな。おい、警部、おまえが熱を入れるのも頷けるよ。巧妙――とんでもなく巧妙なからくりだ！　哀れなジミー・メルローズなら〝幽界の霊力による固化〟とか〝霊の物質化〟などと宣うのだろう……」

スミス警部は書き物机から降りた。「見ていてください！」彼は重々しい口調で「もうすぐ、すべてはっきりします」と告げ、窓から顔を出した。「よし、警視、舞台係を連れてきてください」

警視は〝舞台係〟を従えて部屋に入った。ケニー巡査とふたりの警官がベッドに近づき、ベッドカバーを捲り上げてベッドを脇に移動させた。すると宿の玄関を入ったところにある二段の階段が現れた。六週間前、ミスター・ストークスの命運が尽きた夜に彼が滑り落ちた階段だ。時を同じくして、反対側にある壁が動いた。エレベーターと背の高い箪笥の間の壁が驚く観客のほうに向かって動いたのだ。壁の下からポインター巡査部長の大きな足がのぞいていて、彼は二段の階段を下りた。階段の先には廊下が続き、悪趣味なビーズカーテンが掛かっていた。

作業はどんどん進められた。壁紙を貼った板――硬くて軽い板が鋳物のレールから次々と外され、バーのくすんだ淡い黄褐色の壁が現れた。開け放たれたフランス窓からベッドとそのほかの家具が運び出され、丸められた絨毯と取り外されたカーテンは荷車で運び出された。天井の中央から吊り下げられた三つの電球とタペストリーが掛けてあった壁の上部から突き出た電球の薔薇色の傘が外された。

幻の部屋は解体された。警部の言葉を借りれば、四次元の世界から現れた幻の部屋は四次元の世界に消えていった。そしてバーが元の姿に戻っていった。厨房から伸びるビーズカーテンの掛かった廊下から擦り切れた絨毯が運びこまれた。小さな木製のテーブルと椅子、キャビネット型ラジオ、石版刷りの肖像画とそのほかの絵――ポインターはモンゴメリー陸軍元帥の肖像画をキャビネット型ラジオの上方に掛ける際に、ある細工を施した――雑誌やトランプ、ダーツが載っていたテーブル、緑の電球の傘、厚織りのカーテン、〝関係者以外立入禁止〟と記された扉、数段の棚なども運びこまれた。棚は仮面で隠されていたカウンター内の電球の下方に取りつけられていたもので、棚に並ぶ空の酒瓶とガラス食器は警察が提供した小道具である。外に置かれていたL字型のカウンターも元の場所に戻された。最後に、〝ザ・ウェルカム・イン〟と記された盾のような看板が玄関の扉の上方に掲げられた。看板が幻の部屋のベッドの上方にあった電球を隠す格好になった。こうしてバーはお馴染みの姿に戻った。

「もうおわかりでしょう」警部は言った。「エレベーターは止まったのではなく止まっていた、という私の言葉の意味が。あの夜、ミスター・ストークスの帽子が濡れた理由が」

皆が警部のほうを向いた。その隙にポインターはこっそりと壁を伝って炉棚のほうに移動した。フランス窓はすでに閉まっており、厚織りのカーテンに覆われていた。

「でも」ミセス・プラットリーが叫んだ。「私たちはエレベーターで昇ったわ！」

「いいえ、昇っていません。繰り返しますが、昇っていません。本当です。どこにも昇っていない。ずっと同じ場所にいました……エレベーターは少し揺れました。動いたのはその時だけです。あなたはエレベーターが上昇するのを見ていません。でも、あるものが下降するのを見ています。だから昇ったと錯覚したのです。人はいつもと違うことが起こると、自分の目が見た証拠を信じず、いつもと同じことが起こったと思いたがるものです」この発言を聞くや、ポインター巡査部長が皮肉な笑みを浮かべた。

ミスター・スミスは両手をポケットに突っこみ、部屋の中を歩き回り始めた。「もうしばらく話を聞いてください。私をお気に入りの解説者だと思って……悪党一味の目的はミスター・ストークスが鞄に入れていたお金を奪うことでした。彼らは窃盗行為を隠蔽するために不可思議な状況を作り出しました。さらに、疑われないように、人懐っこい利口者ミスター・ブライアントが作り話を警察に吹きこみ、世に広く喧伝しました。ただ、鞄の中身については黙っていました。ミスター・ストークスも黙っていました。まさに一味の思う壺です。でも、ミスター・ストークスが黙っていたのも無理はないし、この件はここで云々すべきことではありません」

ミスター・ストークスはひどく決まりが悪い様子で、自分を憐れんでいるようにも見えた。

「一味はミスター・ストークスの鞄が幻の部屋とともに消えたという話に真実味を持たせるために、三人全員の持ち物が消えたことにしました。ふたり――ブライアントとラナ・ブースの帽子やコートなども消えたことにしたのです。もちろん、それらはすぐにふたりの手もとに戻りました。

話は佳境に入ります。一味はミスター・ストークスに薬を飲ませました。しかし、幻の部屋を組み立てている間は眠らせませんでした。証人が必要ですから。彼は重要証人です。眠らせたのは幻の部屋を解体する間。つまり、ミスター・ストークスを乗せたエレベーターが幻の部屋まで〝上昇〟する間ではなく〝下降〟する間です。一味は、下降する時に上昇する時と同じくらいの時間エレベーターが止まるのは少々不自然過ぎると思い、眠らせたのです。ラナ・ブースは怪しき幻の部屋にいる間にミスター・ストークスが鞄から手を放すよう仕向けました。予定通りに薬が効き、彼女は成功します。見事なまでにあっさりとやってのけました！　〝ああ、鞄をクッションの下に突っこんでおいて。そうしておけば安心だわ〟とミスター・ストークスに告げ、意識が朦朧としていた彼は促されるままに従いました」

「エレベーターのほうへ行きましょう。からくりを説明します。戸袋の上方と下方の壁に空間がある理由もわかりますよ」警部はエレベーターの扉を四分の三ほど閉めた。「扉の上にある巻物状のものが見えますか？　あれは油を塗った帆布です。油布あるいは防水布と呼ばれています。一本の軸に巻かれていて、一方の端が扉の内側を覆うように下りていきます。幅は扉の幅と同じで、扉の下にあるもう一本の軸に巻き取られます。油布には立派な絵が描かれています。金色で〝一階〟と記された外扉の絵、灰色の粗い漆喰壁の絵、エレベーターが上昇する際に見える階の間の壁の絵、それに数字が記された扉の絵。扉の下部に小さな電動機が取りつけられていて、その力によって上の軸に巻かれた油布が下の軸にゆっくり巻き取られます」

「参ったな！」本部長が声を上げた。「私たちが見ていたのは絵だったのか。で、昇っていると勘違いした！　連中も考えたな。手のこんだ真似をしやがって」

「おっしゃる通りです。あなた方は絵を見て、昇っていると勘違いした。あの夜のミスター・ストークスと同様に絵だとは夢にも思わなかった。というのも、間近でしっかりと見たわけではないからです。あなた方と絵の間にはブルックスと私が立っていて、格子扉もあり、その上〝誰がボタンを押したのか〟という問題に気を取られていました。

このボタンは一階のボタンです——今は。あの夜は、小さな電動機を動かして軸を回転させるためのボタンでした。エレベーターを揺らして昇っていると錯覚させるためのボタンでもあった。電気工事を担当した悪党の腕前には電気技師も顔負けです。この計略において一味は出費を惜しみませんでした。一万七千ポンドが手に入るのですから」

「やっぱり」ミセス・プラットリーが言った。「誰かがボタンを押したのね」

「押しました。けれども、一味は押していないように思わせた。ケニーにも。思い出してください。エレベーターは一階にあり、扉はすでに開いていました。ミスター・ストークスは椅子に座らされ、ブライアントがその場を仕切りました。その後ケニーが巡回から戻ると、エレベーターがまたひとりでに上昇します。ブライアントとケニーが二階に駆け上がり、エレベーターで降りてきますが、その時は彼らがエレベーター内の〝G〟のボタンを押した。油布と軸はすでに外されていました」

「エレベーターがひとりでに昇ったのはなぜ？」

「おやおや！」警部はこの愚問に呆れてしまった。「もちろんポーターかレヴィツキが二階でボタンを押したのです。だから上昇した。ブライアントは幻の部屋から〝降りてきた〟時、外に出るとエレベーターの扉を閉めました。エレベーターが上昇すると、時間稼ぎのために開かない扉を開けようとし、その間に二階にいる仲間は逃げた。ブライアントはボタンを押していないし、ボタンを押す機会を誰にも与えませんでした。ウィルソンが宿を去る際に、一味はボタンの配線を元に戻しました。あの夜はそれを行なう時間がなかったのです。薬を飲んだミスター・ストークスがいつまで眠っていてくれるかわかりませんから。ウィルソンはいつまでも眠らせておくわけにもいかないと考えていました。ケニーが戻ってくる可能性があったからです。

話を続けます。エレベーターの中で起こったことが明らかになりました。さて、一味は二階と三階の間でエレベーターが止まったかのように見せかけ、外にいる三人が幻の部屋を組み立てました。それについて説明します。まず、ウィルソンが一階のボタンを押した。エレベーターが揺れ、油布が扉の内側を上から下へゆっくりと移動し始めると、ウィルソンとポーターとレヴィツキは幻の部屋を組み立てる作業にただちに取りかかった。バーの外に置いてある家具などをフランス窓から運び入れ、壁紙を貼った板をレールにかけるだけなので、それほど時間はかかりませんでした。

油布の二階と三階の間の壁を描いた部分が現れたら電動機が止まるよう細工されていました。電動機が止まると、ウィルソンあるいはほかのふたりのうちどちらかがエレベーターの照明のスイッチを切った。暗いほうが何かと都合がいいですから。エレベーターの中にいるブライアントとミス・ブースは外にいる三人と同様に役目を果たしました。ブライアントは〝階下〟にいるウィルソンを呼び、ウィルソンはわざとこもったような声で〝階上〟にいるブライアントに応えました。こうした茶番劇が繰り広げられる間に幻の部屋は完成。それから誰かがエレベーターの照明のスイッチを入れ、ウィルソンがふたたびボタンを押した。すると油布がゆっくりと移動し、エレベーターの中にいる三人は存在しない三階に到着し、幻の部屋に入りました。

一味は作戦の一部を成功させました。幻の部屋を出現させ、ミスター・ストークスの鞄を手に入れたのです。その後、ブライアントたちは〝階下〟に降ります。ブライアントとミス・ブースはミスター・ストークスの様子を注視し、頃合いを見計らって彼をエレベーターに乗せると、彼の望み通り眠らせました。ミスター・ストークスが眠っている間に幻の部屋は解体され、バーは元の状態に戻った。一般的にエレベーターは数秒で三階から一階まで降りますが、ミスター・ストークスは当然ながら数秒以上眠っていました。

最後に興味深い事実を明かします。一見すると些細な事実が幻の部屋のからくりを解く決め手となりました。一味はバーの中にあるものをビーズカーテンで仕切られた廊下に移動させますが、カウンターはとても大きいので外に出さざるを得なかった。カウンターにはミスター・ストークスの帽子が載っていました。あの夜の天気を思い出してください。ほんの少し雨が降りました。その時、ここには幻の部屋が存在し、カウンターは戸外にあった。一味はカウンターを室内に戻す際、雨で濡れていたので布で拭きました。帽子も濡れていましたが乾かす時間はありませんでした！　だから帽子が濡れていることにミスター・ストークスが気づかないよう祈った。ところが、しばらくして、ミスター・ストークスが帽子を手に取り、少し濡れていることに気づきました。彼はそれを覚えていて、私に伝えてくれました。私はこの事実と諸々の事実を考え合わせ、ポインターはエレベーターに関してすばらしいひらめきを得た――そんなこんなで幻の部屋が崩れ始めました」

五

ミスター・スミスはエレベーターから離れ、カウンターの中に立った。ほかの面々はエレベーターの扉や油布が巻いてあった軸をしばらくしげしげと眺めた。ミスター・スミスは考え深げに髪を撫でた。

「ミスター・ストークスが私に伝えたことがあとふたつあります。そのうちのひとつをお話しします。エレベーターで〝階下〟に降りると、ラナ・ブースはミスター・ストークスが目を覚ますよう体を揺さぶりました。その時、ミスター・ストークスは誰かが口笛で曲を吹き、もうひとりの誰かが口笛を吹くなと言うのを夢うつつの状態で微かながら聞きました。曲はチャイコフスキーの有名な『アンダンテ・カンタービレ』です。さて、チャイコフスキーの曲を好んで口笛で吹く人物と言えば誰ですか？」

ミセス・プラットリーが間髪を入れずに答えた。「フィリップ・ストロング！　第一の層でフィリップ・ストロングと名乗った男！」

警部は意気ごむ彼女を微笑ましく思った。「いかにも！　彼です。第一の層で登場する彼が真っ先に思い浮かびます。彼とドン・ブライアントを比べてみてください。ふたりはじつによく似ています。口笛を吹くなと言ったのは、おそらくポーターです」

「ずっと喋っているのでちょっと疲れました」警部が言うと、本部長がありがたいといった様子で鼻を鳴らした。「三人はエレベーターに乗り、油布が動き、幻の部屋が現れた。それから三人がエレベーターに戻り、ミスター・ストークスが眠りに落ち、幻の部屋が解体されました。家具類は戸外に運び出されましたが、これは雨に濡れても問題なかった。やがてミスター・ストークスが目を覚まし、三人はエレベーターから降り、ハムと卵とコーヒーが並ぶテーブルに向かって座りました。

一味は再度、心霊現象という煙幕を張りました。ケニー巡査を騙すためです。ミスター・ストークスを騙すためでもあります。ブライアントが〝不可解な動きをするエレベーター〟について話し、二階にいるポーターかレヴィツキが手筈通りにボタンを押し、謎めいたエレベーターが上昇したのです。その後、ポーターたちは宿を出て、バリケードを幹線道路から撤去し、それがあったことを示す痕跡をぬかりなく消し去ると、幻の部屋の家具類をウィルソンの車で運んだ。わくわくするような展開です」

「どこに運んだんだ？」本部長が知りたがった。

ミスター・スミスは本部長に悪戯っぽい視線を投げた。「さて、どこでしょう。いずれわかりますよ……宿では、ウィルソンがここの主人を務めた一か月の間に起こったことを客に語り、ラナ・ブースが話を信じないふりをしました。そして、ミスター・ストークスとケニーが話を信じるように最後のポルターガイスト現象が作り出されました」警部はカウンターの中で背筋を伸ばした。「ウィルソンは私が立っている場所にいました。三人はテーブルに向かって座り、ケニーはその側に立っていました。では、ここで名優ブルックスにご登場願いましょう。彼が締めくくりとして演じるのは、もちろんミス・ラナ・ブースです」

ブルックスはにやりと笑い、静々《しずしず》と進み出た。一同が好奇心に満ちた表情で見守る中、嘲るような口調で言った。「あなたたちは迷信深いお婆さんと同類だわ！　幽霊なんて信じるものですか！」

部屋の反対側でガシャンという音がした。ミスター・ストークスは仰天し、ケニーは震え上がり、屈強なブラックラー警視の後ろに隠れた。カウンター越しにスミス警部と向かいあっていた面々はぱっと振り返った。彼らの視線の先にはキャビネット型ラジオがあり、側の床にフックから外れたモンゴメリー陸軍元帥の肖像画が落ちていた。

「一枚落とせば充分でしょう」警部は穏やかに言い、カウンターの中から出てきた。「ミスター・ストークス以外は皆、からくりを知っています。肖像画を落としたのはミスター・ストークスにからくりを教えるためです。ミスター・ストークス、あの夜、肖像画がフックから外れました。なぜでしょう。ウィルソンがカウンターの外に出る時に両手をポケットに突っこんでいたのを覚えていますか？

四本の長い糸と三つの楔形の小さな木片をちょうどポケットに入れたところだったのです。四本の糸のうちの一本は木片に結びつけられていた部分が切れました。だから木片がラジオの側に落ちた。それをケニー巡査が拾い上げ、重要なものとは思わずに暖炉に投げ入れました」

警部はからくりを説明した。彼は目に見えないくらい細い糸の端を手に持っていた。糸は壁を伝って暖炉とレールの間を通り、キャビネット型ラジオの下部まで伸びていた。糸の端は木片に結びつけてあり、側に肖像画が落ちていた。それを見たミスター・ストークスが言った。「そうか！」

「単純でしょう？　思い出してください。どの絵もあなたが見ていない時に落ちました」警部は続けた。「もうひとつミスター・ストークスが私に伝えたのは、楔形の木片が床に落ちていたという事実です。私は木片が落ちていたのには理由があるはずだと思い、やがてポインターと私は答えにたどり着きました」

警部はぼんやりした様子で木片に結びつけた糸――この夜は糸が切れなかった――を手繰り寄せ、小さく丸めてカウンターの上に置いた。「これで終わりです。第二の層が崩れ、三層のまやかしの全貌が明らかになりました」

「まだ終わってないぞ」本部長が異議を唱えた。「一味が幻の部屋の家具を運んだ場所はどこだ？　おまえはどこで家具を発見したんだ？」

「ああ、そのことですか」とミスター・スミス。「この集まりにミスター・メルローズを招待したのは、彼が家具を見たことがあるからです」

「彼が何だって？」

「家具を見たことがあるんです。それもそのはず。彼のものだったのですから」

「ジミー・メルローズのもの？」

「はい。ミスター・メルローズは生まれてからずっとウィンチンガムに住んでいます。マニング通りの家で暮らし始めて久しく、その間に時々家を改修し、家具を新調しました。幻の部屋の家具と絨毯とカーテンは彼の寝室で使われていたものです」

「驚いた！　しかしどうして――？」

「どうして私がそれを知っているのか？　私はミスター・メルローズの家で家具を発見しました。一味が家具を戻したのです。これは毎度のことですが、ミスター・メルローズが家具を新調すると、行き場を失った古い家具は物置に放りこまれます。物置あるいはがらくた置き場は庭の奥に建つ大きな小屋です。ミスター・メルローズは小屋に入ったことがありません。入るわけがないでしょう？　彼にとって古い家具などどうでもいいもの――彼は目の前に広がる人生だけに目を向けています。家具を用意したのは、もちろんポーターです。小屋に家具があることを知り、利用しようと考えました。壁紙を用意したのは彼ではないでしょう。ほかの誰かが購入し、一味はワイチ・ストリートの空っぽの倉庫で壁を作ったのです」

「ジミー・メルローズの家にたどり着く手がかりとなったのは何だ？」

「我らの友ポーターです！　家具はどこかにあるはずなのに、宿にもワイチ・ストリートにもない。それで思い浮かんだのが一味の首謀者ポーターでした」

ミセス・プラットリーが質問を繰り出した。「あのお爺さん――ここの最初の所有者の話は本当なの？」

「一味がまた煙幕を張ったのです」ミスター・スミスは微笑した。「キャヴェンディッシュはごく普通の無害な老人なのに散々な言われようです。この宿で心霊現象の類いはひとつも起こっていません。ウィルソンがミスター・ストークスとケニー巡査に語ったのは単なる作り話に過ぎない。彼が語った時、従業員たちはすでに宿を去っていました……ちなみに、仮面はミスター・メルローズのものではありません。一味はどこで仮面を手に入れたのでしょう」警部はため息を吐き、カウンターにふたたびひょいと腰掛けた。「皆さん、これで満足されましたか？　第二の層とそのほかの層のからくりについてご納得いただけましたか？」

「一応」ややあってミスター・ストークスが答え、ミセス・プラットリーも同じように答えた。「一応」

「警部」本部長が促した。「誰が誰なのか確認しよう」

「ああ、そうですね。誰が誰なのか。それを確認すれば一連の騒動の幕が下ります。最後に一味を勢揃いさせましょう」警部はポインター巡査部長に目くばせした。「彼らを連れてきてくれ、ビル」ビル・ポインターはビーズカーテンをくぐり抜けて廊下の奥に消え、すぐに戻ってきた。ドン・ブライアントと監視役のいかつい警官を従えていた。

六

「紹介します」スミス警部はボクシングの審判の口ぶりを真似た。「有名記者にしてゴーストハンターでもあるミスター・ドン・ブライアントです」ミスター・ブライアントは悪びれる様子もなく、うんざりした表情を浮かべていた。「ミス・ソームズは彼がフィリップ・ストロングであることを確認し、ミセス・プラットリーはワイチ・ストリートで殺された色男であることを確認しました。ミスター・ストークス――？」警部は言葉を切ってミスター・ストークスを促した。

「ああ、そうだ」ミスター・ストークスは迷うことなく答えた。「ブライアントだ。私たちが宿に入ると、こいつがいた。一緒にエレベーターで昇ったよ」

「エレベーターで昇ったのではありません。エレベーターの中に入っただけです。これで確認できました」警部はぞんざいに頷いた。「ふたり目の紳士を連れてきてくれ」

ポインターと警官が奥に引っこみ、その間、ブルックスとケニーは記者から目を離さなかった。ふたり目の〝紳士〟はレヴィッキだった。ブライアントと違って抵抗し、警官の手を振り払おうとしながら、刺々《とげとげ》しい声で警部に告げた。「あんた――賢いな」

「そうかな」警部は落ち着いていた。「彼にはここに立ってもらおう。バート・レヴィッキです。間違いありません。ミスター・ストークスがまだ会っていないふたりの悪党のうちのひとりです。次は、我らの友ポーターです」

連れてこられた〝我らの友ポーター〟はふたりの横に並ばせられた。彼は無言だった。「ポーターです。執事であり、剣を持つ男でもある。ワイチ・ストリートで無残にも人を殺した男……さて、残るはあとふたり。まずミセス・プラットリー、次にミスター・ストークスが確認してください。いいですか？　よし、ビル、あの淑女をお通ししてくれ」

ビルがとても美しい若い女を連れてきた。女は長くて大きく広がった青いスカートとぴったりしたボディスを身に着けており、髪はコイフとベールで覆われていた。

「まあ！」ミセス・プラットリーが声を上げた。

「誰ですか?」

「あの女よ!　ワイチ・ストリートの酒場にいた人妻だわ」

「確かですか?」

「ええ」

「よろしい」警部はカウンターから降りて女の前に立つと、丁寧な口調で「ちょっと失礼」と告げてから、コイフとベールをさっと取り払った。すると、きらきらと輝く長い金髪が現れた。

「ミス・ブース!」ミスター・ストークスがやにわに言った。彼は驚きを隠せなかった。「秘書のミス・ブースだ!」

「いかにも」ミスター・スミスは呟いた。「聡明で美しいラナ・ブースです」彼は一種の称賛の念をもって女を見つめた。

「そうよ、ミス・ブースよ。この薄汚い警官野郎!」女は怒気を含んだ声を放った。「私に触らないで!」

「やれやれ!　もっと淑女らしく振る舞ってください。彼女をブライアントの隣に並ばせて、モヒカン族の最後のひとりを連れてきてくれ」

残るひとりが連れてこられた。首もとが大きく開き、袖のゆったりした灰色のシャツに長い革のエプロン、皺の寄った毛織の長靴下、留め金がついた靴という一風変わったいでたちだった。

「あいつだわ!」ミセス・プラットリーが苦々しげに言った。彼女は言葉遣いを気にしなかった。

「三人目の男。扉を閉めた奴。酒場の主人のように見えたわ」

「ほほう!　あなたが見た時よりも少し髪が伸びているでしょう」ポーターと同様に、男はおとなしく黙っていた。警部がポインターに向かって頷くと、ポインターは男をカウンターの中に立たせ、革のエプロンを外してジャケットを羽織らせた。「ミスター・ストークス？」と警部。

「おお！　ウィルソン。宿の主人だ！」

「そうです。これで全員揃いました。彼をポーターの隣に並ばせてくれ……この一味が三層のまやかしを築きました。幽霊であり、霊能力者であり、心霊現象を作り出したのです」

「おい！」本部長が言った。「まだわからない。どうしても解せない。なぜポーターはペテン師集団に仲間入りしたんだ？　何がそうさせた？」

ミスター・スミスは愉快そうににやりと笑った。「最後の種明かしをしましょう。ここに並んでいるのは、左から順にポーター、ウィルソン、ブライアント、ミス・ブース、レヴィッキです。彼らが――彼らのうちの幾人かが事件に関与していることがわかると、私たちは氏《うじ》素性を探り始めました。そして面白くかつ重要な事実を掴みました。もう一度正しく紹介します。一番左にいるのはウィリアム・ジョン・ポーター。ミスター・メルローズに仕えていた執事です。その隣にいるのはウィルソンことジェームズ・アンブローズ・ポーター。ウィリアム・ジョン・ポーターの弟です」

本部長が驚嘆の声を上げた。

「ええ。ふたりは兄弟です。顔が似ているかどうかはさておいて、ふたりの耳に注目してください。形が同じです。耳は多くを物語る――同じ形の耳を持つ人はもうひとりいます。我らの友ポーターが仲間であるのも頷けます。弟のジェームズは映画俳優です。といっても大部屋俳優に過ぎません。ちなみにブライアントは俳優ではありません。シェイクスピア劇に登場するような衣装を調達したのはジェームズです。撮影所の衣装係は衣装がなくなったことにじきに気づくでしょう。

ジェームズの隣にいるのはドナルド・ブライアント。正真正銘のへぼ記者――」

「へぼ記者じゃないぞ！」ブライアントは食ってかかったものの、監視役に睨まれて黙りこんだ。

「ドン・ブライアントの隣にいる淑女は、法律上はミス・ラナ・ブースではありません。ミセス・ドン・ブライアントです」

「警視、どうしてにやにやしている？」本部長がだしぬけに訊いた。

「ふと思い出しましてね」警視がおかしそうに答えた。「私の部屋でブライアントが口にした台詞を。ブリッジマンは彼女の夫ではないし僕も彼女の夫ではないとか何とか彼は宣った！」

「ううむ。ああ！　そうだったな」

「ミセス・ブライアントについて、もうひとつお話ししておきたいことがあります」警部が続けた。

「彼女の耳は美しい髪に隠れていて見えませんが、小さくて可愛らしく、ポーター兄弟の耳と同じ形をしています。ポーター兄弟の妹だからです」

「なんともはや！」

「それほど意外なことではありません。先ほど申し上げたように、耳は多くを物語ります。彼女の耳はポーター兄弟の妹であることを物語っています。残るひとりはバート・レヴィツキ。これが本名です。

　本部長、あなたは正道を歩んでいたポーターが瞬く間に手練れのペテン師へと変貌したと思っていらっしゃる。ですが、そもそもポーターは正道を歩んでいたのでしょうか？　ポーターは何者なのか？　ミスター・メルローズに仕える前は何をしていたのか？　調べてみたところ、彼がミスター・メルローズに仕えた期間はわずか一年半。それ以前は陸軍の偽装工作部隊に所属していました。偽装工作部隊に所属」警部は繰り返した。「とても重要で示唆的な事実です。レヴィッキもこの部隊の隊員でした。ポーターの相棒で、ポーターが除隊してウィンチンガムへ向かうと、それに続きました。電気工事を担当したのはレヴィッキです。彼は工事をうまくやってのけたし、かなりの演技巧者です。気さくで愛想がいいタクシー運転手にたちまち変身するのですから。ポーターの弟である無名役者ジェームズがふたりの仲間になり、さらに妹のミセス・ブライアントと記者として四苦八苦する夫も仲間に加わりました……今は世の中の箍《たが》が緩んでいます」ミスター・スミスは説教するような口調になった。「戦後の社会においてよく見られる現象であり、箍の緩みが一連の出来事につながっています。執事のポーターは一味の親玉です。この流浪する不埒《ふらち》な輩《やから》は知恵と力を出しあいながら、降霊術の流行に乗じて三層のまやかしを築き上げました」

沈黙が訪れた。それからラナ・ブース——ミセス・ブライアントが憎らしげにひと言放った。「悪魔さん、確かにあなたは賢いわ」

「おや！」警部は穏やかに言葉を返した。「君もそう思うのかい」

「ええ！　私のほうが一枚上手だけど。私を拘束し続けることなんてできないわよ。シャーマン・ストークスのお金を盗んでないもの——それに、あのお金は彼のものとは言えないわ」

「ミセス・プラットリーの宝石も盗んでないのか？」警部は静かに訊いた。「ミス・ソームズの千二百ポンドも？」

ミセス・ブライアントは黙りこんでしまった。警部はいささかげんなりして、五人を退場させるよう身振りで示した。

「警部！」ミセス・プラットリーは心の底から叫んだ。「あなたってすばらしいわ！　ただただすばらしい！　休暇を取る予定はあるの？　ロンドンに来ることがあったら会いにきて――お願い」

「ああ――ええと――お誘いいただきありがとうございます、ミセス・プラットリー」警部はたどたどしく言った。「でも――そのう――つまり――」

「どうしたの？　恥ずかしいの？　未亡人が怖いのかしら？　いやあね、警部ったら！」

　警部は思わず笑みを漏らした。「そういうことではありません。私は金持ちではない。あなたとは違います。〈ブルー・ムーン〉は私には分不相応です……じつは」彼はそっとつけ加えた。「捜査上、あの一味ばかりでなく関係者全員を調べる必要があったのです」

「あら！」ミセス・プラットリーは考え深い顔になった。

　本部長がぎこちなく咳払いをした。それから賛辞を送った。「警部、あっぱれだよ！　まさに快刀乱麻の大活躍！」

「恐縮です」ミスター・スミスはもの思わしげな表情で頭のてっぺんを掻いた。「まあ――ずいぶん苦労しました。我ながらよくやったと思います。これで副本部長あたりまで昇進できるかな」

「副本部長だと！」本部長は鼻を鳴らした。「ほら、葉巻でもやりたまえ……」

訳者あとがき

本書は、イギリス人作家ノーマン・ベロウ（一九〇二年～一九八六年）が著した The Three Tiers of Fantasy（一九四七年）の全訳です。

物語の舞台は、イギリス南部のウィンチンガムという田舎町。この町で三人の男女が不可解な出来事に見舞われます。

まず、内気な未婚婦人ジャネット・ソームズ。ある秋の日、ミス・ソームズは俳優のフィリップ・ストロングと駆け落ちします。その道すがら、友人のジミー・メルローズの家に立ち寄り、そこでミスター・ストロングが忽然といなくなります。

次は、横領を働いた実業家のシャーマン・ストークス。ひとつ目の出来事からしばらく経った日の夜、ミスター・ストークスは大金を詰めた鞄を車に積み、港に向かって出発します。彼は国外に逃げるつもりでした。けれども途中で車が動かなくなり、宿に足止めされる羽目に陥ります。そのうえ、宿の一室が件《くだん》の鞄もろとも消えてしまいます。

そして、裕福な未亡人ジョセフィン・プラットリー。秋も深まったある日の真夜中、ミセス・プラットリーは画家のダーシー・チェリントンの家を訪ねます。路地の奥にある家に到着すると、ミスター・チェリントンが車を車庫に入れ、その後、彼はそのまま行方知れずとなります。さらに、どういうわけか通ったばかりの路地がなくなってしまいます。

おりしも、イギリスでは少なからぬ人が霊の存在や降霊術を信じていました。ミスター・メルローズもそのひとりです。彼は、一連の出来事は心霊現象だと考え、降霊術によって霊と交信しようとします。降霊術は霊を呼び寄せる術です。降霊術を用いる集まりは降霊会と呼ばれ、霊媒師が自分の体に霊を乗り移らせるなどして交信の仲介役を務めます。

一九世紀、霊魂は不滅であり、生者と死者は交信できると考える心霊主義が欧米で流行しました。当時は、心霊現象の研究が盛んでした。イギリスでは一八八二年、心霊現象を科学的に解き明かそうと試みる人々が心霊現象研究協会を設立しており、歴代会長には一流の科学者が名を連ねています。作中でその名が言及される作家のコナン・ドイルは心霊主義者でした。若い頃、心霊現象に興味を持った彼は、降霊会にも参加するようになり、やがて自ら研究を始めます。第一次世界大戦の頃から心霊主義への傾倒を深め、信奉者となります。晩年は、心霊主義の普及に力を注ぎました。ドイルが信奉者となったのは、戦争で幾人もの親類を亡くしたからだとも言われています。戦後は、亡き人と話したいという思いから降霊会に足を運ぶ人が増えたようです。霊の存在は、洋の東西を問わず、古来より信じられてきました。死者と話したいという願いもはるか昔から人が抱いてきたものでしょう。発明家のエジソンは霊界と交信できる装置を作ろうとしたとか。

さて、不可解な出来事が起きたとき、奇しくもウィンチンガム警察の警官たちがその場に居合わせました。それで騒動に巻きこまれ、謎を解こうとするものの、何が何やらさっぱりわかりません。そんな彼らが頼りにするのがランスロット・カロラス・スミス警部です。ある警官曰く、スミス警部はウィンチンガム警察の頭脳。優れた推理力の持ち主でかなりの自信家でもある彼は、皆の期待を背負って謎を探り始めます。果たして、すべては心霊現象なのか。それとも……。

スミス警部は渦中の面々の何気ないひと言やちょっとした行動を見逃しません。小さな事実を丹念に拾い上げ、それらをつなぎ合わせながら真相に迫っていきます。

それでは、スミス警部が名推理を発揮する物語をどうぞお楽しみください。

二〇二四年六月十日

幻のためのカーテンコール

宇佐見崇之（翻訳家）

「この世界はすべてこれ一つの舞台、人間は男女を問わずすべてこれ役者にすぎぬ」
ウィリアム・シェイクスピア『お気に召すまま』（小田島雄志訳より）

シェイクスピアの台詞で始めてみたが、ノーマン・ベロウは、この演劇史上最大の戯曲家シェイクスピアを好んでいるようだ。『魔王の足跡』や『消えたボランド氏』でもシェイクスピアが引用されている。勿論、本作『幻想三重奏』でもシェイクスピアが言及される。やはり英米圏の作家にとっては一つの教養なのだろう。ノーマン・ベロウに限らず、ミステリ、特に不可能犯罪物とシェイクスピアと言えば、『ハムレット』の「この天と地のあいだにはな、ホレーシオ、哲学などの思いもよらぬことがあるのだ」（小田島雄志訳より）という言葉が有名だ。人知の及ばぬ（ように見える）謎を表すものとして、ミステリ作家たちに好んで引かれている。ベロウ自身も『魔王の足跡』（国書刊行会。一四二頁）でこの言葉を使っている。

まずは、そんな不可能犯罪派としてのベロウを紹介したい。日本の読者に知られることになったのは、森英俊氏の存在が大きい。筆者がベロウの名を知ったのは、森氏が久坂恭名義で執筆したピーター・アントニイ『衣裳戸棚の女』（創元推理文庫）の解説が最初だった。そこで森氏は第二次大戦終戦後十年間あまりに発表された不可能犯罪物の傑作を年ごとに列挙している。「戦後、密室が衰退した」という当時の通説に対するアンチテーゼだったのだろう。その中でベロウは三作品が挙げられ、『魔王の足跡』（一九五〇年）、『消えたボランド氏』（一九五四年）、そして、本書『幻想三重奏』（一九四七年）が収穫として紹介されている。

森氏はそこで「ノーマン・ベロウはディクスン・カーに匹敵するアイディアを持った（ただし文章力のともなわない）、イギリス最良の密室作家のひとりである」とまで絶賛している。ただ、この最大限の評価には、やはり問題もある。ベロウがカーに匹敵するというのは、いささか贔屓の引き倒しと言わざるをえない。穿った見方をすれば、自分が愛する作家の紹介の機会を作るためのリップ・サービスとも考えられるだろう。しかし、当時は三冊とも未訳で、他のベロウの著作も日本で訳されたことはなく、「ノーマン・ベロウとは一体どんな作家なんだろう?」と我が国の不可能犯罪ファンに強烈な印象を残した。さらに、ロバート・エイディーとの共同アンソロジー『これが密室だ!』（一九九七年）の長編ベストや、偉業と言うしかない『世界ミステリ作家事典　本格派篇』（一九九八年）でも、森氏はベロウを称賛し、不可能犯罪好きの読者から邦訳が望まれる作家の筆頭となった。そして、〈世界探偵小説全集〉第四期で『魔王の足跡』が刊行されると、『2007本格ミステリ・ベスト10』の投票で、見事に海外部門一位に輝くことになった。『魔王の足跡』は本書と同じ〈ランスロット・カロラス・スミス警部〉シリーズの第五作だ。

その後、『消えたボランド氏』や『十一番目の災い』で、徐々に作家像が見えてきてはいたが、森氏が激賞するスミス警部物の第一作である本作は、その中で長らく紹介が待ち望まれていた。それがとうとう〈論創海外ミステリ〉の一冊として刊行される。密室や不可能犯罪を愛するものとして、そのことを素直に慶賀したい。森氏の紹介からおよそ三十年、研究家ロバート・エイディーの *Locked Room Murders and Other Impossible Crimes* の初版（一九七九年）から四十五年、そして、ベロウが本作を執筆してから七十年余り――幻の作品がとうとうヴェールを脱ぐ日が来たのだ。

以降、内容に踏み込んでみよう。既に「訳者あとがき」で松尾氏が事件の概要を紹介してくれているが、この『幻想三重奏』の謎、原題に忠実に訳せば「三層のまやかし（幻想）」は非常に魅力的だ。「存在しない男」「幻の部屋」「盗まれた路地」――各層の題名を見るだけで嬉しくなってしまう読者も多いのではないだろうか。人間、部屋、路地……次の層に行くたびに消失事件がより大がかりなものとなっていく。もし解決部分がない状態で読めば、ミステリ風の怪談話と言われても信じてしまうくらいの過激な事件だ。

「存在しない男」だけでも、男フィリップ・ストロングはただ消えるばかりではない。視点人物ジャネットの眼にしか映らなかったように、周りの誰も彼を憶えていないという。人間消失だけでも目玉になるだろうが、この謎はその上を行く。類例としてウィリアム・アイリッシュの『幻の女』を思わせるシチュエーションだ。『幻の女』はサスペンスとされるとおり、本格ミステリの謎解きとしては腰砕けだ。よく似た状況を描いて納得できる解決を示した作品は、ジョン・ディクスン・カーのラジオドラマ「B13号船室」とエドワード・D・ホックの短編「革服の男の謎」くらいだろう。個人的には、どちらもカーとホックという巨匠の手腕に唸らされた作品だ。では、本作でベロウが描いた解決は……というのは、読者個人が判断することだろう。

「幻の部屋」は、存在しないはずの部屋が現れ、また消える。部屋の消失劇はやはりジョン・ディクスン・カー「見知らぬ部屋の犯罪」や『ニューゲイトの花嫁』に類例がある。また、エレベーターが行きついた先がありえない階だったという謎は島田荘司『眩暈』の一挿話も彷彿とさせる。

「盗まれた路地」における路地の消失は、カーの初期作『絞首台の謎』や、ポール・アルテの『あやかしの裏通り』、あるいはジャック・フットレルの「幻の家」を連想させる。特に、『あやかしの裏通り』は過去の殺人の再現という点まで、第三の層と共通している。アルテがノーマン・ベロウを意識しているかはわからない（ただし、フランスの amazon では、ベロウは『魔王の足跡』を除いて英語版しかヒットしないので、可能性は低い）。だが、この両者の類似点を比べてみるのも一興だろう。

しかし、消失のシチュエーションの類例を探すと、三層ともジョン・ディクスン・カーの名前に辿りつく。カーが消失物を含めた不可能犯罪の巨匠であるという貫禄を見せつけてくれる。

また、消失事件が複数起き、しかもだんだん事件の規模が大きくなる三部構造のミステリとしてフランスのミステリ作家ピエール・ボアローの『三つの消失』を思い浮かべた方も少なくないだろう。こちらは絵画、人間、囚人護送車が消失してしまう。このボアローの長編は、一九五一年にヒラリー・セント・ジョージ・ソーンダーズが『眠れる酒神（*The Sleeping Bacchus*）』という題で改作を行っているという（もっとも、『三つの消失』はあくまで訳題であり、フランス語の原題はほぼ同じ意味になる）。

海外ミステリを中心に似た作品への連想を筆者なりに書き連ねてしまった。この作品を手に取る読者には既に承知済みのことばかりになったかもしれない。ベロウを日本で本格的に紹介した森英俊氏や、森氏に影響を与えたと思しき故ロバート・エイディー氏、あるいは自身もマニアでありながら密室ミステリを執筆する二階堂黎人氏といった面々ならば、もっと豊富な例を紹介してくれることだろう。ただ、こうして解説で挙げた作品を一人でも多くの読者が「読みたい！」と思ってくれれば幸いだ。そもそも、そんな紹介の連鎖がなければ、本作を読みたいという読者もまた存在しなかったかもしれない。これは読書への誘いであるとともに、本作の邦訳刊行までの道を示してくれた過去の名作や紹介者へ敬意を表したつもりだ。

また、ここで著者であるノーマン・ベロウの経歴紹介も行いたいところだ。しかし、『消えたボランド氏』の「訳者あとがき」で福森典子氏も述べているとおり、ベロウの経歴について詳しくなされた紹介は、現時点ではあまり見られない。前述の『世界ミステリ作家事典』でさえも、その人生をオーストラリアやニュージーランドで過ごしたマイナー作家ということ以外には、詳しいことは書かれておらず、生年こそ一九〇二年とあるが、没年も記入されていない。しかし、インターネットが発達した近年の資料によると、ベロウはイギリスのイースト・サセックスで生まれたという。また、カンタベリー大学で学んでいたこと、第二次大戦時に六年間軍役についていたことなどが明らかにされ、一九八六年に死去したとされている。作家活動としては、一九三四年に *The Smokers of Hashish* でデビューし、一九五七年に *The Claws of the Cougar* を発表するまでに二十作の長編を発表している。一九七九年に九作目の *The Ghost House* を改稿し再発表をしたが、その一作だけでそれ以上の活動を再開することはなかった。カルト作品の復刻を手がける小出版社 Ramble House が二〇〇五年にベロウ作品を再刊行するまでは英語圏でも作品は手に入りにくい状況だった。

ここまで何度も言及してきた不可能犯罪の巨匠ジョン・ディクスン・カーが一九〇六年生まれで、一九七七年に逝去したということを考えるなら、ベロウはほぼカーと同年代の作家だったと言えるだろう。活動時期も近しい。本作をはじめとする計五作のスミス警部物は一九四七年から一九五〇年に刊行されているが、カーもその当時多くの不可能犯罪ミステリを執筆している。カーのデビュー作は一九三〇年の『夜歩く（*It Walks by Night*）』だが、前述の *Locked Room Murders and Other Impossible Crimes* でエイディーが取り上げているベロウ作品の一つは *It Howls at Night*（一九三七年）という題名であり、人狼伝説が絡むという点まで共通している。本作『幻想三重奏』にもコナン・ドイルやチェスタトンへの言及があるが、カーがその両者の熱烈な信奉者であったことはよく知られている。恐らくはベロウも、ドイルやチェスタトンの読者であるとともに、カーの愛読者だったのだろう。

さて、ここまで密室や不可能犯罪を語ってきたが、一九四一年のハワード・ヘイクラフトの『娯楽としての殺人』の時点で、「密室の謎は避けよ。今日でもそれを新鮮さや興味をもって使えるのは、ただ天才だけである」と密室の落日が既に語られている（国書刊行会。二七五頁）。実際、ベロウは勿論、カーの作品でも手に入りづらい時期は日本でも海外でもあった。しかし、現在ではカーやベロウの作品も復刻刊行され、読者を魅了している。また、そんな機運の中で、黄金期のミステリを踏まえて、密室物も含む本格ミステリを書く新たな作家も登場している。ポール・アルテやポール・ドハティーはその先駆だったと言えるかもしれない。この流れが日本の「新本格」のような大きな潮流にまで発展するかはわからない。だが、本格ミステリの愛好者として、この傾向は素直に喜びたい。

この解説には「幻のためのカーテンコール」という題を選んだが、これはこの解説自体が『幻想三重奏』という「幻の作品」の挨拶文という意味でもあるし、また、本作の解決篇が一種の舞台挨拶のようだという意味も込めている。舞台芸術という比喩は、この作品に相応しいかもしれない。今まで述べてきたように終幕にいたる各層で、魔法のような事件が語られる。魅力的な謎を追求するという点においては、なるほど森氏ではないが、カーに匹敵するかもしれない。観客として招かれた読者は謎に圧倒されるだろう。それは恐らく不可能犯罪物を読む醍醐味の一つだ。幻想は最後には消える。けれど、舞台の間は、そこには輝く消失にまつわる三重幻想が読者の心を捕えている。魔術が解け、奇術の種が明かされても、三つの演目に翻弄された時間は間違いなく本物であり、ベロウ作品の中でもとりわけ魅力的だ。

「この世界はすべてこれ一つの舞台」——本作において、ベロウは最上の舞台魔術を用意してくれた。その魔術に魅せられた観客としては、最後の大団円の中、カーテンコールに盛大な拍手を贈るべきだろう。

〔著者〕

ノーマン・ベロウ

本名シリル・ノーマン・ベロウ。1902年、イングランド南部イースト・サセックス州イーストボーン生まれ。詳しい経歴は不詳。生後間もなく一家でニュージーランドへ定住し、カンタベリー大学へ進学。第二次世界大戦中、六年間の軍役に就いたとされている。1934年に“The Smokers of Hashish”でデビューした後、57年までに合計二十冊の長編ミステリを書いた。79年に作家活動を再開するが、わずか一冊を上梓しただけで再び沈黙する。1986年死去。

〔訳者〕

松尾恭子（まつお・きょうこ）

熊本県生まれ。フェリス女学院大学卒。英米翻訳家。主な訳書に『ヴィクトリアン・レディーのための秘密のガイド』、『戦地の図書館　海を越えた一億四千万冊』（ともに東京創元社）、『人と馬の五〇〇〇年史　文化・産業・戦争』（原書房）、『正直者ディーラーの秘密』（論創社）など。

幻想三重奏《げんそうさんじゅうそう》

——論創海外ミステリ　325

2024年11月10日　初版第1刷印刷
2024年11月20日　初版第1刷発行

著　者　ノーマン・ベロウ
訳　者　松尾恭子
装　丁　奥定泰之
発行人　森下紀夫
発行所　論 創 社

〒101-0051 東京都千代田区神田神保町2-23 北井ビル
TEL:03-3264-5254　FAX:03-3264-5232　振替口座 00160-1-155266
WEB:https://www.ronso.co.jp

組版　加藤靖司
印刷・製本　中央精版印刷

ISBN978-4-8460-2396-6